HERMES

在古希腊神话中,赫耳墨斯是宙斯和迈亚的儿子,奥林波斯神们的信使,道路与边界之神,睡眠与梦想之神,亡灵的引导者,演说者、商人、小偷、旅者和牧人的保护神……

西方传统 经典与解释 HERMES
Classici et Commentarii
德意志古典传统丛编
刘小枫 ● 主编

彭忒西勒亚
Penthesilea

[德]克莱斯特 Heinrich von Kleist ｜ 著
江雪奇 ｜ 译

华夏出版社

古典教育基金·"资龙"资助项目

"德意志古典传统丛编"出版说明

德意志人与现代中国的命运有着特殊的关系：十年内战时期，国共交战时双方的军事顾问都一度是德国人——两个德国人的思想引发的中国智识人之间的战争迄今没有终结。百年来，我国成就的第一部汉译名著全集是德国人的……德国启蒙时期的古典哲学亦曾一度是我国西学研究中的翘楚。

尽管如此，我国学界对德意志思想传统的认识不仅相当片面，而且缺乏历史纵深。长期以来，我们以为德语的文学大家除了歌德、席勒、海涅、荷尔德林外没别人，不知道还有莱辛、维兰德、诺瓦利斯、克莱斯特……事实上，相对从事法语、英语、俄语古典文学翻译的前辈来说，我国从事德语古典文学翻译的前辈要少得多——前辈的翻译对我们年青一代学习取向的影响实在不可小视，理解德意志古典思想的复杂性是我们必须重补的一课。

古典文明研究工作坊
西方经典编译部乙组
2003 年 7 月

目　录

中译本导读 …………………………………… 1

第一场 …………………………………… 24
第二场 …………………………………… 35
第三场 …………………………………… 42
第四场 …………………………………… 51
第五场 …………………………………… 60
第六场 …………………………………… 73
第七场 …………………………………… 79
第八场 …………………………………… 87
第九场 …………………………………… 91
第十场 …………………………………… 108
第十一场 ………………………………… 110
第十二场 ………………………………… 115
第十三场 ………………………………… 118
第十四场 ………………………………… 123
第十五场 ………………………………… 135
第十六场 ………………………………… 163

第十七场 ······································· 165

第十八场 ······································· 167

第十九场 ······································· 168

第二十场 ······································· 172

第二十一场 ····································· 179

第二十二场 ····································· 186

第二十三场 ····································· 190

第二十四场 ····································· 195

专名索引 ······································· 221

附录

克鲁克霍恩　彭忒西勒亚 ······················· 239

弗里柯　彭忒西勒亚 ··························· 258

任卫东　我是谁？
　　——克莱斯特戏剧《彭忒西勒亚》的身份问题 ············· 284

中译本导读

一、作者生平

冯·克莱斯特（von Kleist）家族是起源于欧洲波美拉尼亚地区①的极为古老、显赫的军事贵族世家，自十三世纪以来一直枝繁叶茂，为普鲁士和其他德意志及东欧邦国贡献了数不清的将军和元帅，一直到二战期间都对德国军界有着重大影响。此外，这个武运昌隆的家族也不乏文气，养育出了若干显贵的文官、外交家和杰出的作家、学者。

本书原作者海因里希·冯·克莱斯特（Heinrich von Kleist）就是这个不平凡家族的成员之一。1777年10月，他作为军官父亲的长子出生于奥德河畔法兰克福（Frankfurt an der Oder），② 前面还有四个姐姐，其中两个是父亲亡故的前妻所生，另两个则是同母所生。

这位天才作家终其一生都是家族中的不肖子、社会上的失败者、文学圈的局外人。

海因里希11岁便失去父亲，之后被送往柏林，由一位法裔牧师兼教授抚养，并通过他而初识古典时期和启蒙时期的文学艺术。15岁时他遵循家族传统入伍，在接下来的几年中，他参与过包括第一次反法同盟在内的多项军事任务，并逐级晋升，似乎很快便可成功复制

---

① 英文：Pomerania；德文：Pommern；波兰文：Pomorze。今德国东北部和波兰西北部波罗的海沿岸一带。

② 不应与德国西部的美茵河畔法兰克福（Frankfurt am Main）混淆。

家族先辈中的男子汉们的人生了。然而1799年，22岁的克莱斯特少尉不顾家人和长官的共同反对而坚决退伍，理由是"继续学业"。

他并没有撒谎，因为此后他的确去大学学习去了。可是他退伍的更深刻原因是他无法忍受战争的残酷现实和普鲁士军队的野蛮风气。他在给旧时老师的信中写道：

> 我从来没有喜欢过军人职业，因为它蕴含了一种和我的整个本性完全不符的东西。我憎恨它，逐渐厌烦我自己不得不为其目标而工作。我由衷地蔑视军事纪律所创造出来的、为行家所赞叹的最大奇迹。在我看来，军官不过是一帮操练匠，士兵不过是一帮奴隶。当整个军团演练的时候，我便觉得这就是活生生的暴政之纪念碑。此外，我开始切身感受到，我的职务给我的个性留下了很坏的印迹。我经常被迫在希望宽恕的时候去惩罚，或者在本该惩罚的时候却宽恕。这两种情况下，我都觉得我自己是应受惩罚的。在这种时刻，我心中不禁自然地产生一种愿望，希望抛弃这种使得我被两种完全对立的原则无休止地折磨的职业。我总是没有把握，我到底是该作为人而行事，还是该作为军官而行事，因为我认为在军队的现有条件之下，两者的义务是无法相调和的。

（1799年3月19日）

这种双重身份的分裂和对现实规则的抗拒不仅仅属于克莱斯特本人，也属于他笔下的彭忒西勒亚（Penthesilea）。读者如若能够带着这种认识去阅读手中这本书，或许便能更好地理解女主角的追索与痛苦。

离开军队的煎熬后，克莱斯特热情满满地去大学中研习哲学、物理、数学和政治。1800年初，他与同样出身于贵族军官家庭的威廉明娜·冯·岑格（Wilhelmine von Zenge）小姐订婚。然而女方家庭要求他一定要谋到公务员差事才能正式结婚，于是克莱斯特中断学业而到普鲁士经济部工作，并很有可能在此期间为之执行过间谍任务。

然而克莱斯特并没有安分地从事他的工作，而是依旧热爱在科学世界里翱翔。只是这种"不务正业"的翱翔并没有给他带来自由的天空，相反的是使他更加迷惘。他在给岑格小姐的信中写道：

> 不久前我接触了那种较新的所谓的康德哲学。［……］我们不能确定，是否我们称之为真理的那种东西真的是真理，还是仅仅是在我们眼中看来如此而已。如果是后一种情况的话，那么我们在此世所搜罗的真理在死后便不在了。再怎么试图追求一种能够伴我们进入坟墓的财富，也都是徒劳的。［……］我唯一的、最高的目标沉沦了，我现在再也没有目标了。
>
> （1801年3月22日）

他感到人对世界的认识是徒劳的，并因此对科学失去兴趣。其实，按照大部分当代研究者的看法，克莱斯特对于康德的理解是非常错误的。但这个错误的的确确让他陷入一场严峻的内心危机，后来的研究者称之为"康德危机"。这场危机使得他"彻底放弃了科学"（1801年10月10日的信）。而他的作品中所充斥的怀疑、迷惘和狂暴的情绪在某种程度上也是这次危机留下的印记。

或许是为了克服危机，他和他最亲近的姐姐——同父异母的乌尔里克（Ulrike von Kleist），① 一同去巴黎游览。然而大革命后法国群魔乱舞的社会现实让他非常失望：科学和理性并没有将世

---

① 她是一个喜欢社交和旅游的略有男子气的女人，有研究者猜测，彭忒西勒亚的形象某种程度上有她的元素在内。参见作者1801年7月28/29日的信件。

界变得更好，反而扭曲、异化了人最本质的需求，将社会和国家变成了吞噬个人的怪物。有学者甚至认为，《彭忒西勒亚》中的那个奇异的亚马逊国就多多少少有着大革命后的法国社会的影子。①

沮丧之中，克莱斯特想选择一条逃避的道路，效仿卢梭到乡村隐居。同时他也已经萌生抛下"等级、荣誉和财富这一切破烂玩意"（1801年10月10日的信），走文学创作之路的想法。他写信劝未婚妻到瑞士乡下来，过"种块田、植棵树、生个孩子"（出处同上）的生活。然而岑格小姐并不赞成他的设想，并最终与他分手。

他短暂地在瑞士独居了一段时日，其后又开始游历四方，结识知名作家，并认真地尝试实现作家梦。据挚友普夫艾尔（Ernst von Pfuël）回忆，克莱斯特的文学野心相当之大，他立志超越当时的头号文豪歌德而成为最伟大的作家，甚至还声称自己要"撕下歌德额上的花环"。②

然而不久后克莱斯特就再次陷入对自己的文学才能的怀疑，并在绝望中焚毁了戏剧《罗伯特·吉斯卡尔》的手稿。在给姐姐乌尔里克的信中，他沮丧地写道："上天不肯赐给我大地上最伟大的财富——名声。"（1803年10月26日）在极度悲观的情绪之

---

① 参见 Siegfried Streller,《有关克莱斯特的〈彭忒西勒亚〉中的问题》（"Zur Problematik von Kleists Penthesilea"），见 *Weimarer Beiträge* 5, 1959, 页 510–512；以及吕一旭,《获得德意志学术交流中心的格林兄弟奖的致谢辞》（*Dankesrede bei der Verleihung des Jacob- und Wilhelm-Grimm-Preises des Deutschen Akademischen Austauschdienstes*, Bonn, 2014）。

② 花环是诗人荣誉的象征。引自：Helmut Sembdner (Hrsg.),《海因里希·冯·克莱斯特的生前迹：同代人的文献与汇报》（*Heinrich von Kleists Lebensspuren – Dokumente und Berichte der Zeitgenossen*, München, 1996, 以下简称"《生前迹》"），页 104, 编号 112。

下,他决心加入法国军队,打算参与渡海攻击英国的战斗,以期死在大海这座"无限壮观的坟墓中"(出处同上)。后来在朋友的劝告下,克莱斯特还是返回了德国。从 1804 年开始,他在哥尼斯堡(Königsberg)①担任公务员,但在工作之余始终未放弃创作。1806 年他决心完全通过"戏剧工作"而谋生,便放弃公职前往柏林,却在路上被法国占领军以间谍罪名逮捕,并被移送法国,度过了一段牢狱时光。

1807 年克莱斯特再度回国,在文化名城德累斯顿(Dresden)与作家米勒(Adam Heinrich Müller)合办文艺杂志《腓比斯》(Phöbus)。然而这部杂志仅仅惨淡维持了一年,便在外债和内讧交织之下停刊了。接下来的时间里,克莱斯特东奔西走谋求职位,但始终未曾取得什么像样的成就。1809 年,他来到时属奥地利的布拉格,接触了当地的德意志爱国者群体,计划共同创办一份名叫《日耳曼尼亚》(Germania)的周刊,以激励德意志民族争取自由、反抗拿破仑侵略。在此期间他还写作了不少鼓吹反法爱国的作品。然而奥地利不久便战败,周刊胎死腹中。

1809 年底,克莱斯特返回柏林,并结识了包括格林兄弟(Brüder Grimm)、布伦塔诺(Clemens Brentano)、阿尔尼姆(Achim von Arnim)、艾兴多夫(Joseph von Eichendorff)在内的著名作家。次年十月,他创立了《柏林晚报》(Berliner Abendblätter),宗旨是"雅俗共赏"以及"促进民族事业"。事实上这份报纸的主要编辑工作由克莱斯特一人完成,几乎就是他的"一人报"。为了迎合官方,也为了吸引读者,他在其中除了文艺作品之外,还登载柏林警察局的最新通知。创刊初期也曾有不少知名作者为之写稿、

---

① 曾是普鲁士的重要城市,在柏林被法军占领期间,普鲁士的中央机关曾疏散至此地。今为俄罗斯的加里宁格勒市。

宣传，然而极不善于人际交往的克莱斯特很快便与数名重要合作者闹翻，更雪上加霜的是，普鲁士当局的书报审查制度日益严厉。重重打击之下，这份报纸存在了不到一年就停刊了。①

此时克莱斯特已经 34 岁了，不光一事无成，甚至连糊口都成了问题。同时，多年来观众和同行对他作品的如潮恶评也让他心灰意冷。孤立无援的他向各路显贵写信求助，却多石沉大海。绝望之下，他想到结束自己的生命。

但是他并不愿孤零零地离世，而想要有人陪伴他共同赴死。他找到了亨利耶塔·佛格尔（Henriette Vogel）。这位热爱文艺的有夫之妇算得上是克莱斯特的红颜知己，她被癌症折磨了很久，一直有自杀之念却不敢自己动手。二人周密地安排好了自杀计划，于 1811 年 11 月 21 日来到柏林西南郊的小万湖（Der Kleine Wannsee）畔。据目击者讲，他们在动手前毫无悲郁哀愁之态，而是快活地游览嬉闹。② 接近下午四点之时，克莱斯特先用手枪

---

① 相关细节参见《生前迹》，前揭，页 351 – 417，编号 396a – 488b。
② 按作家自己在绝命之日所撰书信中的说法，这场死亡对他而言是极度幸福的："我最亲爱的乌尔里克，我只有先怀着我现在这种满足欢快的心境，与全世界，同时也与所有人，以及与你达成了和解之后，才能去死。［……］事实上，我在这世间已是无法挽救。珍重，愿上天赐予你的死亡能够有我之死亡的一半快乐、一半无可言说的愉悦。这便是我所能为你呈上的最诚挚、最衷心的祝福。"（致乌尔里克·冯·克莱斯特）"我最亲爱的玛丽，你若能知道，死亡和爱是如何交替着为我生命的这些最后时刻佩上天国与人间的花环的，那么你必定会愿意让我死去的。啊，我向你保证，我处于完全的极乐体验之中。晨间与晚间我都跪倒向上帝祈祷，这是我此前所从未能做到过的。现在我可以为我这份人类所有过的最为苦痛的生命而向他表示感谢，因为他赐予我那种最为美妙、最具快感的死亡作为补偿。［……］我无法向你道出，她［译注：指亨利耶塔］心灵中所涌起的与我一同赴死的决定，以一种多么无可言说、无可抗拒的力量将我揽到了她胸前。你可记得我曾多次问过你是否愿意与我一同赴死？——而你每次都说不——我被一阵从未体验过的极乐之漩涡所攫住，无法向你否认，她的坟墓对我而言要胜过世间一百位女皇的床笫。——啊，我亲爱的朋友，愿上帝很快也将你召唤到那更好的世界中去，在那里我们所有人都能以天使之爱彼此紧拥。——别了。"（致玛丽·冯·克莱斯特）

射向了佛格尔的心脏，随后又朝自己嘴中开枪自尽。

按照那个年代的德国社会价值观，自杀是一种无法被容忍的行为；而这位未婚的名门败家子与一位有夫之妇的共同自杀更是毫不意外地成为了一时的爆炸性丑闻。那些平素就厌憎克莱斯特作品的人，此时更是极尽恶毒地对其冷嘲热讽。两位死者的遗体就和我们的读者所熟悉的少年维特一样并未进入公共墓地，而只是孤零零地葬在小万湖之滨。

二、作者影响

克莱斯特最突出的文学成就在于他的八篇戏剧：《施罗芬施泰因一家》（*Familie Schroffenstein*）、《罗伯特·吉斯卡尔》（*Robert Guiskard*）、《破瓮记》（*Der zerbrochne Krug*）、《安菲特律翁》（*Amphitryon*）、《彭忒西勒亚》（*Penthesilea*）、《海尔布隆的小凯蒂》（*Das Käthchen von Heilbronn*）、《赫尔曼战役》（*Die Hermannsschlacht*）、《洪堡亲王》（*Prinz Friedrich von Homburg*）。同样为人所称道的还有《米夏埃尔·科尔哈斯》（*Michael Kohlhaas*）、《O侯爵夫人》（*Die Marquise von O....*）、《智利地震》（*Das Erdbeben in Chili*）、《圣多明各的婚约》（*Die Verlobung in St. Domingo*）、《洛迦诺的乞妇》（*Das Bettelweib von Locarno*）、《养子》（*Der Findling*）、《圣凯茜丽或音乐的魔力》（*Die heilige Cäcilie oder die Gewalt der Musik*）、《决斗》（*Der Zweikampf*）这八篇经典的中篇小说（Novelle）。此外他还有《日耳曼尼亚致她的孩子们》（*Germania an ihre Kinder*）、《近期普鲁士战争的轶事》（*Anekdote aus dem letzten preußischen Kriege*）、《论木偶戏》（*Über das Marionettentheater*）、《论思想在言语过程中逐步形成》（*Über die allmähliche Verfertigung der Gedanken beim Reden*）等众多诗歌、轶事和理论性文章。要知道，这位短命的作家只活了三十四岁，其中真正用于文学创作的时间可能总共只有十年，而这期间他还将

不少精力用在了工作和旅行上，他最重要的作品更是集中在 1807 至 1811 年间问世。如此说来，克莱斯特的确是相当高产的。

可惜的是，这些被后世奉为精品的戏剧作品在作者生前并未得到多少认同。只有《破瓮记》有幸能得到歌德的几句好话，并在其指导下于魏玛首次登台，然而演出一败涂地。唯一能得到观众接受的，是在维也纳首演的《海尔布隆的小凯蒂》，批评界对此却并不买账，伊夫兰（August Wilhelm Iffland）管理下的柏林剧院拒绝上演这部作品，据说歌德更是直接将其扔进了火堆。① 歌德虽然不否认克莱斯特的才华，但曾在多个场合毫不隐讳地表示过对其个人的蔑视和厌弃，甚至说："即使是在我最纯粹地决意表达真挚同情之时，这位作家仍总是令我感到战栗与厌憎，就像是见到天性美好的躯体患上不治之症一般。"②

在十九世纪，维兰德（Christoph Martin Wieland）、格林兄弟、蒂克（Ludwig Tieck）、乌兰德（Ludwig Uhland）、海涅（Heinrich Heine）和黑贝尔（Friedrich Hebbel）等人对克莱斯特多少持一些积极的评价。然而这些评价往往是有所保留的：例如威廉·格林（Wilhelm Grimm）虽然称他具有"非凡的才华"，赞赏其小说思想的深度和表达手法的力度，却同时不忘强调这些作品恐怕很难被大众接受，甚至连他自己读起来都会"困惑"，更别提其中充斥着的"丑陋""阴暗""可怖"的成分了。③

的确，克莱斯特太热衷于表现人性不完美的一面，他的不少

---

① 参见《生前迹》，前揭，页 343，编号 385。
② 引用自 E. v. d. Hellen (Hrsg.)，《歌德全集》(Goethes Sämtliche Werke, Stuttgart und Berlin, 1902 – 1912)，卷 38，页 20 – 21。
③ 参见《生前迹》，前揭，页 33 – 35，编号 370，以及 Helmut Sembdner (Hrsg.)，《海因里希·冯·克莱斯特的身后名：文献中的影响史》（"Heinrich von Kleists Nachruhm – Eine Wirkungsgeschichte in Dokumenten, München, 1996，以下简称"《身后名》"），页 574 – 579，编号 652a/b。

作品的内容和主题都是颇具颠覆性的，里面有残杀亲子的父亲、被爱人的群犬撕咬成碎片的情郎、陷害养父奸淫养母的养子、被群氓砸死在树上的婴儿、为了追求正义反而沦为匪徒的马贩子……文本中更是不乏血腥暴力的镜头被赤裸裸地展示给读者，这自然是习惯陶冶在"静穆的伟大和崇高的单纯"之中的古典神经所不能承受的。现代学者就此总结道："同时代人与其说被其语言的力度、韵律的动感、开阔的戏剧悬念和诗意的美感所吸引，不如说被其图像的暴力性、感情爆发的无度、情境的粗悍和对优美传统的蔑视所震惊。"①

事实上，克莱斯特根本就是他的时代的一个异类。他似乎无法归属于当时的任何文学流派：他既突破了古典主义对和谐的追求，也不接受浪漫派的美学理念。② 就如他自己在写给《彭忒西勒亚》的出版商科塔（Cotta）的信中所坦言的那样，他是一名"时代所不能承受的作家"（1808年7月24日）。要找到知音，他需要等待。

他等到了。当年的小万湖畔的无名掘墓人恐怕怎么也想不到，这位落魄作家的坟墓在百年后会成为热门旅游景点。歌德也同样一定想不到，未来的文学史会把他眼中的这个可鄙后生誉为德国历史

---

① Siegfried Streller，《导读》（"Einleitung"）见 Heinrich von Kleist, *Dramen*, Frankfurt am Main, 1986 (*Heinrich von Kleist. Werke und Briefe in vier Bänden*, Hrsg. von Siegfried Streller in Zusammenarbeit mit Peter Goldammer und Wolfgang Barthel, Anita Golz, Rudolf Loch)，卷1，页5。

② 克莱斯特与浪漫派的关系素来是个极具争议性的话题。纵观两百年来的克莱斯特接受史与研究史，我们会发现一个有趣现象：既有人将他看作深入骨髓到无可救药的浪漫主义者，也有人主张他恰恰代表着浪漫派的对立面，而更多的人是处在这两种最极端的观点之间，分别提出了自己形形色色的见解，此处难以尽述。不过现代学界的基本共识似乎是，克莱斯特至少绝非典型的浪漫主义者。详见 Ingo Breuer (Hrsg.)，《克莱斯特手册：生平、作品、影响》（*Kleist-Handbuch: Leben – Werk – Wirkung*, Stuttgart, 2009），页227–238。

上最伟大的剧作家，甚至还有人将他的名字直接排在他和席勒之后，称之为同时代德国文学的第三号巨子。哲学家尼采（Friedrich Nietzsche）盛赞他的才华。① 卡夫卡（Franz Kafka）视他为"真正的血亲"（eigentlichen Blutsverwandten），吸收着他的养分而创造出了文学奇迹。② 德布林（Alfred Döblin）少年时读到《彭忒西勒亚》时亦是澎湃不已，甚至称作者为"我青春的神衹"（die Götter meiner Jugend）之一，并为歌德对他的冷淡态度而愤愤不平。③

鲁迅文学翻译奖获得者、北京外国语大学德语系教授韩瑞祥这样总结道：

> 克莱斯特属于伟大的德国戏剧家。他构成了莱辛、席勒、歌德和格里尔帕策、黑贝尔和豪普特曼之间的承接环节。他的人生和作品的特点在于他追求绝对的真实、追求为有意义的人生创造坚实基础、炽烈地热爱祖国并胸怀着澎湃的志向。他在此之中结合了现实主义元素和浪漫主义童话元素、悲剧性和幽默、古典的和谐和无限的激情。尽管他和浪漫派不乏接触，但他还是凭借其对真理的绝不退缩的追求、心理学意义上的现实主义和他从超验性迈向内在性的步伐，而成为了现代戏剧的先驱者。④

德国的克莱斯特基金会自 1912 年起每年颁发克莱斯特文学

---

① 《身后名》，前揭，页 547，编号 612b。
② 这个表述出自卡夫卡给 1913 年 9 月 2 日给菲丽丝·包尔（Felice Bauer）的信。关于克莱斯特和卡夫卡的"内在亲缘性"可进一步参见 Walter Hinderer，《卡夫卡和克莱斯特：一种复杂的亲缘性》（"Kafka und Kleist: Eine komplexe Verwandtschaft"），见 Walter Hinderer: *Vom Gesetz des Widerspruchs – Über Heinrich von Kleist*, Würzburg, 2011, 页 173-192。
③ 《身后名》，前揭，页 556，编号 623b。
④ 韩瑞祥：《德语文学选集》，北京：外语教学与研究出版社，2005，页 206。

奖，这是魏玛共和国时期最重要的文学奖项，然而基金会于 30 年代解散，颁奖也随之中止。1960 年，海因里希·冯·克莱斯特协会成立，并自 1985 年起在德意志银行（Deutsche Bank）和霍尔茨布林克出版集团（Verlagsgruppe Georg von Holtzbrinck）的赞助下恢复颁发克莱斯特文学奖。近几十年来有大量街道、广场、建筑、公园冠上了克莱斯特的名字以示纪念。2011 年，德国官方举办"克莱斯特年"活动，修缮了小万湖边的坟墓，并重刻了原为犹太诗人马克斯·凌格（Max Ring）于 1868 年所撰写、后遭到纳粹破坏的墓志铭：

> 在浊郁、艰难的年代，
> 他生活、歌唱并困苦，
> 他在这里找寻着死亡，
> 而获得了永恒的不朽。

三、情节简介

悲剧①《彭忒西勒亚》的场景设在荷马史诗《伊利亚特》中的特洛伊战场，主角彭忒西勒亚是古希腊传说中的纯女无男的神秘部族——亚马逊人的女王。

彭忒西勒亚统帅着骁勇的少女军团突然降临特洛伊城下。她既不帮助特洛伊人解围，也不帮助希腊人攻城，而是同时袭击双

---

① 本剧的副标题"悲剧"一词在原文中并非"Tragödie"（对应英语的 tragedy），而是"Trauerspiel"。后者在汉语世界有"哀悼剧""悲苦剧""哀剧"等繁多的译法。在严谨的研究语境下，这两个概念一般是需要区分的，因而通晓德语文学史，特别是了解过莱辛（Gotthold Ephraim Lessing）戏剧理论的读者可能会对本书副标题的译法产生困惑。不过据我们所知，克莱斯特本人并不热衷于辨析专业术语，上述这两个概念在他笔下通常是随意混用的，他甚至自己还曾直接用"Tragödie"一词来指称《彭忒西勒亚》。因而译者认为将这里的"Trauerspiel"译作"悲剧"并无不可。对这个问题的详细考证和论述见于：Ingo Breuer（Hrsg.），《克莱斯特手册》，前揭，页 17–18。

方,并擒获了大量的俘虏,几乎迫使两支宿敌放下仇怨联手对付她。奇怪的是,女王本人在战场上总是以一种异常的狂热追踪希腊英雄阿喀琉斯,似乎对他怀着深仇大恨。更让人摸不着头脑的是,当阿喀琉斯陷入危险时,女王竟又出手相救。

在这种情况下,希腊统帅们认为,既然女王并非为援助特洛伊而来,便无必要和她继续在战场上纠缠,于是要求阿喀琉斯即刻撤回希腊大营。然而阿喀琉斯已意识到,女王是爱他才对他穷追不舍,因此抗命继续同女王激战不休。与此同时,亚马逊祭司和将领们也认为,既然已经擒获了足够多的战俘供本族的"玫瑰节"使用,便应及时班师回国。可是彭忒西勒亚却非要亲手抓获阿喀琉斯才肯罢休,于是与自己的族人发生了冲突。

彭忒西勒亚与阿喀琉斯继续厮杀。在接下来的战斗中,亚马逊人损失惨重,彭忒西勒亚本人则被阿喀琉斯击中并昏迷在地,阿喀琉斯误以为她已死,伤心欲绝。亚马逊人奋力从他手中夺回了女王。然而希腊大军穷追不舍,亚马逊军团在强敌之下分崩离析,彭忒西勒亚忠诚的女伴普萝妥耶想带着昏迷不醒的女王逃离,可最终还是被追赶而来的阿喀琉斯俘虏。

此时彭忒西勒亚却渐渐有了苏醒征兆,普萝妥耶见状恳求阿喀琉斯一起演一场戏,让他假装是自己被彭忒西勒亚所俘虏,以避免进一步刺激她骄傲而脆弱的心灵,阿喀琉斯应允。彭忒西勒亚醒来后信以为真,激动万分,与阿喀琉斯互诉衷肠,并向阿喀琉斯解释了亚马逊国和她自己的秘密。

原来,这个只有女人的亚马逊国在过去也与其他国度有着同样的性别秩序,然而一段惨痛的历史让她们确立了现在这种奇异风俗。很久以前曾有强敌入侵,杀戮了所有男人,并以暴力占有了幸存的女人。女人们不堪凌辱,在女王塔娜伊司的带领下奋起杀死入侵者,从此便建立了一个只有女人的国度。为了能够像男人一样持弓杀敌,所有的亚马逊女人还要割去自己的右侧乳房。这个国度为了繁衍,定期按照"神意"外出征战,掳掠男人带回国中,在"玫瑰节"庆典上与之欢爱,待到成功怀孕后再释放他们归国。此后生下男孩便杀死,女孩则养大成为下一代的女战士,如此循环。刚刚登基的年轻女王彭忒西勒亚是首次参加这种战争,在出征前,她就已听闻过阿喀琉斯的英勇与情义,十分倾慕;而她的母亲在临终时也向她预言她将会与阿喀琉斯幸福地结合。可是亚马逊国的法律规定,女人们不得自己挑选配偶,而只能与神灵为她所指定的那个男人——也即与她在战场上交锋的那个男人相结合。这就意味着,彭忒西勒亚只有自己亲手击败并俘虏阿喀琉斯,才能"合法地"与他在一起,这正是她此前一直疯狂地追踪阿喀琉斯的缘故。

可就在二人甜蜜之际,远处却传来了激战的声音,原来是亚马逊人重整旗鼓打了回来,以解救彭忒西勒亚。于是阿喀琉斯不得不告诉女王残酷的真相:是他俘虏了她,而非相反。

亚马逊人付出巨大的牺牲,终于成功地救回了彭忒西勒亚,然而她却非常失望,竟高声诅咒起这场营救行动,甚至表示自己情愿做爱人的俘虏。这席大逆不道的话语使得亚马逊族人震怒。正在此时,一位希腊使者到来,汇报说阿喀琉斯希望与彭忒西勒亚进行一场决斗。其实,这个决斗只是个幌子,阿喀琉斯为了能与彭忒西勒亚在一起,已毅然决定抛下特洛伊战争的任务,打算到决斗场上束手就擒,自愿做她的俘虏,并随她到亚马逊国去过"玫瑰节"。然而,彭忒西勒亚却误以为阿喀琉斯的决斗邀请是认真的,她为阿喀琉斯的无情背叛感到极度的失望与愤怒。陷入狂暴情绪的她不顾众人劝阻,装备上最可怕的杀器奔赴战场。

阿喀琉斯几乎全无武装地来到了战场。当彭忒西勒亚杀气腾腾地向他扑来时,他愣住了,然而逃跑已经来不及了。精神错乱的彭忒西勒亚扑向自己的爱人,并和手下的成群烈犬一起将他撕咬成了碎片,鲜血从她的口中和手上滚落。

这一非人举动让亚马逊人也都感到震怒,她们拒绝重新接纳她。可事后彭忒西勒亚自己似乎失去了记忆,竟追问起旁人是谁将阿喀琉斯的躯体残虐成这番模样,在多番提醒之下才意识到这一切正是自己所为。她哀恸地亲吻了爱人尸体,向他表白了心意,随后向族人宣布,她将脱离亚马逊国的"女人法律"之束缚,追随这一位少年而去。普萝妥耶知道她已决意自杀,于是取走了她的武器。而彭忒西勒亚却说,她在自己的心灵中,用"毁灭之情""懊悔"和"悲痛"为自己锻造了一把锐利的匕首。随后她果真用这把"匕首"杀死了自己。

四、作品评价

克莱斯特大约是在 1806 年 8 月于哥尼斯堡开始了《彭忒西勒亚》的创作,并于 1807 年秋日在德累斯顿完成初稿。作者在给自己的赞助者玛丽·冯·克莱斯特(Marie von Kleist)的信中激动地写道:"她真的出于爱而把他给吃掉了。不要害怕,这可以读读。""的确,我最内在的本质就蕴于其中。[……]我灵魂全部的痛苦和光辉。"①

---

① 这封信的日期不详,但大致是在 1807 年晚秋。另外其文本的读法也是有争议的,有学者认为"痛苦"(Schmerz)一词系后人编辑之误,原文应作"污秽"(Schmutz)。此外"污秽"在此也非道德概念,而是与后文的"光辉"(Glanz)并为绘画术语,意即"明暗色调"。参见 Helmut Sembdner,《"痛苦"还是"污秽"?关于克莱斯特就〈彭忒西勒亚〉的表述》(",Schmerz' oder ,Schmutz'? Zu Kleists Bemerkung über die ,Penthesilea'")见 Helmut Sembdner, *In Sachen Kleist – Beiträge zur Forschung*, zweite, vermehrte Auflage, München 1984, 页 76 – 87。可惜这封信原件早已遗失,因此克莱斯特原本的用词已无从直接查考。但近年来的讨论一般认为还是"痛苦"的可能性更大。参见 Walter Müller-Seidel,《德意志古典语境中的〈彭忒西勒亚〉》("Penthesilea im Kontext der deutschen Klassik"),见 Walter Hinderer(Hrsg.), *Kleists Dramen – Neue Interpretationen*, Stuttgart, 1981, 页 170 – 171。

无可置疑，克莱斯特在这部作品中倾注了极大的感情与心血。与他私交甚好的作家、外交家瓦恩哈根（Karl August Varnhagen von Ense）回忆道：

> 1807至1808年，他［译注：即克莱斯特］在德累斯顿与普夫艾尔住在同一座屋中相邻的两个房间里。这一时期他在创作《彭忒西勒亚》。有一天，他惘然若失、叹息不已地走进普夫艾尔的屋中，普夫艾尔担心地连忙站起身来，问道："克莱斯特，你怎么了？怎么回事？"他看到清亮的眼泪流过他的面庞。克莱斯特以绝望、悲痛之神情答道："她死了！""谁？""啊，还能是谁？彭忒西勒亚！"虽然颇为这份真切痛苦所震撼，普夫艾尔还是忍不住笑了出来，说道："你可是自己杀死了她。"克莱斯特答道："是的！"随后渐渐也转变为和朋友一样的欢快情绪了。①

这部悲剧最初以片段的形式发表于《腓比斯》杂志第一期。作者曾将这期杂志寄送给歌德，幻想能取得他的青睐。在附信中，他极尽谦恭与敬畏地写道："我是'怀着一颗跪下的心'而将它呈献给您的。"（1808年1月24日）

虽然克莱斯特诚惶诚恐地想要赢得歌德的认可，但他这部剧其实大胆挑战了歌德所代表的、当时占统治地位的魏玛古典审美。文学批评界素来乐于将《彭忒西勒亚》与歌德的戏剧《陶里斯岛上的伊菲革涅亚》（*Iphigenie auf Tauris*）相对比：二者产生时代和所用素材都接近，前者更是多次在情节和字面上暗射后者，但它们体现的价值却截然不同。伊菲革涅亚能够依靠人性光辉和启蒙意识而和谐化解矛盾，战胜愚昧和野蛮，取

---

① 引用自《生前迹》，前揭，页171，编号198。

得最终的胜利。而《彭忒西勒亚》中的世界却正与之相反，充斥着歇斯底里和血肉横飞。

理解了克莱斯特和歌德所属的两个世界的对立性，读者就定然不会奇怪为何歌德给他的答复如此冷淡刻薄。在回信中，他不光声明自己完全不能理解彭忒西勒亚，有些措辞甚至已近乎粗暴的训斥。① 这位大文豪的极度负面的观点其实也代表了时人的一般态度，《彭忒西勒亚》狂乱残忍的情节不光挑战了市民阶层道德，也与主流审美取向背道而驰，让读者普遍感到震惊与愤怒。即便在克莱斯特自己的密友圈子中，这部作品也未得到多少认可，而更多地引起了众人的惊恐与厌憎。就连平素热心帮助他的蒂克（Ludwig Tieck）也称《彭忒西勒亚》为"奇异的怪兽"；② 作家乔克（Heinrich Zschokke）在认可克莱斯特的才华，并称赞其为"成长中的莎士比亚"的同时，也不胜厌憎地评价道：作者"在有些地方只是想引起恐怖情绪，从而侮辱了品味、激怒了细腻的感情。美好艺术永远也不能以恶心之物来作为表现对象"。③ 其余种种批评，译者限于篇幅难以在此逐一引述。

《彭忒西勒亚》终作者一生都没有能登上舞台，在其逝世后的几十年内几乎完全被遗忘，直到1876年才在柏林进行了首演，但当时的导演肆意地篡改了原文，演出效果也很差。科塔出版社1808年首版的几百本单行本直到八十年后都没有卖完。然而，1892年在慕尼黑的演出却取得了意料之外的出色效果，随后德国多

---

① 参见《生前迹》，前揭，页199–200，编号224。
② 见于蒂克所出版的克莱斯特文集的前言：Ludwig Tieck，《前言》("Einleitung")，见 Heinrich von Kleist, *Kritische Schriften*, zum erstenmale gesammelt und mit einer Vorrede herausgegeben von Ludwig Tieck, Leipzig, 1848, 卷2, 页38。
③ 引用自《生前迹》，前揭，页262，编号283。

个剧院（包括柏林的德意志剧院）都开始上演这部剧。随着时光的推移，大众已经不再抵触克莱斯特的激进的主题内容和表达方式，特别是自十九世纪末以来，人们愈发地以现代性的目光重新审视他的作品。在热衷于"恶的美学"和"丑的美学"的现代研究者看来，乔克的指责中的最后一句话简直算得上是教科书式的经典谬误了。克莱斯特的作品对于人性缺陷的深刻与独到的表达，正是他超越时代的表现。换句话说，他作品中那些让旧时的读者愤怒、厌弃的成分，反而是后人眼中的可贵之处。《彭忒西勒亚》也逐步得到了其应有的认可，并被人称作是克莱斯特"最具勇气、最富才华"，① 也是"最个人、最激情、最炽烈"② 的一部作品。

如果读者有意详细了解两个世纪以来对于这部悲剧的不同的解读方式，还烦请查阅相关的中德文研究文献，毕竟这篇泛泛而谈的导读不打算也不能够取代严肃的文学批评。译者在这里只做一些简单的提醒：不可思议的爱情和奇异的性别关系固然可能是本剧中最能直接震撼读者的地方，然而读者不宜过多地把目光放这些情节上面。毕竟很多研究者都指出过，爱情并不是本剧的核心，不过是用于表达真正主题的框架。再者，如果单纯用女性主义和平权运动的视角来看待这部作品的话，似乎又容易失于片面，毕竟彭忒西勒亚的分裂的自我、狂热的追寻和无望的抗争并不单是属于女性的，也是属于包括作者自己在内的全体现代人类的。另外值得注意的是，作品所使用的荷马史诗背景仅仅是叙事的工具，读者不应过多受其干扰。细心的人应该很容易发现，无

---

① Johannes Niejahr,《海因里希·冯·克莱斯特的〈彭忒西勒亚〉》（"H. v. Kleists Penthesilea"）见 *Vierteljahrsschrift für Literaturgeschichte*, unter Mitw. von Erich Schmidt u. Bernhard Suphan, hrsg. von Bernhard Seuffert, Weimar, 1893, 卷6, 页506 – 553。

② Edgar Neis（Bearbeitung）,《海因里希·冯·克莱斯特的〈彭忒西勒亚〉阐析》(*Erläuterungen zu Heinrich von Kleists Penthesilea*, Hollfeld, 1960), 页30。

论是就事物描写还是就人物塑造而言,这部剧都打破了古希腊历史与文学的范畴。如果想要对作品有一个较深的领悟,就需要更多地结合克莱斯特的个人经历与思想,结合其创作与古希腊悲剧、古典主义、浪漫派以及后世的现代派的复杂关系。

五、中文翻译

与海外相比,国内对克莱斯特的"待遇"还相当冷淡,一些重要作品甚至至今一直都没有译本。而读者手中的这本书也是《彭忒西勒亚》的第一个汉语译本。译者所依据的底本是德国权威的学术出版社雷克拉姆(Reclam)1998年的单行本,并保留了这个版本中所标注的行号,① 以便读者翻查。在细节问题的理解上,译者基本采纳德意志经典出版社(Deutscher Klassiker Verlag)1987年的详注版中的阐释。此外译者还参考了从19世纪到现代的另外几种德文版、乔尔·阿基(Joel Agee)与道格拉斯·朗沃西(Douglas Langworthy)的两种英文译本以及索洛古勃(Фёдор Сологуб)与切勃塔列夫斯卡娅(А. Н. Чеботаревская)夫妇合作的俄文译本。

克莱斯特在《彭忒西勒亚》中将德语的语序自由性发挥到了极致,创造出了一种几乎是他所独具的破碎凌乱的语言风格,这种风格历来褒贬不一,但它无疑是尤为适合表达强烈的感情爆发的。试举本剧中的一段典型的"克氏风格"语言为例(第1641–1657行):

> An euer Amt, ihr Priestrinnen der Diana:
> Daß eures Tempels Pforten rasselnd auf,
> Des glanzerfüllten, weihrauchduftenden,

---

① 需要注意的是,有时会出现同一行诗包含了几个不同人物所说的台词的情况(例如第240行就包含了奥德修斯、狄俄墨得斯、尉官三个人所说的话),虽然这行诗会被拆成几行来排印,然而在统计作品行号时仍然只算一行。

Mir, wie des Paradieses Tore, fliegen!
Zuerst den Stier, den feisten, kurzgehörnten,
Mir an den Altar hin; das Eisen stürz ihn,
Das blinkende, an heilger Stätte lautlos,
Daß das Gebäu erschüttere, darnieder.
Ihr Dienrinnen, ihr rüstigen, des Tempels,
Das Blut, wo seid ihr? rasch, ihr Emsigen,
Mit Perserölen, von der Kohle zischend,
Von des Getäfels Plan hinweggewaschen!
Und all ihr flatternden Gewänder, schürzt euch,
Ihr goldenen Pokale, füllt euch an,
Ihr Tuben, schmettert, donnert, ihr Posaunen,
Der Jubel mache, der melodische,
Den festen Bau des Firmamentes beben! ——

如果逐字直译成中文，那么便是这样的：

到岗位上去吧，你们这些狄安娜的女祭司们：
让你们的神庙的大门作着响，
那充满光辉的、散发着圣香气味的（神庙的），
给我，如同天堂的大门般，快速打开！
首先把公牛，肥壮的，有短角的，
给我带到祭坛去；铁（刃）呀，弄倒它吧，
闪着光的（铁刃）呀，在圣地无声地，
以致建筑震动地，放倒（它吧）。
你们这些女侍者呀，你们这些麻利的人，属于神庙的，
把血，你们在哪里？快，勤快的人儿们，
用波斯油，被炭（烧得）嘶嘶响的（波斯油），

> 从木质地板上洗去!
> 所有的飘动的衣装们呀,撩起吧,
> 金色的酒杯们呀,盛满吧,
> 管乐们呀,猛击吧,雷鸣吧,喇叭们呀
> 欢呼声呀,你使得,那有节律的(欢呼),
> 天空的坚固的构造颤抖吧!——

这种遣词造句的方式在德语中虽然不算寻常,不过在语法和表意上都是没有问题的。可如果将其照搬到我们民族的语文中,就容易使人摸不着头脑了。因此译者并不着意于保留这种风格,而是尽力使译文表达流畅且符合汉语习惯。原文除了第十四幕的颂歌(第 1735 – 1743 行)和第二十四幕末尾处的一小段台词(第 3003 – 3009 行),一律是由分行的无韵诗写成,而且每行均为规整的五音步抑扬格;译者为了尽力再现原著的体例,也将作品加工成了分行的形式,并且每行的长度相等。因此本书的正文中,这段话最终变成了这样:

> 月神祭司们,去履行职责吧,
> 快为我嘎嘎打开那金光灿灿、
> 香雾缭绕的月神庙宇的那扇
> 仿佛天堂的入口一般的大门!
> 先把头生着短角的肥壮公牛
> 给我牵到祭坛之上屠宰献祭,
> 让闪着寒光的利刃无声落下,
> 让圣洁神坛的建筑随之摇震。
> 神庙的麻利而勤快的女仆们,
> 你们在哪?快从炭火上取来
> 烧得发出嘶嘶响声的波斯油,

> 用它洗去木质地板上的血迹。
> 让人们穿上轻柔飘扬的华服，
> 让金色的酒杯盛满玉液琼浆，
> 让鼓吹号角一起如雷声奏鸣，
> 让欢呼像顿挫的音乐般响起，
> 让巍峨的苍穹也为之而撼震！——

译者自己也觉得这种手法是有些大胆的，至于其是否得当，还有待读者评说。

这种整齐划一的格式必然意味着要对原文的字句进行一定的裁剪，这可能给人以自由发挥过大、不忠实反映原文之嫌。然而译者认为，翻译中的"裁剪"和"发挥"本来就是不可避免的，毕竟汉德两种语言的用词习惯、语序规则和表达方式差异巨大，如果一点"裁剪"和"发挥"都没有的话，那样产出的译文恐怕才会费解。试举本剧的中的一段对少女军团人仰马翻的狼狈场面的描述为例（第436-439行）：

> Ein Knäuel, ein verworrener, von Jungfraun,
> Durchwebt von Rossen bunt; das Chaos war,
> Das erst', aus dem die Welt sprang, deutlicher

这段话如果原封不动地按字面意思翻译的话，那么便是："一个由少女们和各色的马匹交织而成的混乱的线球：世界所从中诞生的那个最初之混乱曾是更为清晰的。"这般的中文表述显然会让读者一头雾水，所以译者联系上下文，将这段话加工成了这样：

> 只见少女和她们各色的马匹
> 摔成了一团乱麻，这番场面

比创世之初的混沌还要纷乱。

再举一例，第 1624 行中，彭忒西勒亚将她体内因欢乐而奔涌的血液称为"Säfte meiner Jugend"（直译为：我的青春的汁液），这种表述对于汉语读者恐怕是很难接受的，因此译者将其改译作"我体内流淌的青春"，这么一来从中文语感的角度来说就顺畅了很多，同时也不失原意。

总而言之，虽然译文的句式、语序和用词相对于原文有变动，但是译者始终力求原文中所包含的信息基本不打折扣，另外也不让译文中混入"妄加"的成分。译者敢说，这个译本大体上还是比较"本分"地传达原著文意的。

另外值得一提的是，在翻译过程中，译者也真切地体会到了汉语言的表达方式的丰富与灵活。例如"umstarrt von Spießen" "krieggeworben"和"Nachtigall-durchschmettert"之类的由克莱斯特所创造的、颇具德语特色的新颖复合表述虽然很能让其他语种的译者头痛，在汉语中却可以用"戈矛环伺"（第 257 行）、"以武为媒"（第 1662 行）、"夜莺啼透"（第 1895 行）等四字词来非常简洁而又绝对精确地表达。这样的点滴感悟或许正是艰辛的文学翻译工作中的乐趣之一。

克莱斯特的作品中往往包含着作者所处时代及个人经历所留下的印记，《彭忒西勒亚》里又充斥着大量极易令人晕头转向的希腊人名、族名、地名及神祇名，此外中德语言习惯差异巨大，而克莱斯特偏又是文字游戏的好手。以上这几点都加大了一般中国读者阅读本剧的难度。译者通过查考多方面的文献资料，一方面为正文添加了众多脚注，另一方面又在正文之后编写了"专名索引"，以便读者了解相关背景知识。此外应出版社之要求，译者还挑选了两篇德国专家所撰写的有关《彭忒西勒亚》的研究性文章和一篇中文论文附于书末。之所以选译的两篇德国文章都比较老旧，一是为了避免版权争端，二是由于当时的论文更侧重于事实与文本的阐释，且文风相对于近几十年的新作也更显平实，庶几更切合国内读者的需求。

《彭忒西勒亚》的篇幅并不长，正文译成中文只有寥寥五万字，然而仅仅这一部分的翻译工作就耗费了半年之久。克莱斯特素来是公认的难以翻译的作者，不谙德语的读者很难想象原著的语言是多么艰深晦涩、佶屈聱牙，即便是受过人文专业高等教育的以德语为母语的人，阅读此剧也是困难重重。在翻译过程中，译者常常为了一词一句的理解，而不得不查阅大量的工具书和研究文献。作为经验尚浅的在校学生，译者为此每每有不自量力之感。这本译作能够完成，首先需要感谢导师任卫东教授让我与这部作品结缘，并不厌其烦地为我的译稿提出修正及改进意见，也感谢柏林自由大学的 H. R. Brittnacher 教授耐心地为我解答了许多疑难之处，感谢 Uwe Torsten 教授、胡希琴老师和肖潇同学帮助我查找参考文献，感谢何彤珊同学和郭婧同学帮我校对了整部译稿，感谢陈希米、刘小枫、王霄翎、贾涵斐、陈敏老师为译文的出版所付出的努力，此外特别感谢我的父母，他们是我的第一读者。译者为不辜负他们的期望，立志以一种精益求精的态度来做好这项工作，决不敷衍地斟酌每字每句，只求将荆棘丛生、崎岖不平的小径化作平坦的通途，让读者能够顺畅地走进大师剧作的圣地。

尽管译者曾无数次检查、校对译本，但也自知水平有限，实在不敢保证完全没有疏漏之处。现在将这处女译呈献给读者，译者内心实在不胜惶恐，诚心期待来自各方的批评与指正。

译者

二〇一七年十月

第一场

奥德修斯和狄俄墨得斯①从一侧上场,安提洛科斯从另一侧上场,众侍从上场。

安提洛科斯:
　　你们好,国王们!自从我们
　　上次城下相会后,战况如何?

奥德修斯:
　　不好,安提洛科斯,你看呀,
　　原野上希腊和亚马逊的军团
　　正如两匹暴怒的狼那般恶斗。
　　天哪,却不知这是为何而战!
　　除非让天神阿瑞斯和阿波罗
　　在震怒中干预,或者让宙斯
　　降下雷霆将这些鏖战者分开,
　　不然今日还会有更多人阵亡,
　　至死牙齿还紧啮着对手的喉。——
　　用头盔盛些水给我!

---

① 译者已将所有人物、地域、神祇及民族的注释都列在书后的《专名索引》中,正文中不再另外专门加注。

安提洛科斯:

真是可恶!
亚马逊人究竟要拿我们如何?

奥德修斯:

我同阿喀琉斯带领迈密登人
应阿特柔斯之子的命令出征。
当时听说,女王彭忒西勒亚
已经从斯基泰人的森林动身,
率领身穿蛇皮的亚马逊军团,
胸中充盈着狂热炽烈的战欲,
翻越过绵亘曲折的群山赶来,   20
以帮助特洛伊国王普廉解围。
在斯卡曼德罗河畔我们得知,
特洛伊王子得伊福玻斯也已
统帅着人马从伊利昂城出发,
想要按盟友的礼节前去欢迎
那位向他们施以援手的女王。
于是我们在道路上急速前进,
力求阻止两敌会师构成大患。
部队蜿蜒行军了一整夜之久,
然而到了拂晓赤霞初明时分,   30
眼前之景却让我们惊愕不已:
在我们面前的宽阔谷地之上,
亚马逊人竟正同伊利昂军团
展开着厮杀!而彭忒西勒亚
好比风扫残云般击溃了敌兵,
仿佛是定要将那些特洛伊人

> 统统刮到赫勒斯滂海峡对岸,
> 一直冲荡出这片广袤的大地。

安提洛科斯:

> 神哪,真奇怪!

奥德修斯:

> 我们准备就绪,
> 迎头痛击那些正在席卷而逃、
> 朝我们狂乱涌来的特洛伊人,
> 并纷纷举起手中所持之戈矛,
> 如坚墙般迫使普廉之子停住。
> 经过简短的商讨后我们决定
> 立刻向亚马逊女王表示欢迎,
> 此时她也已停下了胜利步伐。
> 我们这种做法岂非理所当然?
> 即便我去向雅典娜求问妙策,
> 她恐怕也道不出更佳的秘计。
> 我向冥府起誓:这全副武装、
> 如同从天空突然降临的少女,
> 她加入到敌我之间的战斗中,
> 必定得要从中选择一方结盟。
> 既然她与图克罗斯人相敌对,
> 那自然就应该是我们的友军。

安提洛科斯:

> 冥河啊!不然还能是怎样呢?①

---

① "冥河啊"以及后文出现的"向冥府起誓"之类的话只是作品中希腊人用于起誓或加强语气的套语,与"宙斯啊""众神哪""天哪"类似。

奥德修斯：

> 此时我和阿喀琉斯二人看到，
> 那威风凛凛的斯基泰女英雄
> 正屹立在少女军团的最前方，
> 一身戎装，盔缨从头上垂下。 60
> 她所骑小马用蹄踩踏着地面，
> 身上金紫色的流苏随之摇晃。
> 她若有所思地沉吟了一会儿，
> 朝我军方向面无表情地望来，
> 仿佛眼前的我们都是石头人。
> 我敢说，哪怕是平坦的手掌
> 都比她当时的脸孔更富神采。
> 可当目光触及佩琉斯之子时，
> 她的整个面庞直到颈项之上
> 霎时尽皆染上了炽艳的色彩， 70
> 就仿佛是她周遭的整个世界
> 都在灼烁的火焰中熊熊燃起。
> 她朝向他投去了阴郁的一瞥，
> 颤抖着从马背之上飞身而下，
> 并将缰绳递给了一名女侍者，
> 询问起我们兴师前来的用意。
> 我告诉她，阿尔戈人很高兴
> 能够遇到达尔达诺人的仇敌。
> 希腊人的胸膛中早就燃烧着
> 对普廉之族的仇恨。若联盟， 80
> 则对双方都有百利而无一害。
> 我临场发挥想出了种种说辞，

　　　　　　　然而正当我滔滔不绝的时候，
　　　　　　　我惊奇地发觉她根本没在听，
　　　　　　　而是如同一个十六岁的女孩
　　　　　　　观看了奥林匹克竞技后那样，
　　　　　　　面带着一种惊异不已的神情，
　　　　　　　突然转过身对一位女伴呼道：
　　　　　　　"普萝妥耶呀，这般的男人
　　　　　　　我母亲俄特雷雷可从未遇过！"　　　90
　　　　　　　这位女友有些尴尬，沉默了。
　　　　　　　阿喀琉斯则与我相视而微笑。
　　　　　　　而她又含着如痴如醉的目光
　　　　　　　端详着埃癸那人的灿烂身躯，
　　　　　　　直至那位女友畏怯地靠近她，
　　　　　　　提醒她对我的提议速做回应。
　　　　　　　她不知是怒是羞，脸庞潮红，
　　　　　　　将上半身甲胄一并映成赤色，
　　　　　　　困惑、骄傲而狂野地回答说，
　　　　　　　她是亚马逊女王彭忒西勒亚。　　　100
　　　　　　　随即她又转过头来朝我说道，
　　　　　　　她只会用无情箭矢作为答复！

安提洛科斯：　你先前派到我们这里的使者
　　　　　　　也是一字不差地这么汇报的，
　　　　　　　但是军中没人明白他的意思。

奥德修斯：　　这番场景使得我们一头雾水，
　　　　　　　于是便只得吞耻忍愤地撤退。

　　　　　　　图克罗斯人在远处幸灾乐祸，
　　　　　　　他们猜到了我军蒙受的羞辱，
　　　　　　　开始欢天喜地准备重整旗鼓。　　　110
　　　　　　　他们妄以为自己是获益一方，
　　　　　　　觉得女王将怒火倾泻向他们
　　　　　　　只是出于个亟待消除的误会，
　　　　　　　于是决定立刻重派使者过去，
　　　　　　　企图重缔那被她撕毁的盟约。
　　　　　　　可使者还未将甲上尘土抖净，
　　　　　　　那如半人马一般骁勇的女王
　　　　　　　就已纵开了缰绳朝我们冲来，
　　　　　　　发动了洪流一般狂暴的攻势，
　　　　　　　不分是希腊人还是特洛伊人，　120
　　　　　　　将敌我双方都打得溃不成军。

安提洛科斯：

　　　　　　　达瑙人们哪，真是闻所未闻！

奥德修斯：

　　　　　　　自从复仇女神兴风作浪以来，①
　　　　　　　大地上还从未有过此等恶战。
　　　　　　　据我所知，在自然界中只有
　　　　　　　力与反作用力，没有第三类。
　　　　　　　能够灭火者必不能使水沸腾，
　　　　　　　反之亦然。可这里却有一方，
　　　　　　　能同时与两方作殊死的搏斗，
　　　　　　　这位劲敌刚刚登场就已使得　130

---

① 复仇女神的历史极为古老，所以这句话的意思就是"自从世界诞生以来"。

火焰不知道是否该与水同流，
而水不知道是否该随火燃烧。
被亚马逊人猛追的特洛伊人
竟仓皇窜到我军盾牌后藏身，
靠希腊人保护逃脱少女追逼，
只因穷于应付这共同的敌人，
希腊和特洛伊两方几乎都要
丢下海伦劫案之怨而结盟了。

（一位希腊人递水给他）

谢谢！口干舌燥了。

狄俄墨得斯：

自那日起，
原野上的厮杀就再也未止息。　　140
战怒就如那困在森林峰峦间
冲荡咆哮的风暴般愈演愈烈。
我昨天同埃托利亚军团赶来，
以增援我们的部队，却只见
她正以雷霆轰鸣的势头进攻，
那狂怒的女人仿佛存心要将
整个希腊民族打个土崩瓦解。
王国的多少精英被风暴摧折，
阵亡沙场：阿斯蒂阿纳克斯、
阿里斯顿，还有米南德罗斯，　　150
他们青春魁梧的躯体成为了

       浇灌战神之女的月桂的肥料。①
       她乘胜捕获我军无数的俘虏,
       多得让我们的眼睛难以数清,
       多得让残存的人手无力救回。

安提洛科斯:

       没人明白她要拿我们如何吗?

狄俄墨得斯:

       正是如此,不管怎么去揣度,
       我们都探不清楚其中的缘由。
       ——鉴于她总以莫名的怒火
       在混战中追踪着忒提斯之子,   160
       所以我们推想,她心中大概
       怀有某种针对他的个人怨恨。
       她总是穿越重重军阵追逐他,
       即便是积雪丛林之中的母狼,
       都不会如此饥渴狂热地追猎
       其凶恶的目光所相中的猎物。
       可不久前有一次,他的性命
       几乎都已经完全落入她手中,
       她却微笑着赐予他生还之机,
       若非她相助他早已魂断冥府。   170

安提洛科斯:

       什么?你说谁?女王吗?

---

① 这里的"战神之女"指的是彭忒西勒亚。古人使用月桂枝叶为胜利者制作花环,因此才有"桂冠"一说。本句比喻这些英雄的死成就了彭忒西勒亚的战功和威名。

狄俄墨得斯：

> 是她！
> 正当彭忒西勒亚和阿喀琉斯
> 昨日黄昏在战场上交锋之时，
> 得伊福玻斯却突然策马过来，
> 并选择站在少女的那方战斗。
> 他给了佩琉斯之子凶险一击，
> 使得四周榆树林的树冠之间
> 都回荡着甲胄碰撞的铿锵声。
> 女王失色，一时垂下了双臂，
> 接着她在马背上猛地直起身，　　　　180
> 面庞如同是熊熊燃起了一般，
> 脸颊边的鬈发愤怒地颤抖着。
> 她举起那天国神物般的宝剑，
> 以闪电之势挥向那不速之客，
> 命中他的颈项，使他滚倒在
> 忒提斯的天神般的儿子脚下。
> 可佩琉斯之子却要恩将仇报，
> 想以同样方式反过来击倒她。
> 而她则屈身到虎斑马的颈部，
> 让马紧咬着马嚼猛转过身去，　　　　190
> 就这样闪开了他的致命一斫，
> 随后回眸微笑着扬鞭远去了。

安提洛科斯：

> 真奇怪！

奥德修斯：

> 特洛伊那边有何消息？

安提洛科斯：

　　　　　　　阿伽门农派我来，托我问你：
　　　　　　　鉴于目前战局已经发生改变，
　　　　　　　你是否认为撤军才更为明智？
　　　　　　　我们的目标是攻陷伊利昂城，
　　　　　　　不需要阻挠一位自由的女王
　　　　　　　出于无关我们的缘故来征讨。
　　　　　　　因此如果你确定彭忒西勒亚　　　　　　200
　　　　　　　并非为支援达尔达诺城而来，
　　　　　　　那么他便希望你们带领人马
　　　　　　　不惜一切代价立刻退出战斗，
　　　　　　　回到阿尔戈人的堡垒中固守。
　　　　　　　而如果她继续追踪你们的话，
　　　　　　　阿特柔斯之子便会亲临阵前，
　　　　　　　看看这个谜一般的斯芬克斯
　　　　　　　在特洛伊城下将会作何决断。

奥德修斯：

　　　　　　　我向宙斯发誓，我完全赞成！
　　　　　　　你们真以为拉埃尔特斯之子　　　　　　210
　　　　　　　喜欢纠缠于这种无谓的战斗？
　　　　　　　快让佩琉斯之子离开这里吧！
　　　　　　　因为自从这个疯狂的人看见
　　　　　　　那只异兽在战争丛林中现身，
　　　　　　　他便像失控的猛犬般嗥叫着
　　　　　　　向它的鹿角扑去，任凭猎人
　　　　　　　心急如焚地百般引诱与呼唤，
　　　　　　　只顾紧咬着美丽猎物的颈项，

　　　　　　同它一同狂奔过群山与河流，
　　　　　　远远地迷失在森林的暗夜里。　　　　220
　　　　　　你们朝他放箭射穿他的腿吧，
　　　　　　只求能拦住他。他已立下誓，
　　　　　　定要手抓着她丝绸般的头发
　　　　　　将她从虎斑马的脊背上拉下，
　　　　　　否则就一直追踪她永不止息。
　　　　　　安提洛科斯，你来试一试吧，
　　　　　　看看待到他口吐白沫的时候，
　　　　　　你的口才能否对他起些效用。

狄俄墨得斯：
　　　　　　各位国王呀，我们还是一起
　　　　　　如同使用楔子撬开物件那样，　　230
　　　　　　镇静地以理智击破他的疯狂。
　　　　　　而你，足智多谋的奥德修斯，
　　　　　　肯定能有办法找到其突破口。
　　　　　　他若不肯听你，好，那我就
　　　　　　叫上两个埃托利亚人去强行
　　　　　　将那失去理智的人负在背上，
　　　　　　像扛木头般扔回阿尔戈营地。

奥德修斯：
　　　　　　跟我来！

安提洛科斯：
　　　　　　　　咦？是谁急匆匆赶来？

奥德修斯：
　　　　　　是阿德拉斯，一脸惊惶之色！

第二场

前一场的人物不变,一名尉官上场。

奥德修斯:
    你来做什么事?

狄俄墨得斯:
        传信?

尉官:
           我带来的 240
    是史无前例的噩讯。

狄俄墨得斯:
        怎么了?

奥德修斯:
            讲!

尉官:
    阿喀琉斯落入亚马逊人手中,
    而佩尔甘的城墙仍久攻不下。

狄俄墨得斯:
    奥林匹斯的众神哪!

奥德修斯:
         真是噩耗!

安提洛科斯：
> 这件可怕之事是何时发生的？

尉官：
> 战神充满盛怒的女儿们再度①
> 发动了闪电一般炽烈的攻击，
> 勇猛的埃托利亚军团被荡平，
> 素称无敌的迈密登人被击溃，
> 瀑布般地朝我们的方向逃窜。　　　　250
> 我们想拦住迎面涌来的败军，
> 却无能为力，反被纷乱人潮
> 漩涡般地一并裹挟到战场外。
> 待我们最终重新站稳脚跟时，
> 与佩琉斯之子的距离已很远。
> 此时只见他刚奋力挣逃出了
> 戈矛环伺、暗无天日的厮杀，
> 正从山丘之顶慌乱驱驰而下。
> 所幸他是朝我们的方向驶来，
> 我们已经雀跃着庆贺他逃脱。　　　　260
> 可是欢呼声顿时又窒死喉中，
> 因为他的四驾马车突然又被
> 面前的一道深渊拦住了去路，
> 马儿猛立起身从高高的云端

---

① 亚马逊人的婚礼上总是以战神阿瑞斯作为象征性的"新郎"，而那些实际与她们结合的男俘只被视为战神在现实中的"代表人"。既然战神是每一代亚马逊女人共同的"新郎"，那么他也就同时成为了所有下一代亚马逊女人名义上的父亲，所以亚马逊女战士在本剧中既被称作"战神的新娘"，也被称作"战神的女儿"。详见第十五场中的解释。

俯望着令人毛骨悚然的谷底。
他虽然本精通地峡人的技艺，①
可此时却无法驾驭受惊之马。
只见它们在鞭打下狂跃不止，
最终连带着乱作一团的挽具
翻倒在地上，场面一片狼藉。　　　　270
而我们的神之子困在车厢内，
如同陷落在布下的套索之中。

安提洛科斯：

疯狂的人哪！他究竟要如何？

尉官：

此时勇敢的驾车人奥托墨冬
急忙设法挽救这片混乱场面，
想要将倾覆在地的马车扶起。
可未待他将马儿扭曲的腿脚
从乱麻般的挽具绳索中解开，
女王就已经率着胜利的部队
纷纷冲入到底下的山谷之中，　　　　280
封死了所有可供营救的通路。

安提洛科斯：

天神哪！

尉官：

　　　　飞扬的尘土缭绕着她。
她让迅捷的小马止住了步伐，

---

① "地峡人的技艺"指的是操纵马匹和马车的技术。古希腊人在科林斯地峡地区定期举办竞技活动，其中不少比赛项目都与驾马和战车有关。

抬起闪着光的脸庞仰望峰顶，
打量了一会自己面前的崖壁。
她的盔缨仿佛都感到了畏惧，
从后方猛曳着她的头颅沉下。
接着她突然抛下了手中缰绳，
又只见她仿佛是晕眩了一般，
慌乱地用两只小巧的手捂住   290
自己覆盖着波浪鬈发的额头。
少女们见到她这番奇特表现
都十分惊愕地簇拥到她身边，
并激烈而恳切地请求着什么。
一个似乎是她的至亲的女人
用臂膀搂住了她，而另一个
则更为果决地抓住了马缰绳。
她们是想要强行制止她前进，
而她——

狄俄墨得斯：

　　　　怎么？她可敢吗？

安提洛科斯：

　　　　　　　　接着说！

尉官：

　　　听我讲吧：她们都拦不住她。   300
　　　她用轻柔的力量将那些女人
　　　从两侧推开，随后便骑着马
　　　沿着那岩壁不安地来回踱步。
　　　她想要找到一条狭窄的小路，
　　　来实现她那没有翅膀的愿望。

接着就只见她如同疯了一般，
开始向上爬起那座陡峭悬崖，
燃烧着热望与无理性的希冀，
尝试着一个又一个攀登地点，
只求能抓住那已落网的猎物。 310
她已经试过了雨水在岩壁上
所冲刷出的所有较缓的石缝，
也意识到山崖实在险峻难登，
可就仿佛是失去了判断力般，
一次又一次地从头开始攀爬。
毫不气馁的她已经是飞身在
漫游者所不敢涉足的险径上。
她就这样又向着崖顶爬过了
一段和榆树差不多高的距离，
并立身到了一块大理石岩上， 320
其大小仅能供一只岩羊容身。
四面的险峰深谷使得她畏怯，
无论向前向后都是举步维艰。
女人们惊恐的叫声刺破云霄，
原来是女王连人带马地失足，
夹杂着噼里啪啦滚落的碎石
从高空沉重地摔到崖底深处，
仿佛是要坠陷到冥府去一般。
而她并无碍，也未知难而退，
只是振作起来再度尝试攀登。 330

安提洛科斯：

看看那莽撞而暴烈的鬣狗啊！

奥德修斯：

> 然后呢？奥托墨冬呢？

尉官：

> 　　　　　　　他总算
> 把马车和马重新扶正并理好。
> 赫淮斯托斯若有这么多时间，
> 都够重新打造辆钢铁战车了。
> 他跃上驭座，手中持起缰绳，
> 我们阿尔戈人都松了一口气。
> 可是正当他准备调转马头时，
> 亚马逊战士们已发现了一条
> 可以平缓地通往崖顶的小道，　　340
> 于是整个山谷满是欢腾之声，
> 她们招呼那如丧失了理智般
> 仍然在攀爬岩崖的女王前来。
> 她闻言立刻抛下自己的坐骑，
> 朝那条小路投去匆匆的一瞥，
> 随即便如同狩猎的豹子那样
> 开始紧紧地追捕佩琉斯之子。
> 而他则向后方驾着马车逃遁，
> 不久就消失在重重山谷之中，
> 下面的情况我就无从知晓了。　　350

安提洛科斯：

> 他完了！

狄俄墨得斯：

> 朋友们，该如何是好？

奥德修斯：
　　　　　　就按照我们心灵的指示去做！
　　　　　　上吧！将他从女王手中解救！
　　　　　　哪怕为他进行一场生死之战。
　　　　　　阿特柔斯之子那里由我应付。
（奥德修斯、狄俄墨得斯、安提洛科斯下场）

第三场

尉官、一群登上山丘的希腊人。

一位迈密登人：（眺望着）
> 看啊！有没有看见山脊后面
> 露出了一名戎装战士的头颅？
> 有没有看见他头盔上的羽缨？
> 还有下面的结实有力的颈项？
> 有没有看见铁光闪耀的肩臂？　　360
> 朋友们，是否看到整副胸甲，
> 还有他身上系着的金色腰带？

尉官：
> 啊！那是谁？

迈密登人：
> 　　　　我这是在做梦吗？
> 我已经看到他驾车的马儿们
> 生着白纹的脑袋了！只剩下
> 腿和蹄的视线还被山脊阻拦。
> 现在，他的整辆战车都已经
> 显现在地平线上了！简直与
> 晴朗春日的骄阳一样地壮丽！

众希腊人：
> 万岁！那是神之子阿喀琉斯！　　370

> 他自己驱着四驾马车回来了！
> 他得救了！

尉官：
> 　　　　　愿奥林匹斯的诸神
> 永受荣光吧！——奥德修斯！
> ——谁去通知下希腊王公们？

（一位希腊人迅速下场）
> 他正向我们驶来吗？

迈密登人：
> 　　　　　　哦，看啊！

尉官：
> 怎么了？

迈密登人：
> 　　　　此景震撼得令人窒息！

尉官：
> 快说！快讲！

迈密登人：
> 　　　　　哦，看他是如何
> 在马背上方向前挥舞着左手！
> 他几乎是在凭空抽打着马鞭！
> 而他的那群天神一般的骏骥
> 仅凭鞭声指挥而踏裂着大地！
> 我发誓，它们就仿佛是通过
> 口中吐出的雾气牵引着马车！
> 惊逃的小鹿也不如这般迅捷！
> 车轮飞滚着，辐条连成一片，
> 成了目光穿不透的实心圆盘！

380

一位埃托利亚人：
>可他身后——

尉官：
>怎么了？

迈密登人：
>在山的边缘——

埃托利亚人：
>尘土——

迈密登人：
>尘土飞扬，仿佛乌云般，
>又仿佛是闪电——

埃托利亚人：
>永恒的诸神哪！

迈密登人：
>是彭忒西勒亚。

尉官：
>你说谁？

埃托利亚人：
>是女王　　　　　　　　　390
正率领着她的全体女兵女将，
紧跟不舍地追逐佩琉斯之子。

尉官：
>真是疯狂的复仇女神！

众希腊人：（呼喊着）
>朝这里！
>天神般的人哪，方向朝这里！
>到我们这边！

埃托利亚人：
> 看她如何用双腿
> 激情地紧拥着虎斑马的身躯！
> 她弓身到坐骑的鬃毛的高度，
> 饥渴地吞咽着阻拦她的空气！
> 她如同是从弓弦上射出一般，
> 比努米底亚的箭矢还要迅捷！　　　　400
> 部属都喘着粗气落在她身后，
> 正如土狗落后于全速的猎犬！
> 她的盔缨简直都跟不上她了！

尉官：
> 她接近他了？

一位多洛普人：
> 接近了！

迈密登人：
> 还没有呐！

多洛普人：
> 接近了！达瑙人们，快看呀！
> 她饥渴狂热的马蹄每踏一步，
> 她与他相隔的距离便少一分。

迈密登人：
> 我向一切庇佑我们的神起誓，
> 在视线里她已和他一样大了！
> 她已经在呼吸着迎面吹来的、　　　　410
> 他奔腾的马蹄所扬起的尘幕。
> 战车在飞逃中激起土块乱溅，
> 而在她身下疾驰的小马的蹄，

埃托利亚人：
> 又将土块重新甩向他的马车。

埃托利亚人：
> 现在，那傲慢而疯狂的男人
> 竟然还走着曲线来戏弄敌手！
> 注意啊，女王正要拿出弓箭。
> 看到没？她要切断他的去路——

迈密登人：
> 宙斯庇佑吧！她已到他身边！
> 她朝阳下的阴影如同巨人般， 420
> 已经要杀死他了！

埃托利亚人：
> 可他又猛然——

多洛普人：
> 他猛然操纵马车向侧方拐去。

埃托利亚人：
> 他又朝向着我们疾驰而来了！

迈密登人：
> 哈，他真机智，骗过她了——

多洛普人：
> 嗬！
> 那势不可挡的女人从他边上
> 飚了过去——

迈密登人：
> 挨了一撞，没骑稳，
> 绊了下——

多洛普人：
> 摔倒了！

尉官：

　　　　　　　什么？

迈密登人：

　　　　　　　她摔倒了！
有个少女紧跟着跌在她身上——

多洛普人：

又摔了一个——

迈密登人：

　　　　　又一个——

多洛普人：

　　　　　又是一个——

尉官：

她们都摔倒了？

多洛普人：

　　　　　摔倒了。

迈密登人：

　　　　　　　摔倒了，　　　430
人仰马翻，统统倒在了一起，
仿佛是在熔炉里化成了一团。

尉官：

愿她们化作灰吧！

多洛普人：

　　　　　尘土飞扬着，
反射着甲胄以及兵器的光泽，
再锐利的眼睛也辨不清情况。
只见少女和她们各色的马匹
摔成了一团乱麻，这番场面

比创世之初的混沌还要纷乱。

埃托利亚人：
现在起风了，天又明朗起来。
有位跌倒者正在努力直起身。 440

多洛普人：
哈！这大队人马开始动弹了，
真欢快！她们四处寻找自己
丢得漫山遍野的长矛和头盔。

迈密登人：
一位骑手和三匹马倒在地上，
似乎是死去了——

尉官：
　　　　　　那个是女王吗？

埃托利亚人：
你是问彭忒西勒亚？

迈密登人：
　　　　　　是女王吗？
——天哪，干脆让我瞎了吧！
她站在那里！

多洛普人：
　　　　　　在哪？

尉官：
　　　　　　快说！

迈密登人：
　　　　　　宙斯啊！
她还在自己刚才所跌倒之处，
站在橡树荫里，手扶着马颈， 450

|||没戴头盔,将其放在了地上,
并用右手虚弱地揩拭着鬈发,
不知是在擦额上的尘还是血。|
|---|---|
|多洛普人:|神哪,是她!|
|尉官:|这打不垮的女人!|
|埃托利亚人:|她不是猫,这一跤伤不了她!|
|尉官:|佩琉斯之子呢?|
|多洛普人:|诸神庇佑着他!
他已飞奔过三箭多远的距离,
几乎已离开了她的视线范围。
她的胸口也已快喘不过气来,
只得让心中骚动的愿望止息。|
|迈密登人:|万岁!奥德修斯从那边来了!
整支希腊军团步出阴暗密林,
霎时间出现在阳光沐浴之下。|
|尉官:|狄俄墨得斯也来了吗?神哪!
——阿喀琉斯离这还有多远?|
|多洛普人:|没有多远了,他的马车已经
飞奔上斯卡曼德罗河畔高地。|

460

> 我军正在那里急速集结列队,
> 他已在边上雷鸣般驰行。

众多声音:(来自远处)

> 致敬!

多洛普人:

> 阿尔戈人都在呼唤着他!

众多声音:

> 致敬! 470
> 向佩琉斯之子阿喀琉斯致敬!
> 致敬!致敬!致敬!

多洛普人:

> 他勒住马,
> 在希腊诸王的面前停了下来!
> 奥德修斯也来到了他的身边!
> 满身尘土的他从座位上跃下,
> 放下手中缰绳,并转过身来,
> 取下了戴在头上的沉重头盔!
> 全体国王们正一齐环绕着他!
> 希腊人纷纷围拢到他的膝前,
> 簇拥着他欢腾雀跃地向前进! 480
> 此时奥托墨冬迈着从容步伐
> 牵着身边冒着雾气的马儿们!
> 欢庆的人潮正朝着我们涌来!
> 向你致敬,天神一般的英雄!
> 都朝这里看呀——他过来了!

第四场

阿喀琉斯；奥德修斯、狄俄墨得斯、安提洛科斯跟随其后；奥托墨冬与四驾马车在其身侧；希腊军团。

奥德修斯：
>诚挚向你致意,埃癸那英雄!
>就连逃跑时你都能取得胜利!
>我向雷神起誓:神般的人哪,
>你凭借着你那超越她的智谋
>竟然能让背后之敌摔倒在地,
>那么你若同她面对面地交锋,
>又该会创立下何等之奇勋呀!

阿喀琉斯:(他手中持着头盔,擦拭着额上的汗,未注意到两个希腊人抓住他那只受伤的胳膊替他包扎)
>到底怎么回事?

安提洛科斯:
>海仙女之子呀,
>你在战斗中赢得了竞速胜利。
>就连辽阔天幕上恣睢的风暴
>都未曾给惊异的世人展示过
>像你那般的追云逐电的势头。
>我向复仇女神发誓:我即便

>   在崎岖的生活道路上背负了
>   和特洛伊一样多的沉重罪孽，　　　500
>   但只要能驾着你那迅捷马车，
>   定也能够抛却悔恨轻驰而去。

阿喀琉斯：（觉得两个包扎者烦扰了他，冲他们说道）
　　　　蠢货。

一位希腊王公：
　　　　谁？

阿喀琉斯：
　　　　别捣乱！

希腊人甲：（为他包扎胳膊）
　　　　别动，流血了！

阿喀琉斯：
　　　　好吧。

希腊人乙：
　　　　那就别动！

希腊人甲：
　　　　让我们来包扎。

希腊人乙：
　　　　很快就好了。

狄俄墨得斯：
　　　　——刚开始，听人讲，
　　　　是我部属的撤退迫使你逃离。
　　　　而我并没有能到场目睹这些，
　　　　因为那个时候我和奥德修斯
　　　　正忙着一起聆听安提洛科斯
　　　　从阿伽门农那里捎来的消息。　　510

可眼前所见的一切使我坚信，
你此次作战是如此精妙娴熟，
定是你事先专门设好了计策。
这简直令人想问问你是不是
在我们拂晓刚刚整装待战时，
就考虑到了战场上那块石头，
盘算好要让女王绊倒在上面。
我向众神起誓，你今天真是
稳当利落地将她诱到了石边。

奥德修斯：

多洛普的英雄啊，请随我们 520
一起赶回阿尔戈人的壁垒去，
除非你还有什么更佳的计策。
阿伽门农兄弟命令我们回营。
我们打算佯装撤退，以将她
引诱到斯卡曼德罗河谷中去，
阿伽门农会在那里伏下大军，
恭候她前来。我向雷神起誓，
你现在正如发情的小公鹿般
饱受渴欲之折磨，而那战场
才是你唯一能求得解脱之地。
我诚挚祝愿你此役战功丰硕， 530
毕竟那个复仇女神般的女人
真叫我深恶痛绝、除而后快。
她在这可搅坏了我们不少事。
老实讲，我真心想要看见你
用脚狠狠践踏她的花般容颜。

阿喀琉斯：（目光落到马儿们身上）

　　　　　它们在流汗。

安提洛科斯：

　　　　　你说谁？

奥托墨冬：（用手摸了摸它们的脖子）

　　　　　　　　　跟铅似的。

阿喀琉斯：

　　　　　好，先让它们在风中凉快下，
　　　　　然后用酒来洗一洗马胸马腿。

奥托墨冬：

　　　　　酒囊马上就拿来。

狄俄墨得斯：

　　　　　　　——杰出的英雄，　　　540
　　　　　你也知道战势对我们很不利。
　　　　　极目远望，所有的丘陵上面
　　　　　全都挤满了成群的女兵女将，
　　　　　这势头漫山遍野、密密匝匝，
　　　　　胜过了侵袭成熟田野的蝗虫。
　　　　　有谁能称心如愿地取得胜利？
　　　　　除你外还有谁敢说自己见过
　　　　　那半人马般的女人哪怕一面？
　　　　　身穿金色甲胄的我们再怎么
　　　　　前去郑重其事、鼓号齐鸣地　　550
　　　　　向她宣告我们的王者之尊严，
　　　　　她也还是不会亲自露面出战。
　　　　　而即便只是想远远地从风中
　　　　　听听她那银铃般动人的嗓音，

　　　　　　都必须首先同她麾下的那伙
　　　　　　如地狱犬般将她守护的恶寇①
　　　　　　进行一场耻辱而无望的厮斗。
阿喀琉斯：（眺望远处）
　　　　　　她还在那吗？
狄俄墨得斯：
　　　　　　你指谁？
安提洛科斯：
　　　　　　　　指女王吗？
尉官：
　　　　　　头盔羽饰拦着视线——让开！
希腊人：（在为他包扎胳膊）
　　　　　　等等！一会就好。
一位希腊王公：
　　　　　　　　当然还在那。　　　　　560
狄俄墨得斯：
　　　　　　哪里？
希腊王公：
　　　　　　在她所摔倒的橡树边上。
　　　　　　盔缨又重新在她的头顶飞扬，
　　　　　　她似乎是从挫折中走出来了。——
希腊人甲：
　　　　　　终于好了。
希腊人乙：
　　　　　　胳膊可以随便动了。

---

① **地狱犬**：希腊神话中守卫地狱入口的恶犬，长有三个头。

希腊人甲：

你可以走了。

（两位希腊人又打了个结，放下了他的胳膊）

奥德修斯：

我们告诉你的事
你都清楚了？

阿喀琉斯：

都跟我讲了什么？
没。你们要怎样？

奥德修斯：

我们要怎样？
真奇怪。——我们跟你讲了
阿特柔斯之子所下达的命令。
他要我们立刻返回希腊大营。　　　　570
你也已看见安提洛科斯了吧，
他就是来转达指挥部决定的。
作战方案是先把亚马逊女王
从山上引诱到达尔达诺城边，
使她处于两军之间的夹缝里，
这番情势将迫使她表明态度，
不得不与敌我中的一方结盟。
随便她怎样选择，这样起码
能让我们明白下面如何应对。
佩琉斯之子，我想聪明的你　　　　580
定会遵从这高妙的策略行事。
天哪，眼下我们的当务之急
是拿下特洛伊城，只有疯子

才会在这里同那些姑娘纠缠。
毕竟尚不知她想拿我们怎样?
甚至不知我们是否是其目标。

阿喀琉斯:(重新戴上头盔)

任你们按这阉人做派打仗吧;
我自认是男子汉,单枪匹马
也定要同这些妇人交锋不可!
就算你们要怀着无望的企欲, 590
继续藏身在凉爽的松荫之中,
远远地躲开她这激战的床笫,①
我都无所谓,我也同意你们
自己回伊利昂。我完全清楚
那神一般的女人想拿我怎样。
她从空中给我派来了太多的
有羽毛的媒人,将她的心愿
以死亡之呢喃灌注到我耳中。
我有生以来从未对美人冷淡,
你们知道,我自从初萌胡须, 600
就十分乐意侍奉每一名佳丽。
而我此前一直怠慢了这一位,
凭宙斯起誓,是因为我尚未

---

① 在这段话中阿喀琉斯多次将表达暴力的词汇以及表达性与爱的词汇结合起来。除了此处将战场比作床笫之外,还有诸如"有羽毛的媒人"(比喻她射向他的箭矢,第597行)"钢铁之枕"(第606行)和"重伤做新婚花环"(第615行)的表述。另外值得注意的是,第606行的"枕头"一词在原著中的写法并非是通行的"Kissen",而偏偏采取了古旧的"Küssen",这样就和动词"亲吻"(küssen)刚巧只有首字母大小写的区别,因而这句话也可理解为"以火热的钢铁之吻来拥抱她",应是作者的双关语。

在小树丛中找到合适的角落，
能如她之所愿，不受打搅地
在炽热的钢铁之枕上拥抱她。
一句话：请你们先行一步吧，
我的幽会时间马上就要到了。
可是我发誓，如果求亲之路
要耗费数月乃至数年的光阴， 610
那我定不会再回返朋友身边，
也绝不再去望佩尔甘的城墙，
直至成功让她成为我的新娘，
并将她头朝地面地拖拽回来，
以她额上的重伤做新婚花环。①
——跟我上！

一位希腊人：（上场，对阿喀琉斯说）

      女王正朝你逼近！

阿喀琉斯：

  我也正要找她。是骑马来的？

希腊人：

  没，她是和那匹波斯马一道
  徒步朝向我们走来的。

阿喀琉斯：

       那好的，
  朋友们，也给我牵一匹马来！ 620
  ——勇敢的迈密登人，都上！

---

① 意即他要以当初对待赫克托耳的残忍方式来对待彭忒西勒亚，参见《专名索引》之"赫克托耳"词条。

(军队出发)

安提洛科斯:
    他真是疯了!

奥德修斯:
      哦,安提洛科斯,
    还是试试你的口才能否起效。

安提洛科斯:
    还是强行把他给——

狄俄墨得斯:
      他已经走了。

奥德修斯:
    这场亚马逊战争真是该诅咒!

(全体下场)

第五场

彭忒西勒亚、普萝妥耶、梅萝耶、阿斯特莉亚、侍从、亚马逊军团。

众亚马逊战士：
　　　　　　祝福你！女胜利者与征服者！
　　　　　　玫瑰节女王呀，庆贺你胜利！①
彭忒西勒亚：
　　　　　　莫同我谈胜利，莫谈玫瑰节！
　　　　　　战争召唤着我再度奔赴沙场。
　　　　　　我要驯服那桀骜的年轻战神，
　　　　　　女伴们哪，对我而言即便是
　　　　　　一万轮烈日熔成的炽艳火球，
　　　　　　也不及战胜他的成就更光辉。

---

① 这里所涉及的是亚马逊女战士的婚俗：纯女无男的亚马逊国发动战争是为了虏获男人以供种族繁衍。女战士们会给其抓到的男俘佩戴上玫瑰花环，再带到家乡的"玫瑰节"庆典上与之集体生育后代，待成功受孕后便将他们放归。另外，所有的女战士都只能与"神意"所安排给她的那个男人相结合，也即她在战场上所遭遇的敌手，而不得自由挑选。这么一来，亚马逊国的男女关系便纯粹是目的性、工具性的，正常的爱情是不被容许的。因此其余的亚马逊人都认为既然抓够了俘虏就可以庆贺胜利、及时返乡了，无需"重启厮杀的游戏"（第667行）；她们还指责彭忒西勒亚一心要战胜阿喀琉斯是目无法纪的行为（第1046行）。而彭忒西勒亚这样做的原因在于，她只有亲手战胜并俘获所爱的人，才能"合法地"与阿喀琉斯在玫瑰节上结合。第十五场中对此有更加详尽的解释。

普萝妥耶:

  亲爱的,我劝你还是——

彭忒西勒亚:

     别管我!
  你已听到了我所做出的决定。
  你或许能拦得住高崖的飞瀑,
  但拦不住我雷霆般倾泻的心。
  我一定要击倒那个倨慢之徒,
  从来都没有人能够像他那样,
  在今日这场豪壮的厮杀之中　　　640
  使我的高傲的战心感到迷惘。
  我今天靠近他之时所看到的
  那个倒映在他胸甲上的女人,
  真的还是那可怖的、骄傲的、
  战功赫赫的亚马逊国女王吗?
  我是个背负众神诅咒的女人,
  希腊军团在我面前纷纷败逃,
  可当目睹这一位英雄面容时,
  为何我内心却感到震撼无力,
  觉得我自己被战胜、被征服?　　650
  我缺少乳房,可是我的体内①
  为何仍有一种情感让我倒地?
  我要赶快再投身纷乱的战场,

---

① 亚马逊女人为了更好地持弓杀敌,都要割去自己的右侧乳房,详见第 1976 至 1988 行。这种自我献祭式的行为象征着她们要告别传统上属于女性的角色和特质。然而彭忒西勒亚的这句话表明,她虽然也经历过这种仪式,但心中还是割舍不掉本属女性的感情。

　　　　　　　他还狞笑着在那里将我等待。
　　　　　　　若不能战胜他我便宁肯死去！

普萝妥耶：

　　　　　　　我珍爱的女王呀，你可愿意
　　　　　　　把头枕到我忠实的怀中歇息。
　　　　　　　那一跤严重伤到了你的胸膛，
　　　　　　　让你的血液燃烧、内心沸乱。
　　　　　　　年轻的你浑身上下都在颤抖！　　　　　660
　　　　　　　我们都求你别急于做出决定，
　　　　　　　至少先等到你神志清醒一些。
　　　　　　　来吧，到我这里来稍作歇息。

彭忒西勒亚：

　　　　　　　为何？怎么了？我说了什么？
　　　　　　　我做了什么——？

普萝妥耶：

　　　　　　　　　　只因一场短暂地
　　　　　　　刺激了你年轻的心灵的胜利，
　　　　　　　你就想要重启厮杀的游戏吗？
　　　　　　　只因你心中隐秘处还有一个
　　　　　　　不为人知的愿望未能被满足，
　　　　　　　你就要像个闹脾气的孩童般①　　　　670
　　　　　　　抛却你的人民祈得的福祉吗？

彭忒西勒亚：

　　　　　　　看啊！今日的遭遇真该诅咒！

---

① 克莱斯特曾在给乌尔里克的信中写道："我在巴黎通读了我所完成的作品，将它们抛弃、焚毁了。上天不肯赐给我大地上最伟大的财富——名声。而我像个固执的孩童一般，把所有其他的东西都向他掷去。"（1803年10月26日）

　　　　　就连我平素最贴心的女伴们
　　　　　竟也与命运的险恶力量一道
　　　　　合伙来将我伤害、将我侮辱！
　　　　　每当荣耀飞经我的身旁之时，
　　　　　我只要稍稍伸出我渴求的手，
　　　　　希望将他金黄色的鬈发攥住，
　　　　　就会有个力量来恶毒阻拦我！——
　　　　　而我的心灵本性执拗而桀骜！　　　　680
　　　　　走开！

普萝妥耶：（自语）
　　　　　　　　天上众神哪，庇佑她吧！

彭忒西勒亚：
　　　　　我只顾自己吗？难道呼唤我
　　　　　回到战场的只是一己之愿吗？
　　　　　难道不还是为我的人民考虑，
　　　　　担忧她们在狂喜之中听不见
　　　　　祸患拍打着翅膀降临的声音？
　　　　　在活儿还未干完时怎么就能
　　　　　如同大功告成似的安心歇息？
　　　　　我们丰收的作物已收割完毕，
　　　　　并被成捆成捆地送到粮仓中，　　　　690
　　　　　高高的谷堆几乎要垒到天上。
　　　　　可是不祥的云朵在天际游弋，
　　　　　时刻都可能降下毁灭的雷电。
　　　　　我担心你们恐怕无法为这群
　　　　　俘虏来的希腊少年佩上花环，
　　　　　无法在喇叭铙钹的欢鸣声中

将其带回到鲜花盛开的乡邦。
因为我知道佩琉斯之子可能
在任何地方奸诈地布下埋伏,
偷袭你们的欢歌笑语的队列。　　　　700
他会追踪你们和俘虏的行程,
一路跟到特弥斯库拉城墙下,
甚至闯入阿尔忒弥斯的圣庙,
将散发着玫瑰之芬芳的锁链
从俘虏身上解下,并反过来
给我们套上沉重的铁质囚具。
我五天来疯狂战斗挥汗如雨,
想要在交锋中将他击倒在地,
而现在仅仅需要一击之余势,
就足以让他如熟透的果实般　　　　710
自然地掉落在我的马蹄之下,
难道反倒该在这个时候退缩?
不,我一定要先圆满地完结
我自己所辉煌地开启的事业,
定要彻底赢取我额上的花环,
定要如言带领战神的女儿们
欢腾雀跃着登上幸福之顶峰。
不然的话便让战神的金字塔①
在我和她们的头顶轰然崩塌。
我诅咒无法克制自我的心灵。　　　　720

---

① 古希腊历史学家希罗多德(Herodot)记载,斯基泰人有给战神阿瑞斯建造塔形圣坛的风俗。而本剧假定亚马逊人是斯基泰人的一支(第1914行),所以彭忒西勒亚才有此语。

普萝妥耶:

> 女主啊,你的眼仿佛在燃烧,
> 如此地异样而又如此地费解。
> 而我心中充斥着不祥的预感,
> 思绪如同永恒暗夜中的鬼魅。
> 敌军在你面前尽皆惶恐万状,
> 四散奔逃似稻草被狂风吹卷,
> 目之所及几乎都看不见兵戈。
> 你麾下军队已切断阿喀琉斯
> 前往斯卡曼德罗河边的去路。
> 别再刺激他,避开他的视线, 730
> 我敢向雷神发誓,他第一步
> 定是要先退回达瑙人营垒中。
> 而我则可以为你的大军殿后,
> 众神作证,他绝对没有办法
> 从你手中夺走哪怕一个俘虏!
> 他武器的光芒和战马的蹄声
> 都过于遥远,威胁不到我军,
> 无法搅扰到任何少女的欢笑。
> 我愿用自己的头颅向你担保!

彭忒西勒亚:(突然朝阿斯特莉亚转过身去)
> 你说,能这样去办吗?

阿斯特莉亚:
> 　　　　　女主呀—— 740

彭忒西勒亚:
> 我能如普萝妥耶要求的那样
> 带领部队返回特弥斯库拉吗?

阿斯特莉亚：
　　　　　原谅我，女王，若是我的话——
彭忒西勒亚：
　　　　　你尽管大胆讲。
普萝妥耶：（畏怯地）
　　　　　　　你最好能召集
　　　　　所有女亲王，征求大家意见，
　　　　　这样——
彭忒西勒亚：
　　　　　我现在只想问她的意见！
　　　　　——你们现在把我当什么了？
（停顿，定了定神）
　　　　　——阿斯特莉亚，你来讲讲，
　　　　　我能不能带部队返回家乡去。
阿斯特莉亚：
　　　　　女主啊，如果你真的愿意听，　　750
　　　　　那我就向你坦承，我是多么
　　　　　难以相信自己所见的这一幕。
　　　　　我和我属下的军队迟了一日
　　　　　才从高加索山出发开往前线。
　　　　　你的人马好比湍流急速飞奔，
　　　　　所以我们一直没有能够追上。
　　　　　如你所知，我们在今日黄昏
　　　　　才抵达战场并做好战斗准备，
　　　　　而此时所有人都已同声欢呼，
　　　　　向我们宣告大军获胜的消息，　　760
　　　　　说整场战争都已圆满地告终。

　　　　　　实话讲，我闻言时非常高兴，
　　　　　　因为人民的祈愿如此顺利地
　　　　　　未劳我的参与就得到了实现，
　　　　　　于是我便准备命令全体回师。
　　　　　　然而好奇心驱使我去看一看
　　　　　　大家夸赞的战利品，却只见
　　　　　　一小伙战战兢兢的惨白奴仆，
　　　　　　只是阿尔戈人中的渣滓而已，
　　　　　　他们在狼狈败逃中丢盔弃甲，
　　　　　　被你蜂拥而上的部属所收割。　　　770
　　　　　　可阿伽门农的整支希腊军团
　　　　　　仍在特洛伊坚墙下不肯屈服：
　　　　　　墨涅拉俄斯还有帕拉墨得斯、
　　　　　　狄俄墨得斯以及安提洛科斯、
　　　　　　埃阿斯和奥德修斯都对抗你。
　　　　　　对，还有海仙女年轻的儿子，
　　　　　　你要亲手为他佩上玫瑰花环，
　　　　　　可狂傲的他至今都蔑视着你，
　　　　　　并高声宣称他要用脚来践踏　　　780
　　　　　　你尊贵的颈项。这种情况下，
　　　　　　你这战神阿瑞斯的伟大女儿
　　　　　　居然在问我是否该奏凯还乡。
普萝妥耶：（激动地）
　　　　　　胡扯，英雄都拜倒于女王的
　　　　　　威严、勇气和美貌——
彭忒西勒亚：
　　　　　　　　　　　　可恶的人，

你给我闭嘴！我和她都认为
在这里只有一个人配败给我，
而此人犹屹立战场坚持反抗！

普萝妥耶：

女主，请不要太情绪用事了——

彭忒西勒亚：

毒蛇！绑住你那凶恶的舌头！ 790
你难道胆敢将你的女王惹怒？
滚开！

普萝妥耶：

  我确敢于触怒我的女王！
哪怕是付出与你永诀的代价，
我也不愿意此时在你的身边
做一个怯懦无节的谄媚之徒。
你现在整个人仿佛烈火燃烧，
不适合继续率领少女们作战；
这就好比是勇猛无畏的雄狮，
若饮下狡诈猎人备下的毒剂，
其后便无法招架住他的戈矛。 800
我向诸神起誓，凭这种心境，
你绝对无法战胜佩琉斯之子；
相反我认为，由于你的疯狂，
我们甚至未及太阳落山就会
白白失去先前花费宝贵气力
所亲手虏获而来的那些少年。

彭忒西勒亚：

这真是奇怪，真是莫名其妙！

你怎突然这么怯懦?

普萝妥耶:

我怎么了? ——

彭忒西勒亚:

告诉我,你俘获了谁?

普萝妥耶:

吕卡翁,
他是阿卡狄亚国的年轻王子,   810
你似乎见过他。

彭忒西勒亚:

是不是我昨天
所看到的那个盔缨被打折的、
哆哆嗦嗦着的那个?

普萝妥耶:

哆哆嗦嗦?
他岿然立着,与佩琉斯之子
在你面前时一样!在战斗中
我用烈箭将他射倒在我脚下。
我将会满怀着无比骄傲之情
在玫瑰节时带领他走进圣庙。

彭忒西勒亚:

是这样吗?你怎么如此激动?
好的,他不会被别人抢走的!   820
——你们快去从俘虏群之中
把阿卡狄亚人吕卡翁领出来!
——怯战的女人哪,拿去吧,
怕丢掉他就与他远走高飞吧,

　　　　同他一起抛下沙场兵戈喧嚣，
　　　　径奔往群山中最幽僻的谷地，
　　　　藏身到芬芳的接骨木树丛里，
　　　　去听那夜莺歌唱淫靡的歌曲。
　　　　贪渴的人，你已迫不及待了，
　　　　那现在就立刻去庆祝节日吧。　　　　830
　　　　然而我将要永久地将你放逐，
　　　　不得回到我面前、回到首都。
　　　　待你失去了荣誉、祖国和爱，
　　　　待你的女王和女伴走向覆亡，
　　　　就让爱人用他的吻抚慰你吧。
　　　　走开，走吧！我不想再管了！
　　　　别再让我看见你可憎的面孔！

梅萝耶：

　　　　哦，女王啊！

另一位女亲王（女王侍从之一）：

　　　　　　你说什么？

彭忒西勒亚：

　　　　　　　　闭嘴吧！
　　　　谁替她求情，我就叫谁好看！

一位亚马逊战士：（上场）

　　　　女主，阿喀琉斯向你逼近了！　　　　840

彭忒西勒亚：

　　　　他过来了——姑娘们，备战！——
　　　　哦，把最锋利的长矛递给我，
　　　　还有雷霆般灼耀的最锐之剑！
　　　　诸神哪，一定要让我享受到

胜利地将我唯一渴慕的少年
击倒在我脚下尘土中的快乐。
为此我可以心甘情愿地献出
命运赐给我此生的全部幸福。——
阿斯特莉亚！你来带领军队
拖住希腊军手脚，同时注意　　　　　850
不要让我的战斗激情受搅扰。
我军中无论何人都不得伤害
佩琉斯之子本人！谁若是敢
触及他的头——哦不，哪怕
仅是一根鬈发，我便射死她！
只有我可以制服那天神之子。
女伴们哪，我要手持这兵器，
以最轻柔的方式去将他拥抱，
（毕竟我只能用兵器拥抱他！）
将他没有痛苦地揽入我怀中。　　　860
春天的花朵呀，别让他跌疼，
接住他，别让他肢体受损伤，
我情愿我心流血也不愿他流。
我一定要如同从天空中捕猎
色彩绚烂的鸟儿般将他擒获，
否则就绝不罢休。少女们哪，
我要让他折翅落在我的脚边，
而羽毛的绮丽紫斑毫不受损，
然后便可让所有的天国亡灵
都降临人间同贺我们的胜利，　　　870
而欢庆的队伍就能凯旋家乡，

　　　　　　我将会是你们的玫瑰节女王！——
　　　　　　走吧！——
（她正要动身时，看到普萝妥耶在哭泣，便不安地转过身去，然后猛地扑倒在她的怀中）
　　　　　　　　普萝妥耶，我的好姐妹！
　　　　　你跟我走吗？
普萝妥耶：（泣不成声）
　　　　　　　　　下冥府也跟着你！
　　　　　若没有你，我连天国都不去！
彭忒西勒亚：
　　　　　当真？你的善超越人之所能！
　　　　　让我们一起去战斗、去胜利，
　　　　　不同生，那就共死。口号是：
　　　　　要么给我们的英雄戴上玫瑰，
　　　　　要么给我们的坟冢献上丝柏。① 　　880

（全体下场）

---

① 丝柏花环为悼念死者所用。

第六场

月神女祭司长与其属下的众位女祭司上场,她们身后跟随着一群头顶着玫瑰花篮的小女孩,以及一些由武装的亚马逊战士押送而来的俘虏。

女祭司长:
> 现在,亲爱的小玫瑰女孩们,
> 让我看看你们此行的成果吧。
> 现在我们身边只有山泉寂流、
> 松树成荫,就在这安全地方,
> 把收获都倒出来展示一下吧。

女孩甲:(倒出自己篮中之物)
> 神圣的母亲,这是我采到的!

女孩乙:(亦然)
> 这一捧是我采来的!

女孩丙:
> 这是我的!

女孩丁:
> 我采回了一整株盎然的春意!

(其余女孩亦然)

女祭司长:
> 绽放得如同许梅塔山的峰顶!

月神哪，你的人民还从没有 890
经历过如此幸福光辉的日子。
母女两代人都给我带来献礼，
这份双重的光彩使得我目眩，
让我不知哪一方更值得感谢。——
可孩子们，只采了这么些吗？

女孩甲：

能找到的只有眼前的这些了。

女祭司长：

那还是你们的母辈更勤快些。

女孩乙：

神圣的祭司呀，在这田野上
收获俘虏要比收获玫瑰容易。
四周山丘上密密麻麻地都是 900
年轻希腊人，像苗一般只待
喜悦的女人挥起镰刀去收割；
可这山谷中的玫瑰十分稀少，
还重重设防使人难以下手摘，
叫人情愿冒着箭雨戈林战斗，
也不乐意收拾乱糟糟的花刺。
——请你看看我们的手指吧。

女孩丙：

我冒险攀到崖壁的一处突起，
只是为了给你采摘一株玫瑰。
那朵小小蓓蕾颜色依然苍白， 910
深绿的花萼透着微微的亮光，
它还没有完全为爱情而盛开。

| | 尽管如此我还是伸手去采它，
却突然失足跌坠到深谷之中。
我绝望地心想，死亡之暗夜
将要把我拥抱。可幸运的是，
那片深谷之中四处玫瑰怒放，
足够亚马逊人庆祝十场胜利。 | |
|---|---|---|
| 女孩丁： | | |
| | 神圣的祭司呀，我仅仅为你
采到一株玫瑰。可是你看呀，
它能配得上王者的高贵头颅。
彭忒西勒亚制服阿喀琉斯后，
定也想不出还能有别的玫瑰
更适宜制作给他佩戴的花环。 | 920 |
| 女祭司长： | | |
| | 好，如果彭忒西勒亚战胜他，
你就去将这株玫瑰之王献上。
用心保管好这朵花等她回来。 | |
| 女孩甲： | | |
| | 待到将来亚马逊军队再一次
在鼓乐齐鸣中开拔沙场之时，
我们也要同去，但请你答应，
不要让我们只负责采摘玫瑰、
编织花环来赞颂母辈的胜利。
看，我的胳膊已经可以投掷，
能够让长枪呼啸着命中目标。
现在我自己的花环也已盛开，
而我这弓所将要射倒的少年 | 930 |

已在纷乱战场上英勇厮杀了。

女祭司长：

你这么想？这正是你应懂的。
你已经在为他准备玫瑰了吗？
待到下一个玫瑰成熟的春日， 940
你就将在混战中找寻那少年。
——但母亲们已迫不及待了，
快去把玫瑰花编织成花环吧。

众女孩：（互相说）

干活吧！我们怎么开始才好？

女孩甲：（对女孩乙说）

来吧，格劳柯妥！

女孩丙：（对女孩丁说）

来吧，哈敏！

（她们两两坐下）

女孩甲：

我们在给奥尼缇雅编织花环，
她俘虏了盔缨高高的阿策斯。

女孩丙：

我们织给帕苔宁，她要捕获
盾上绘有美杜莎的雅典瑙斯。

女祭司长：（对武装的亚马逊战士们说）

你们不想让客人们开心些吗？ 950
怎么傻站在这里，仿佛还得
要我来教你们应该怎么去爱。
不去大胆地说点友善的话吗？
不想听听这些疲于厮杀的人

讲一讲自己的愿望和需求吗?

亚马逊战士甲:

　　祭司呀,他们说没什么需求。

亚马逊战士乙:

　　他们对我们很愤慨。

亚马逊战士丙:

　　　　　　他们很倔,
　　见我们走近就叫骂着扭开头。

女祭司长:

　　凭女神起誓,既然俘虏生气,
　　那就尝试和好。你们战斗时　　　　960
　　下手怎如此狠酷?安慰他们,
　　同他们讲一讲接下来的安排,
　　他们就不会继续强硬下去了。

亚马逊战士甲:(对一位希腊俘虏说)

　　哦少年,你看上去多么疲惫,
　　可想在柔软地毯上歇息肢体?
　　要不要让我在月桂的树荫下
　　用春日的鲜花为你铺张眠床?

亚马逊战士乙:(亦然)

　　要不要让我汲来清洌的泉水,
　　再掺进去最芳香的波斯精油,
　　用来洗涤你满是尘土的双足?　　　970

亚马逊战士丙:

　　你想必不会鄙弃地拒绝享用
　　我亲手为你深情奉上的橙汁?

三位亚马逊战士：
>说呀，该怎么侍奉你们？

一位希腊人：
>不用！

亚马逊战士甲：
>奇怪的外乡人！为何不开心？
>现在我们的箭矢可都在囊中，
>你们为什么还这样害怕我们？
>莫非是身上的狮皮吓到你们？——
>那个扎腰带的，说，怕什么？

希腊人：（严厉审视她之后）
>告诉我们，花环是织给谁的？

亚马逊战士甲：
>还有谁？你们呀！

希腊人：
>我们？禽兽！　　　　　　　980
>你是说要把我们用花朵装饰，
>然后当作人牲送上祭台宰掉？

亚马逊战士甲：
>想哪去了？是带你们去神庙，
>到月神的幽暗的橡树林之中，
>让你们纵情享受无限的欢乐！

希腊人：（惊讶地压低声音对其他俘虏说）
>梦中都没有这般奇异的场景！

第七场

一名女尉官上场,前一场的人物不变。

女尉官:

  可敬的女祭司长,你在这里!
  我们的军队就在不远的地方,
  正准备进行一场血腥的决战。

女祭司长:

  军队?不可能!在哪?

女尉官:

      就在那
  斯卡曼德罗河边的谷地之中。
  你若聆听从山那边吹来的风,
  便可听到女王雷霆般的战吼、
  武器的铿锵、战马们的嘶叫、
  还有喇叭和铙钹的战乐齐鸣,
  这便是钢铁般的战争大合唱。

女祭司长:

  谁赶紧上坡看看去。

众女孩:

      我!我来!

(登上山丘)

990

女祭司长：

> 女王她——讲吧！难以置信。
> ——为什么还未待战事平息，
> 她就下了欢庆玫瑰节的命令？　　　　1000

女尉官：

> 玫瑰节？——她给谁下令了？

女祭司长：

> 我呀！

女尉官：

> 何时何处？

女祭司长：

> 就在几分钟前，
> 我站在那碑状山崖的阴影中，
> 看见她正紧追着佩琉斯之子
> 如狂风一般地从我身边飙过。
> 我问疾驰的她："怎么回事？"
> 她呼啸而过，并欢乐地喊道：
> "如你所见，我是去玫瑰节，
> 祭司呀，可不能让鲜花缺少。"

女祭司甲：（对女孩们说）

> 看见她没？

众女孩：（在山丘上）

> 没，什么都看不到！　　　　1010
> 目光无法辨清战士们的羽缨。
> 天空浓密乌云的阴影遮盖了
> 四周整个战场，只能够看见
> 大队大队的混乱拥挤的人马

在死亡之原野上寻找着敌手。

女祭司乙：

她应该是想要掩护部队撤退。

女祭司甲：

我也这么觉得。——

女尉官：

大家听我说呀，
女王已经武装就绪前去迎战
佩琉斯之子。波斯马载着她
一同激越振奋地腾跃至空中。 1020
她睫毛后的目光空前地炽烈，
她呼吸的节奏自由而又欢腾，
仿佛她那年轻而勇武的胸膛
是第一次呼吸到战场的空气。

女祭司长：

天神哪，她到底是要做什么？
眼下在四周的所有森林之中
都已挤满了我们的上千俘虏，
还剩什么东西可以供她争夺？

女尉官：

还剩什么东西可以供她争夺？

众女孩：（在山丘上）

诸神哪！

女祭司甲：

怎么？阴影散去了吗？ 1030

女孩甲：

神圣祭司们，过来吧！

女祭司乙：

　　　　　　你们说！

女尉官：

还剩什么东西可以供她争夺？

女孩甲：

看，你们看这天空中的太阳
将大片光芒射过乌云的缝隙，
倾泻到佩琉斯之子的头顶上。

女祭司长：

谁的头顶？

女孩甲：

　　　　他的！还能是谁的？
他同他的马匹都身披着铁衣，①
光彩熠熠地屹立在山丘之巅，
比蓝宝石和橄榄石更加夺目！
四周盛开着斑斓花朵的大地　　　　1040
都阴暗得仿佛风暴之夜一般，
竟成为了黯淡的背景与陪衬，
一切只为凸显他一人之光辉！

女祭司长：

佩琉斯之子与人民又有何干？
她身为战神之女与一国之君，

---

① 本剧虽然以荷马史诗为背景，但是本处和下文对阿喀琉斯和彭忒西勒亚的装备和战斗过程的描写，都更接近中世纪骑士之间的对决；后文里（第 2301 行）彭忒西勒亚更是直接说出了"骑士准则"一词。而荷马时代的英雄基本只进行车战和步战，更不存在后世意义上的骑士概念，克莱斯特的描述显然是不符合古希腊历史现实与文学传统的。这提醒我们，在阅读、理解本剧时，不应过多受其古希腊背景之干扰。

　　　　　　　岂能在沙场上擅自挑选对手？

（对一位亚马逊战士说）

　　　　　　　阿茜诺，快快赶到她的面前，
　　　　　　　并以我的女神之名义通知她，
　　　　　　　阿瑞斯已经降临到新娘身边。
　　　　　　　如果她不想触怒阿尔忒弥斯，　　　　　1050
　　　　　　　那现在就给战神佩戴上花环，①
　　　　　　　并马上带领他回到故乡神庙，
　　　　　　　开始举行神圣的玫瑰节庆典。

（这位亚马逊战士下场）

　　　　　　　如此之疯狂岂非是闻所未闻？

女祭司甲：

　　　　　　　孩子们，还没有看见女王吗？

女孩甲：（在山丘上）

　　　　　　　整个战场都在闪光！她在那！

女祭司甲：

　　　　　　　在哪里？

女孩：

　　　　　　　　　在全体少女的最前端！
　　　　　　　看，她一身金光闪闪的戎装，
　　　　　　　斗志昂扬地翩跹到他的面前！
　　　　　　　又仿佛是为心中妒意所驱使，　　　　　1060
　　　　　　　一定要飞驰着追上那亲吻着
　　　　　　　她的情郎的年轻头颅的太阳。②

---

① 将战神的"代表人"（即希腊俘虏）戴上花环，并带回家乡供"玫瑰节"使用。
② 德语中的"太阳"（Sonne）一词为阴性。此句形容彭忒西勒亚跃马腾空的狂热势头就仿佛是将太阳当作情敌并决意要超越它。

>   哦看，她跃马腾空，仿佛是
>   想要与苍穹之上的情敌平齐。
>   波斯马像是有心满足她心愿，
>   如同插翅一般凌空奔跃驰骋！

女祭司长：（对女尉官说）
>   全军这么多的少女竟然没有
>   一个人站出来警告阻挡她吗？

女尉官：
>   她身边全体亲王竭尽了全力
>   也没拦住她，普萝妥耶在此   1070
>   用遍了一切她所能用的办法。
>   大家已经穷尽了言语之所能，
>   只求说服她返回特弥斯库拉。
>   可她似乎听不进理智的声音，
>   据说，这是因为她年轻的心
>   被爱神那支最毒之箭射中了。

女祭司长：
>   你说什么？

女孩甲：（在山丘上）
>   二人现在已经交锋！
>   众神哪，把你们的大地扶稳——
>   现在，正在我说着话的当口，
>   他们正如同两颗星球般相撞。   1080

女祭司长：（对女尉官说）
>   你是说女王吗？这绝不可能！
>   被爱神射中——何时？何地？

>　她可是戴着钻石腰带的女王、①
>　缺少一侧乳房的阿瑞斯之女,
>　怎么会成为爱神毒箭的目标?

女尉官:
>　至少民众中都是这么传言的,
>　而且梅萝耶刚也透露给我了。

女祭司长:
>　太可怕了!

(先前那位亚马逊战士回来了)

女祭司甲:
>　　　　有什么情况?讲吧!

女祭司长:
>　任务完成了?告诉女王了吗?

亚马逊战士:
>　祭司长,原谅我,来不及了!　　　　1090
>　她在千军万马之中不断穿梭、
>　时隐时现,我实在追不上她。
>　但是短暂地碰见了普萝妥耶,
>　于是我将你的意旨转告给她,
>　只是我不知道我在慌乱之下
>　是不是把她回复的话听错了。

女祭司长:
>　好吧,是什么话?

亚马逊战士:
>　　　　她勒住了马,

---

①　古希腊神话中的亚马逊女王希波吕忒(Hippolyta)从父亲阿瑞斯那里继承了一条魔法腰带。克莱斯特在这里将其移花接木到了彭忒西勒亚身上。

　　　　　　　　泪眼蒙眬的，似乎是在望着
　　　　　　　　女王所在的方向。我告诉她，
　　　　　　　　女王竟为一人之故拖长战争，　　　1100
　　　　　　　　这不理智举动激怒了祭司长。
　　　　　　　　她答道："回去找你的祭司，
　　　　　　　　并叫她跪倒在地上极力祷告，
　　　　　　　　只求她终能成功击倒那个人，
　　　　　　　　不然的话她和我们全都要完。"

女祭司长：

　　　　　　　　哦，她正如坠崖般直奔冥府！
　　　　　　　　但并不是输于所交锋的对手，
　　　　　　　　而是要败给自己心中的敌人。
　　　　　　　　她会将所有人一并拖入深渊。
　　　　　　　　我仿佛已看到那艘不祥的船，　　　1110
　　　　　　　　趾高气扬地装饰着欢庆彩带，
　　　　　　　　渡过海峡将我们囚掳往希腊。①

女祭司甲：

　　　　　　　　那边又有使者来汇报噩耗了！

---

①　意指亚马逊人将战败，并会被得胜的希腊军人当作女奴，越过赫勒斯滂海峡贩运回国。

第八场

一位女校官上场,前一场的人物不变。

女校官:
>快跑,祭司,快去保护俘虏!
>整支希腊大军都朝这冲来了!

女祭司长:
>奥林匹斯诸神!发生什么了?

女祭司甲:
>女王在哪里?

女校官:
>>在战斗中倒下了,
>整支亚马逊军团已分崩离析。

女祭司长:
>你这疯女人!在胡说些什么?

女祭司甲:(对武装的亚马逊战士们说)
>把俘虏带走!

(俘虏们被带下场)

女祭司长:
>>说!是何时何地?

女校官:
>我简短汇报这无比骇人之事:

女王与阿喀琉斯手挺着长矛，
如乌云间两道闪电驰向对方。
兵器之坚终究不抵胸膛之坚，
两支矛都碎裂在对手胸膛上。
他，佩琉斯之子，岿然不动；
可她，却被死亡之阴影笼罩，
落下马来，挣扎在尘埃之中，
全然无力招架他的复仇烈焰，
大家都以为他会置她于死地。　　　　　1130
谁知那谜样的男人却鬼魅般
惨白僵立着呼道："众神哪，
这垂死者的目光多么打动我！"
紧接着他便连忙从马上下来。
此时少女们还被恐惧束缚着，
心中念想着女王所下的命令，
都不敢举剑攻击佩琉斯之子。
他大胆走到煞白的女王近前，
躬下身呼唤着"彭忒西勒亚"，
并展开双臂将她的躯体抱起。　　　　　1140
他高声地诅咒着自己的胜利，
凄厉地试图将她的生命唤回。

女祭司长：

什么？他吗？

女校官：

"可憎的人，走开！"
整支军队雷鸣般地向他高喊。
普萝妥耶呼道，他若不离去，

就用最精准的箭矢叫他断命。
她驱马用马蹄把他挤到一旁,
并强行将女王从他怀中夺回。
此时那不幸的女人苏醒过来,
她艰难地喘着气,胸口重伤,①   1150
发辫从头顶凌乱地披散而下,
我们把她送到军队后排休息。
然而他,那谜样的多洛普人,
就仿佛他那颗覆着坚甲的心
突然被一位神灵以爱情销熔。
他喊道:"等一等,朋友们!
阿喀琉斯许诺你们永久和平!"
然后他丢下了剑、丢下了盾,
并把自己胸前的甲胄撕扯下,
以无畏的步伐跟随女王行进。   1160
若非有禁令在先,我们此时
本可以徒手或用棍子殴倒他。
可是那位大胆狂徒仿佛知道,
我们的箭矢无权侵犯他性命。

女祭司长:

是谁下达了那条疯狂的禁令?

女校官:

还能是谁?是女王!

---

① 本剧中多处都以胸膛、怀抱来象征人之感情,因此这句话也是在暗示女主人公"感情重伤"。

女祭司长：

　　　　　　　太可怕了！

女祭司甲：

　　看啊，她由普萝妥耶带领着，
　　踉踉跄跄、恸不自胜地来了！

女祭司乙：

　　天神哪，这是怎样的一幕呀！

第九场

普萝妥耶和梅萝耶将彭忒西勒亚带上场,众侍从上场。

彭忒西勒亚:（声音虚弱）
　　　　　　放出所有猛犬向他发起追猎！　　　　1170
　　　　　　点起火炬驱赶大象朝他冲去！
　　　　　　用装备利刃的战车将他碾碎,
　　　　　　将他那青春的肢体割刈在地！①

普萝妥耶:
　　　　　　亲爱的！我们求你——

梅萝耶:
　　　　　　　　　　　　听听我们！

普萝妥耶:
　　　　　　佩琉斯之子正在穷追你不舍。
　　　　　　你若还爱惜性命那就快跑吧！

彭忒西勒亚:
　　　　　　普萝妥耶,他击碎我这胸膛,
　　　　　　——这不正如我践踏一把琴,
　　　　　　只因怨恨它受晚风吹拂拨动

---

① 本剧中的亚马逊人多次将阿喀琉斯和希腊军人比作待收割的庄稼。

>   而兀自默默呢喃着我名字吗?① 1180
>   野兽若是带着我接近他之时
>   所怀的那种情愫而向我走来,
>   那我便连熊和豹也亲昵抚摸。

梅萝耶:

>   你不想离开吗?

普萝妥耶:

>   你不想逃走吗?

梅萝耶:

>   不想拯救自己吗?

普萝妥耶:

>   在这个地方
>   难道将发生不可言说之惨剧?②

彭忒西勒亚:

>   我必须得在战场上通过厮杀
>   取得他的情,这可是我的错?
>   我向他拔剑时心中想着什么?
>   我难道真是要让他魂断冥府? 1190
>   永恒的诸神,我向你们发誓,
>   我只是想将他揽倒在我胸前!

---

① 彭忒西勒亚出于倾慕,而将自己比作是一把吟唱着阿喀琉斯的名字的琴。在反映本剧早期形态的"柏林手稿"中,彭忒西勒亚在此处还说道:"每拨下弦便是首给他的颂歌。"

② 普萝妥耶说到"惨剧",是因为她认为彭忒西勒亚尊为女王,却可能会因战败而被阿喀琉斯套上囚徒的枷锁,并被迫为他做女奴的工作。"柏林手稿"对此尚有较详尽的描写。

普萝妥耶:

  她在发疯——

女祭司长:

  不幸的人!

普萝妥耶:

    丢了理智!

女祭司长:

  她心中所思所想只有那一人。

普萝妥耶:

  那一摔让她彻底失去了意识。

彭忒西勒亚:(强作镇定)

  好,我要镇静,如你们所愿。
  我终究还得把持住我这颗心,
  应当以优雅来面对当务之急。
  你们说得对,怎能如小孩般,
  只因一时的愿望未得到满足,   1200
  就要同诸神决裂?我们走吧。
  我承认我曾经想要追求幸福,
  但它如果不从天空上掉下来,
  我也不会冲上云霄去争夺它。
  助我离开此地吧,给我匹马,
  我要率领你们一同返归故乡。

普萝妥耶:

  女主呀,我加倍祝福你这番
  符合王者之尊严的宝贵话语!
  来吧,撤退工作都已经就绪——

彭忒西勒亚：（看到了女孩们手里的玫瑰花环，脸上猛地又火烧火燎起来）

　　　　　　　　看呀，是谁下令采集玫瑰的？　　　　1210

女孩甲：

　　　　　　善忘的女人，还有谁？只有——

彭忒西勒亚：

　　　　　　只有谁？

女祭司长：

　　　　　　　——让少女们去欢庆胜利、
　　　　　　举办期待已久的玫瑰节典礼，
　　　　　　这岂非你亲口所下达的命令？

彭忒西勒亚：

　　　　　　我诅咒这份可憎的迫不及待！
　　　　　　我诅咒在血流成河的杀戮中
　　　　　　心里却想着纵情地进行狂欢！
　　　　　　我诅咒战神的女儿们的胸中
　　　　　　竟滋生出恶犬般狂吠的欲望，
　　　　　　让我听不见军号的钢铁歌喉，　　1220
　　　　　　也听不见全体将领们的呼声！
　　　　　　我真获胜了吗？为何竟已经
　　　　　　如恶毒奚弄般地期待起凯旋？
　　　　　　——别让我看见这些！

（砍碎了玫瑰花环）

女孩甲：

　　　　　　　　　　女主啊！
　　　　　　你做什么？

女孩乙:(重新拾起玫瑰)

    这春天方圆数里内
    已没有花可采给庆典使用了。

彭忒西勒亚:

    让春日都凋零吧!让我们的
    呼吸所仰的星球像株玫瑰般
    折毁在地吧!我只愿能够让
    绚烂的宇宙如这花环般碎裂! 1230
    ——哦,阿芙洛狄忒!①

女祭司长:

        真不幸!

女祭司甲:

    她已经完了!

女祭司乙:

        她的灵魂已经被
    复仇女神们攫走了!②

女祭司丙:(在山丘上)

        少女们哪!
    听我说,佩琉斯之子在逼近!
    他距离我们只剩下一箭之程!

普萝妥耶:

    我跪下来求你了——逃命吧!

---

  ① 阿芙洛狄忒在特洛伊之战中支持特洛伊人,因而彭忒西勒亚此处等于是在呼唤敌方的保护神。

  ② 这句话本出自歌德的《陶里斯岛上的伊菲革涅亚》。该作第二幕第二场中,皮拉得斯(Pylades)要求伊菲革涅亚(Iphigenie)体谅深陷绝望的俄瑞斯特(Orest),并解释道:"[……]他美丽而自由的灵魂已经被复仇女神们攫走了。"

彭忒西勒亚:
　　　　　　啊,我的灵魂如垂死般虚弱!
(坐了下来)
普萝妥耶:
　　　　　　可怕!你要——?
彭忒西勒亚:
　　　　　　　　　你们想逃就逃吧。
普萝妥耶:
　　　　　　你是想——?
梅萝耶:
　　　　　　　　你要等——?
普萝妥耶:
　　　　　　　　　你是想——?
彭忒西勒亚:
　　　　　　　　　　我不走。
普萝妥耶:
　　　　　　怎么?你疯了!
彭忒西勒亚:
　　　　　　　　　我站不起身来。　　　1240
是骨头要断了吗?别管我了。
普萝妥耶:
　　　　　　无药可救的人哪,你听我说,
佩琉斯之子只剩一箭之程了——
彭忒西勒亚:
　　　　　　那就让他来吧!我甘愿让他
用铁靴无情将我的颈项践踏。
我花般的脸庞本就生自尘壤,

何必迟迟不让它重归尘壤中?
让他把我头朝下地绑在马后,
将这青春洋溢的躯体拖回去,
耻辱地丢弃在开阔的原野上, 1250
喂食给可怖的狗群和鸟群吧。
我宁肯粉身碎骨沦散为尘土,
也不愿做一个无魅力的女人。

普萝妥耶:

哦女王!

彭忒西勒亚:(扯下自己项上的首饰)
　　　　让这些废物见鬼去吧!

普萝妥耶:

永恒的诸神哪!这难道就是
你刚才亲口所许诺的镇静吗?

彭忒西勒亚:

在头上摇摆的这些东西也是!
你们比箭矢和脸庞更加无用!①
——我诅咒今日在战前为我
佩戴它们的手,我诅咒那套 1260
说这将助我凯旋的巧言佞语。
那群谄媚之徒环立在我左右,
端着镜子夸赞我纤长的身姿、
披上铁甲时天神一般的体态。——

---

① 这句话中的对比有些奇怪,因此有人主张"脸庞"(Wangen)是"战车"(Wagen)之笔误。然而亦有专家认为"箭矢和脸庞"并非不可解,彭忒西勒亚是在怨恨头上所佩戴之物(首饰或盔缨)都是无用之物,既没有箭矢之武力,也没有脸庞之妩媚。

祝你们的恶毒把戏统统见鬼！

众希腊人：（在场外）

前进，佩琉斯之子，尽管上！
只差几步之遥她就是你的了。

女祭司丙：（在山丘上）

女王啊！再不走就真的完了！

普萝妥耶：

我亲爱的姐妹，我的生命呀！
你不想逃走吗？

彭忒西勒亚：（泪如泉涌，倚在树干上）

普萝妥耶：（突然被感动，在她身旁坐下）

好的，听你的。
你若不能也不愿，便由它去！
别哭了，我会待在你的身边。
愿众神保佑我不需要强求你
做那些不可能的、不存在的、
抑或你所不能够做出的事情！——
少女们，回到家乡的田野吧，
而我和女王二人将留在此地。

女祭司长：

不幸的人哪，你怎还顺着她？

梅萝耶：

她没法逃吗？

女祭司长：

没法，阻拦她的
并不是外物或命运，而只是
她愚蠢的心——

普萝妥耶:

    这正是她的命运!
你定认为铁链是坚不可摧的,
可看呀,她或许能将其拧断,
反却斩不断你所嘲讽的感情。
只有她知道何物主宰她内心,
而每颗有情的心灵都是个谜。
她追求的是生命最高的财富,
触到了,抓到了,可她的手
却无法再朝另一件东西伸去。——
你到我的怀里来将其完结吧。 1290
为什么哭?

彭忒西勒亚:

    痛,痛——

普萝妥耶:

    哪里痛?

彭忒西勒亚:

    这里。

普萝妥耶:

  我能帮你缓缓吗——?

彭忒西勒亚:

    不,不,不。

普萝妥耶:

  好了,镇定些,很快就好了。

女祭司长:(低声)
  两个疯女人——!

普萝妥耶：（亦然）

      我求你别说话了。

彭忒西勒亚：

  如果我要逃走的话，那你说，
  我应该怎么做？

普萝妥耶：

      你往法索斯去，
  我已命打散的部队朝那进发，
  到了那边你便可以重整旗鼓。
  去好好地休息，处理好伤口。
  若愿意的话，到明日拂晓时，   1300
  你便可以再度进行少女战争。

彭忒西勒亚：

  假如这还可能！假如我还行！
  我已穷尽了人类力量之所能，
  尝试去做不可能实现的事情，
  将一切都押入了这场赌局中，
  而现在骰子已落，摆在眼前，①
  我必须明白——我已经输了。

普萝妥耶：

  别，别，亲爱的！别这么想，
  你不应如此低估自己的力量。
  也莫要以为你已尽到了全力，   1310
  你那份战利品并非如此廉价，
  要继续付出与之相称的努力。

---

① "骰子已落"（*Alea iacta est.*）系罗马谚语，意即事态已成定局，无从改变。

除了项上那串红白珍珠项链，
你的心灵真就没有其他财富
可以投入到眼前的事业中去？
你何不想想，到了法索斯后，
为实现你的目标还大有可为！
可现在——怕是快来不及了。

彭忒西勒亚：（做出了不宁的动作）
我若能快速——啊我要疯了！
——太阳到哪了？①

普萝妥耶：

正在你头顶。 1320
你要在夜幕降临前到达那里，
在希腊人不知情的情况之下，
与达尔达诺人结成战斗同盟，
潜进希腊舰只所停泊的海湾。
至夜间视暗号行事纵火焚船，
从前后方同时夹击突袭敌营，
在陆地上打他们个七零八落，
然后便收拾四散而逃的败军，
追捕所有合我们心意的男人，
擒获他们并给他们戴上花环。 1330
若能亲临此境我该何等幸福！

---

① 在本剧中，彭忒西勒亚在神智迷乱的情况下，多次将阿喀琉斯与太阳相混。这一段中她事实上是在问阿喀琉斯在哪里。另可参见下文的 1341 – 1343、1361 及 1385 行。而在见到太阳在水中的倒影时，她又以为是阿喀琉斯在河中，于是想跃入水中与他相会（第 1388 行）。另外细心的读者可能也已发现，本剧中彭忒西勒亚和亚马逊人的出场往往伴随着"阴影"和"月"，正与阿喀琉斯始终如熠熠日晖的形象相对。

> 我要在你身边不停歇地战斗，
> 不惧酷日暑热、不知疲惫地
> 竭尽自己肢体中的全部力量，
> 直至我亲爱姐妹的愿望成真。
> 历经这么多艰辛后一定要让
> 佩琉斯之子拜倒在你的脚下。

彭忒西勒亚：（一直目不转睛地望着太阳）
> 我好想舒展开翅膀，呼啸着
> 刺破云霄——！

普萝妥耶：
> 　　　　怎么了？

梅萝耶：
> 　　　　　　——她说了什么？

普萝妥耶：
> 你看见什么了——？

梅萝耶：
> 　　　　　她在盯着什么——？

普萝妥耶：
> 说呀，亲爱的！

彭忒西勒亚：
> 　　　　太高、太高了。
> 他沿着永恒遥远的炽焰之轨，
> 绕着我渴求的胸膛嬉游高翔。

普萝妥耶：
> 亲爱的女王，你说谁？

彭忒西勒亚：
> 　　　　　好，好。

——走哪条路?

(定了定神,站起身)

梅萝耶:

你是要决定了?

普萝妥耶:

你起身了?——好的,女王,
哪怕整个地狱都压到你身上,
你也要做个巨人,不要倒下!①
要像石拱门般:它岿然屹立
是因为其每个石块都要崩坠!②　　　　　1350
骄傲地昂起你穹顶般的头颅,
对众神的闪电高呼声"来吧!"
哪怕你从头到脚都已被劈碎,
但只要你这年轻的胸膛之中
还有一口气能固定石块砂浆,
内心中就不要有丝毫的动摇。
来吧,把手递给我。

彭忒西勒亚:

从哪边走?

---

① 与歌德、席勒、赫尔德并称为魏玛四杰的古典巨匠维兰德素来高度赞赏克莱斯特。1803 年,他写信鼓励身陷困顿与沮丧的作者:"哪怕整个高加索山和阿特拉斯山都压在您身上,您也要将《罗伯特·吉斯卡尔》写完。"原信早已遗失,然而克莱斯特显然深受其触动,可参见其 1803 年 7 月 20 日的信件。

② 这个看似矛盾的比喻出自克莱斯特给未婚妻岑格的信。他在其中写道:"我过去曾想,为什么拱门没有支撑却不会倒塌。我的答案是,这正是因为所有石块都要一并坠下。这个想法给予我一种安慰,这种安慰令我感到难以言述的振奋,并一直到关键时刻也始终伴随在我身边,它给予我这样的信念:即便一切都要令我沉沦,我也还是能挺住。"(1800 年 11 月 16 日)

普萝妥耶:

  你可以走那边较安全的山道,
  也可以走这边较缓适的谷地。——
  你选择哪条路?

彭忒西勒亚:

    还是走山路吧! 1360
  这样我便离他更近。跟我来!

普萝妥耶:

  离谁近呀?女王。

彭忒西勒亚:

    大家搀着我。

普萝妥耶:

  你只要能够登上那边的山丘,
  就脱离危险了。

梅萝耶:

    出发吧!

彭忒西勒亚:(走上一座桥后突然停下)

     听我说:
  我离开之前,还有件事要做。

普萝妥耶:

  还有事情?

梅萝耶:

    什么事情?

普萝妥耶:

    不幸的人!

彭忒西勒亚:

  各位,还有件显而易见的事:

> 我还需尽力尝试下全部策略,
> 不这样的话,我就真是疯了。

普萝妥耶:(不情愿地)
> 那我们还不如趁早完蛋算了! 1370
> 真没指望了。

彭忒西勒亚:(震惊地)
>   什么?你怎么了?
> 大家说,我刚是对她怎么了?

女祭司长:
> 你是想要——?

梅萝耶:
>   你还想在这个地方——?

彭忒西勒亚:
> 完全没有能惹她生气的事呀。——
> 我要把伊达山挪到俄撒山上,
> 然后就可以从容地站上去了。

女祭司长:
> 把伊达山给——?

梅萝耶:
>   挪到俄撒山上去——?

普萝妥耶:(转过身去)
> 求一切神灵庇佑她吧!

女祭司长:
>   她完了!

梅萝耶:(畏怯地)
> 女王,只有巨人才能够做到。

彭忒西勒亚：
　　　　　是啊，可我又哪点不及他们？　　　　1380
梅萝耶：
　　　　　哪点不及——？
普萝妥耶：
　　　　　　　天啊！
女祭司长：
　　　　　　　　可是你设想下——？
梅萝耶：
　　　　　设想你真的做成了这件事情——？
普萝妥耶：
　　　　　想想然后你又该如何呢——？
彭忒西勒亚：
　　　　　　　　　蠢货！
　　　　　那我就手抓他烈焰般的金发，
　　　　　把他给我拽下来——
普萝妥耶：
　　　　　　　　谁？
彭忒西勒亚：
　　　　　　　　赫利俄斯，
　　　　　只需待他飞驰着经过我头顶！
（女亲王们张口结舌、心惊胆战地面面相觑）
女祭司长：
　　　　　强行把她拖走！
彭忒西勒亚：（俯视着河流）
　　　　　　　　我真的是疯了！
　　　　　他就在我脚下呀！带我走吧——

(她想要投身河中,被普萝妥耶和梅萝耶拦住了)
普萝妥耶:
   不幸的人!
梅萝耶:
     她像一件衣服一般,
  轻飘飘地倒在了我们的手中。   1390
女祭司丙:(在山丘上)
   亲王们哪,阿喀琉斯出现了!
   整支少女军团都抵挡不住他!
一位亚马逊战士:
   神灵们哪!庇佑少女们的王
   不受那狂徒的侵犯!
女祭司长:(对女祭司们说)
        都快点撤!
   混乱战场不是我们所待之处。
(女祭司长、女祭司们和玫瑰女孩们下场)

第十场

一群亚马逊战士手持着弓上场,前一场的人物不变。

亚马逊战士甲:(向舞台之外叫道)
　　　　退后,放肆之徒!
亚马逊战士乙:
　　　　　　他不听我们。
亚马逊战士丙:
　　　　亲王们哪,我们无权伤害他,
　　　　根本就拦不住他疯狂地前进!
亚马逊战士乙:
　　　　普萝妥耶,告诉我们怎么办!
普萝妥耶:(忙着照料女王)
　　　　那就朝着他的方向万箭齐发!——　　1400
梅萝耶:(对侍从们说)
　　　　取水来!
普萝妥耶:
　　　　　不过注意别伤他性命!——
梅萝耶:
　　　　我叫你们拿头盔取水来!
一位女亲王(女王侍从之一):
　　　　　　　这里!

（汲水并递来）

亚马逊战士丙：（对普萝妥耶说）

　　　　　　　放心，不用怕！

亚马逊战士甲：

　　　　　　　　　大家各就各位！
　　　　擦擦他的脸，燎燎他的鬈发，
　　　　让他浅尝下死亡之吻的滋味！

（她们准备张弓）

第十一场

阿喀琉斯未戴头盔、甲胄和武器,身后跟着一小伙希腊人,前一场的人物不变。

阿喀琉斯:
　　咦?姑娘们,这是要射谁呀?
　　定不是射我毫无防护的胸膛。
　　我是否还要脱下这丝绸单衣,
　　让你们看我坦诚跳动的心脏?
亚马逊战士甲:
　　你要是乐意就脱吧!
亚马逊战士乙:
　　　　　　没必要的!
亚马逊战士丙:
　　要正好射中他手所放的位置!
亚马逊战士甲:
　　这样便可把他心脏如叶片般
　　飞速地顶出体外——
数人:
　　　　　　杀呀!射呀!

(箭从他头顶飞过)

阿喀琉斯：
>停！停！我发誓我没开玩笑，
>你们用眼睛才射得更中要害，①
>我感到自己灵魂深处被击破，
>身心全方位都被解除了武装，
>甘心伏倒在你们小巧的脚前。

亚马逊战士戊：（被舞台后伸出的长矛击倒）
>善良的诸神哪！

（倒地）

亚马逊战士己：（亦然）
>痛苦啊！

（倒地）

亚马逊战士庚：（亦然）
>月神哪！

（倒地）

亚马逊战士甲：（与下一句同时）
>这疯狂的男人！

梅萝耶：（忙着照料女王）
>这不幸的女人！ 1420

亚马逊战士乙：（与下一句同时）
>他说他丢下了武装。

普萝妥耶：（亦忙着照料女王）
>她丢了魂。

---

① 本剧中的阿喀琉斯喜欢说双关语。这里既揶揄亚马逊人射箭不准，跟没长眼睛似的，又恭维她们目光迷人。

亚马逊战士丙：（与下一句同时）
　　　　　　现在他的人在不断杀戮我们！
梅萝耶：
　　　　现在四周的少女在不断倒下！
　　　　该怎么办？
亚马逊战士甲：
　　　　　　　　把利刃战车调过来！
亚马逊战士乙：
　　　　　　放出猛犬咬他！
亚马逊战士丙：
　　　　　　　　从大象的背上
　　　　高高地向他抛石头来埋葬他！
一位亚马逊女亲王：（突然离开女王）
　　　　　　好吧，让我来试试我的箭法。
（从肩上取下弓并张弦）
阿喀琉斯：（一会面对着一位亚马逊战士，一会又转身朝向另一位）

　　　　　　真难以置信，这甜美的嗓音
　　　　　　正证明你们所说的都是谎言。
　　　　　　蓝眼珠的你必然不会是那种　　　　1430
　　　　　　能朝我驱赶狂暴的恶狗的人——
　　　　　　生着丝般秀发的你定也不是。
　　　　　　看呀，若因为你们言之过急，
　　　　　　真使得猛犬嗥叫着朝我扑来，
　　　　　　到时你们恐怕会自己跃上前，
　　　　　　用血肉之躯来护卫我的这颗
　　　　　　为你们燃烧爱情的男人之心。

亚马逊战士甲：

  这狂妄的男人哪！

亚马逊战士乙：

  真自以为是！

亚马逊战士甲：

  他想要用甜言蜜语来——

亚马逊战士乙：(神秘地呼唤着甲)

  俄苔普！

亚马逊战士丙：(回头)

  哈，看！我们的神射手上场！—— 1440
  大家悄悄让开个缺口！

亚马逊战士戊：①

  怎么了？

亚马逊战士丁：

  别问了，一会见分晓。

亚马逊战士辛：

  箭给你！

亚马逊女亲王：(置箭上弦)

  我要把他的两条腿钉在一起。

阿喀琉斯：(对他身边一位已经上好弦的希腊人说)

  干掉她！

亚马逊女亲王：

  天神哪！

(倒地)

---

① 按上文中戊已阵亡，此处矛盾应系作者疏忽所致。

亚马逊战士甲:
　　　　　　　　这可怕的男人!
亚马逊战士乙:
　　　　　　她自己被射倒了!
亚马逊战士丙:
　　　　　　　　　永恒诸神哪!
　　　　那边又一群希腊人涌过来了!

第十二场

狄俄墨得斯率领着埃托利亚人从另一侧上场,随后奥德修斯也带着军团从阿喀琉斯那一侧上场。

狄俄墨得斯:
  朝这,我勇敢的埃托利亚军,
  上吧!
(率领部属过桥)
普萝妥耶:
  神圣的月神,救救我们!
  现在我们要完了!
(她在几位亚马逊战士的帮助下,又将女王带到舞台前部)
众亚马逊战士:(手足无措)
  我们被俘了!
  我们被包围了!退路也断了! 1450
  能跑的就各自逃命吧!
狄俄墨得斯:(对普萝妥耶说)
  投降吧!
梅萝耶:(对逃跑的亚马逊战士们说)
  疯子,你们都干什么?站住!——
  普萝妥耶,你看!

普罗妥耶：（始终在女王身边）
　　　　　　　　　　你跟她们走，
　　若可行的话就再来解救我们。
（亚马逊战士们四散跑开，梅萝耶跟着她们）
阿喀琉斯：
　　她的头颅正在何处傲立？
一位希腊人：
　　　　　　　　　那边！
阿喀琉斯：
　　我定要倾国答谢狄俄墨得斯。
狄俄墨得斯：
　　我再说遍：投降吧！
普罗妥耶：
　　　　　　　　　你干什么？
　　我把她交给胜者，才不给你！
　　她所属于的人是佩琉斯之子！
狄俄墨得斯：
　　大家来击倒她！
一位埃托利亚人：
　　上吧！
阿喀琉斯：（将那位埃托利亚人一把推了回去）
　　　　　　　谁若胆敢　　　　　　　1460
　　动我的女王，我就叫他断命！——
　　她是我的！滚！在这做什么？——
狄俄墨得斯：
　　好！你的！向雷神宙斯起誓，
　　你有什么理由？凭何种权利？

阿喀琉斯：

    两个理由：右一个，左一个。——①
  给我。

普罗妥耶：

    你是高尚的，我不害怕。

阿喀琉斯：（将女王揽入怀中）

  没事的——

（对狄俄墨得斯说）

    你快去追那些女人吧，
  我先待在这里。给我走远点，
  别多嘴，为了她，哪怕死神
  我都敢打敢斗，又何况是你！ 1470

（他把她放在一棵橡树脚下）

狄俄墨得斯：

  好！都上！

奥德修斯：（带领着军团越过舞台）

    阿喀琉斯，祝好运！
  要不我把你的四驾马车捎来？

阿喀琉斯：（在女王上方弯下腰来）

  不用了，先别管。

奥德修斯：

    好的，随你。——
  都上，别让婆娘们重整旗鼓。

（和狄俄墨得斯一同率领部队从亚马逊人那一侧下场）

---

① 应是文字游戏，德语中"权利"与"右边"二词的词根相同。

第十三场

彭忒西勒亚、普萝妥耶、阿喀琉斯、希腊与亚马逊侍从。

阿喀琉斯：（解开女王的甲胄）
　　　　　她死了。
普萝妥耶：
　　　　　　　哦,我只愿她的眼睛
　　　　　能够永久作别这悲凉的人世!
　　　　　我无比担心她还会苏醒过来。
阿喀琉斯：
　　　　　我伤到她哪里了?
普萝妥耶：
　　　　　　　　她竭尽全力
　　　　　克服了胸口重伤,站起身来。
　　　　　我们把跌跌撞撞的她搀过来, 1480
　　　　　正想要攀登上眼前这座岩崖。
　　　　　可不知是因身体的伤势过重,
　　　　　还是由于内心中的创痛太切,
　　　　　她无法承受被你击败的事实。
　　　　　剧痛的双足不肯听从她使唤,
　　　　　苍白的嘴唇道出的尽是胡话,

她第二次跌倒在我怀抱之中。

阿喀琉斯：

她动了——你看到没？

普萝妥耶：

天神哪！
她莫非还未将生命之酒饮尽？
哦，看那悲惨的女人——

阿喀琉斯：

还有气。 1490

普萝妥耶：

佩琉斯之子，你若尚知恻隐，
你心若还能为一种情所打动，
你若不想害死她，你若不想
让脆弱的她彻底地陷入疯狂，
那就请答应我的请求——

阿喀琉斯：

你快说！

普萝妥耶：

走开，英雄，待到她醒来时，
你一定要走开，远离她视线。
立刻将你身边的将士都撤走，
并且直到太阳重新升起之时，
都必须保证没有人到她身边 1500
对她说出这种能要她命的话：
"你现在是阿喀琉斯的俘虏。"

阿喀琉斯：

她恨我？

普萝妥耶:

> 高尚的英雄,别问了!——
> 在她满怀喜悦与希望苏醒时,
> 眼前所首先见到的不应该是
> 胜利者那张让她悲恨的面孔。
> 女人内心中荡漾的很多东西
> 是不可以暴露在日光之下的。
> 即便厄运迫使她最终不得不
> 痛苦地以俘虏的身份面对你,   1510
> 那我也求求你不要过早挑明,
> 先等到她精神状态能承受时。

阿喀琉斯:

> 我必须告诉你,我是想要以
> 对待普廉之子的方式对待她。

普萝妥耶:

> 残暴之徒!

阿喀琉斯:

> ——她会害怕我这样吗?

普萝妥耶:

> 你是想犯下不可言说的虐行?
> 恐怖的人哪,眼前她这躯体
> 正如饰着花朵的孩童般迷人,
> 而你要将其如尸体般可耻地——?

阿喀琉斯:

> 告诉她我爱她。

普萝妥耶:

> 什么?怎么爱?   1520

阿喀琉斯：

    怎么爱？像男人爱女人一样，
    坚贞而热切、满怀纯洁之情，
    然而又想要把她的纯洁夺走。
    我要娶她，让她做我的王后。

普萝妥耶：

    众神哪！你再说一遍，你要——

阿喀琉斯：

    现在你可以让我待在这了吧？

普萝妥耶：

    天神般的人，我要吻你的脚！
    现在即便你不在这，我都要
    跑到海格力斯之柱去找回你！——
    可你看，她睁开眼了——

阿喀琉斯：

        她在动—— 1530

普萝妥耶：

    是时候了！男人们，走开吧。
    而你赶紧藏身到这棵橡树后！

阿喀琉斯：

    我的朋友们，走吧！

（阿喀琉斯的侍从下场）

普萝妥耶：（对正要站到橡树背后躲藏的阿喀琉斯说）
        再藏深些！
    求求你，在我叫你出来之前，
    都不要露面。你能答应我吗？——
    她那颗心灵实在是难以揣测。

阿喀琉斯：
    我答应你。
普萝妥耶：
      那好，现在留心了！

第十四场

彭忒西勒亚、普萝妥耶、阿喀琉斯、亚马逊侍从。

普萝妥耶：

    彭忒西勒亚！爱做梦的人呀！
    你的魂是否不喜欢你的躯壳，
    所以才鼓动着不安分的双翅，   1540
    到那金灿灿的遥远梦乡遨游？
    而此时幸福就像年轻的王子，
    正前来造访你这可爱的胸膛，
    却惊讶这座屋宇竟空空如也，
    于是只好转过身去迈开脚步，
    正准备飞快地重返云霄之上。
    傻瓜，不想把这来客缚住吗？——
    在我怀里起身吧。

彭忒西勒亚：

        我这是在哪？

普萝妥耶：

    ——听不出你姐妹的声音吗？
    山崖、桥梁、小路还有鲜花，   1550

>   这些风景未让你恢复知觉吗?①
>   ——看看你身边的这些少女,
>   仿佛守护着光明世界的大门,
>   正对你齐声地高呼着"欢迎!"
>   ——你叹气了。你为何害怕?

彭忒西勒亚:

>   啊,我做了个多么可怕的梦——
>   而现在醒来,感受到我那颗
>   疲苦的心正和你心一同跳动,
>   又是多么幸福,简直要落泪——
>   ——我梦到在狂乱的战场上,   1560
>   佩琉斯之子用长矛击中了我,
>   我周身所着的铁甲乒乓作响,
>   大地上回荡着我倒地的轰鸣。
>   我的将士们惶恐地溃逃而去,
>   撇下我倒在战场上动弹不得,
>   此时他已从马背上飞身而下,
>   迈着胜利步伐行到了我身前,
>   并伸出那双强健有力的臂膀,
>   将败倒于地面的我抱了起来。
>   我想抓匕首却怎么也摸不到。   1570
>   他带着趾高气扬的嘲弄狞笑
>   将我当作俘虏掳到他的营中。

---

① 这一段的情节和文字亦借自《陶里斯岛上的伊菲革涅亚》。第三幕第三场中,皮拉得斯对刚从昏迷中复苏的俄瑞斯忒说:"你认出我们、这小树林、还有这不照耀亡灵的光芒了吗? 你感受到朋友和姐妹还在用胳膊紧紧地、活生生地抱着你吗?"而俄瑞斯忒答道:"让我在你的怀中,初次以自由的心来感受纯粹的欢乐!"

普萝妥耶:

> 我最好的女王呀,不可能的!
> 他心灵磊落,才不可能嘲弄。
> 而且相信我,假如这梦成真,
> 你便会享受极度幸福的一刻,
> 因为你恐怕会看到那神之子
> 充满爱慕地倒在面前尘土中。

彭忒西勒亚:

> 朋友,如果我蒙受这般耻辱,
> 接受不是自己堂堂正正用剑 1580
> 制服的男人,我便诅咒自己。

普萝妥耶:

> 平静些,女王。

彭忒西勒亚:

> 　　　　为何要平静些——?

普萝妥耶:

> 你不正躺在我忠诚的怀中吗?
> 不管你将要遭受怎样的命运,
> 我都和你一起扛。平静些吧。

彭忒西勒亚:

> 普萝妥耶啊,我先前正如同
> 群山环抱之中的海湾般平静,
> 丝毫都没有情感起伏的涟漪。
> 可你这席话却霎时惊动了我,
> 如同开阔洋面上兴起了狂风。 1590
> 出什么事了?为何劝我平静?——
> 你们表现为何这般怪异慌张?——

你们还冲着我背后使着眼色,
众神哪,仿佛现在我的身后
有只面目狰狞的妖怪在睥睨。
——我说了这是梦不是现实——
什么?莫非现实正如此?说!
——梅萝耶和梅伽丽在哪里?

(她回头望去,发现了阿喀琉斯)

可怕!那恐怖之人在我身后。
趁我还能动手——

(抽匕首)

普萝妥耶:

     不幸的女人哪!   1600

彭忒西勒亚:

  哦,这废物,她还在阻拦我——

普萝妥耶:

  阿喀琉斯,救救她!

彭忒西勒亚:

     这疯女人!
他要用脚来践踏我的颈项了!

普萝妥耶:

  脚?你疯了——

彭忒西勒亚:

     我叫你给我走开!——

普萝妥耶:

  不幸的女人,你倒是看看他——
他难道不是手无寸铁地站着?

彭忒西勒亚:

  怎么回事?

普萝妥耶：

     是的！他已准备好
  让你给他戴上玫瑰枷锁了。

彭忒西勒亚：

          不，
  说实话。

普萝妥耶：

     她不肯信！你来说吧！

彭忒西勒亚：

  他被我俘虏了？

普萝妥耶：

      不然还能怎样？   1610

阿喀琉斯：（此时已走上前来）

  是一切更美好意义上的俘虏。
  我全心情愿被你的秋波囚锁，
  心醉翩跹地度过我整个余生。

（彭忒西勒亚用双手捂住脸）

普萝妥耶：

  他亲口承认了——你们二人
  战斗中同时被对方击倒在地。
  而正当你昏迷之际，他则被
  解除了武装——不是这样吗？

阿喀琉斯：

  我被缴了械并被领到你跟前。①

（在她面前单膝跪下）

---

① 原文的"缴械"是阿喀琉斯的双关语，也有"心灵被征服"之意，然而彭忒西勒亚从来都只能理解字面上的含义。

彭忒西勒亚：（停顿片刻）
　　　　　　那我欢迎你，我生命的欢乐、
　　　　　　有着玫瑰色面庞的年轻神灵！　　　　1620
　　　　　　我的心哪，驱使血液奔腾吧，
　　　　　　它仿佛是因为在等待他前来，
　　　　　　才积聚在我胸膛中停滞不流。
　　　　　　血，你是我体内流淌的青春，
　　　　　　是善于传达心绪的迅疾信使，
　　　　　　快在我血管中欢欣地涌动吧，
　　　　　　让我的整个脸颊都泛起霞晕，
　　　　　　像红色旗帜一般昭告这喜讯：
　　　　　　年轻的海仙女之子是我的了！

（站起身）
普萝妥耶：
　　　　　　哦，我亲爱的女王，克制些。　　　　1630
彭忒西勒亚：（向前迈步）
　　　　　　来吧，我凯旋的少女战士们，
　　　　　　来吧，战神阿瑞斯的女儿们，
　　　　　　你们全身还蒙着沙场的尘土。
　　　　　　每人都手牵着自己在战斗中
　　　　　　所制服的阿尔戈人少年来吧！
　　　　　　玫瑰女孩们，拎着花篮来吧，
　　　　　　俘虏如此多，花环是否够用？
　　　　　　我命令你们快快出发去田野，
　　　　　　用你们的气息润泽春日大地，
　　　　　　让她为我滋育出更多的玫瑰！　　　　1640
　　　　　　月神祭司们，去履行职责吧，

快为我嘎嘎打开那金光灿灿、
香雾缭绕的月神庙宇的那扇
仿佛天堂的入口一般的大门!
先把头生着短角的肥壮公牛
给我牵到祭坛之上屠宰献祭,
让闪着寒光的利刃无声落下,
让圣洁神坛的建筑随之摇震。
神庙的麻利而勤快的女仆们,
你们在哪?快从炭火上取来　　　　1650
烧得发出嘶嘶响声的波斯油,
用它洗去木质地板上的血迹。
让人们穿上轻柔飘扬的华服,
让金色的酒杯盛满玉液琼浆,
让鼓吹号角一起如雷声奏鸣,
让欢呼像顿挫的音乐般响起,
让巍峨的苍穹也为之而撼震!——
哦普萝妥耶呀,我的好姐妹,
来助我一同欢贺,帮我想想
如何安排这场典礼,让它比　　　　1660
奥林匹斯神灵的节庆更盛大。
这是战神以武为媒的女儿们
与伊纳科斯的后裔们的婚礼。——
梅萝耶、梅伽丽,你们在哪?

普萝妥耶:(克制着感情)

我发现欢与恸对你同样凶险,
二者都同样能使你陷入疯狂。
你以为你已回到特弥斯库拉,

既然你耽于梦幻突破了限度，
我便只得斩断你遐想的翅膀，
用冷峻话语迫使你即刻清醒。　　　　1670
被骗的人，你看你身在何处？
你的民众、祭司们、梅伽丽、
梅萝耶和阿斯特莉亚都在哪？

彭忒西勒亚：（在她怀中）

哦，普萝妥耶，不要管我了，
且让我的心在欢乐的河流中
似个肮脏的孩童般潜泳一会，
这翻卷着的浪花每拍打一下，
便可从我胸膛涤去一块污垢。
可怖的复仇女神都遁逃而去，
诸神仿佛在习习微风中降临，　　　　1680
我好想立即加入他们的合唱，
我已熟透，只待死亡来收割，
但还有件事：你原谅我了吧？

普萝妥耶：

哦我的女主！

彭忒西勒亚：

　　　　我知道，我知道——
我血液的更好的一半是你的。①
——人都说苦难能磨砺精神，
可亲爱的呀，我不这么觉得。
它曾让我被难解的激情折磨，

---

① "更好的一半"在德语中有"配偶"之意。

对诸神和世人都充盈着愤恨。
真是奇怪,我过去无比憎恶 1690
遇见的每张呈现欢乐的脸孔,
就连在母亲怀中嬉戏的婴儿
都仿佛是在奚落着我的痛楚。
可现在,我又多想看到周围
一切都喜悦满足。啊,朋友!
苦难能让人成为伟大的英雄,
但唯有极乐才能赋予他神性!
——不过还是快谈正经事吧,
得赶紧为大军班师做准备了。
待我们的人马都休息好以后, 1700
就让大家带上俘虏一同启程,
朝向着我们故乡的大地进发。
——吕卡翁哪去了?

普萝妥耶?

       谁?

彭忒西勒亚:(温柔地嗔怪)

      你还问?
是败在你剑下的青年英雄呀!
那个阿卡狄亚人,他怎不在?

普萝妥耶:(不知所措)

女王啊,他还在森林里待着,
正和其余的那些俘虏在一起。
希望你还是遵循法规的要求,
回到家乡后再让他同我相见。

彭忒西勒亚：
　　　　　　　谁去到林子里把他给我喊来！　　　　　1710
　　　　　　　普萝妥耶身边才是他的去处。
　　　　　　　——亲爱的，还是让他来吧，
　　　　　　　你这番模样就像是五月的霜，
　　　　　　　叫我无法尽情享受青春欢畅。

普萝妥耶：（自语）
　　　　　　　不幸的女人哪！——那好吧，
　　　　　　　你们就按女王的命令来办吧。

（一位亚马逊战士在她的示意下退场）

彭忒西勒亚：
　　　　　　　谁去把玫瑰女孩们给我叫来？

（看见了地上的玫瑰花）
　　　　　　　快看呀，这里的地上就有花！
　　　　　　　它们多香呀！

（把手放在额头上）
　　　　　　　　　　　　啊，我的噩梦啊！

（对普萝妥耶说）
　　　　　　　月神的女祭司长来过这里吗？　　　　　1720

普萝妥耶：
　　　　　　　我的女王，据我所知没有吧——

彭忒西勒亚：
　　　　　　　那么为何会有玫瑰？

普萝妥耶：（连忙）
　　　　　　　　　　　　看那里呀！
　　　　　　　那些在田野搜罗玫瑰的女孩
　　　　　　　将满满的一篮都遗落在此处。

>   实在是太巧了,我现在可以
>   拾起这些芬芳花朵制作花环,
>   备给你的佩琉斯之子,好吗?

(在橡树底下坐下)

彭忒西勒亚:

>   亲爱的呀,你可真让我感动。——
>   好的!我也用这些百叶蔷薇①
>   为你的吕卡翁织结花环。来!　　　1730

(也捡起几株,坐在普萝妥耶身边)

>   女人们,奏乐吧,我好激动!
>   让歌声响起,好叫我平静些!

少女甲(女王侍从之一):

>   你想听什么歌?

少女乙:

>   胜利凯歌?

彭忒西勒亚:

>   ——颂歌。

少女甲:

>   这般被蒙骗!——大家唱吧!

少女们的合唱:(配乐)

>   阿瑞斯离去了!
>   看哪,白马拉着他的车,
>   口吐着雾气,向下方的冥府远驰而去!
>   可怖的复仇女神们打开大门,

---

① 蔷薇在西方通常被视为玫瑰的一种。

又在他身后将其合上。①

少女丙：

　　许门哪！你在何处？　　　　　　1740
　　点燃火炬，照耀吧，照耀吧！
　　许门哪！你在何处？

合唱：

　　阿瑞斯离去了！

（下略）

阿喀琉斯：（在歌声中偷偷靠近普萝妥耶）
　　告诉我，这到底是要做什么？

普萝妥耶：

　　高尚的英雄呀，很快就好了，
　　求你耐心点，一会你就明白。

（编织完之后，彭忒西勒亚同普萝妥耶互换了花环，彼此拥抱，又端详起手中花环。音乐停息。先前那位亚马逊战士回来了）

彭忒西勒亚：

　　任务完成了没有？

亚马逊战士：

　　　　　　阿卡狄亚的
　　年轻王子吕卡翁很快就抵达。

---

① 这段颂歌似乎也是借鉴了《陶里斯岛上的伊菲革涅亚》第三幕第三场中的一段文字："这颗心告诉我，诅咒已经解除，我听到，复仇女神（Eumeniden）隆隆地向下方的冥府（Tartarus）远驰而去，关上了自己身后的铁门。"

第十五场

彭忒西勒亚、普萝妥耶、阿喀琉斯、众亚马逊战士。

彭忒西勒亚:

  快过来,海仙女可人的儿子
  来吧,伏到我脚边——过来!   1750
  大胆过来!你没有害怕我吧?
  没有因我战胜你便憎恶我吧?
  是否惧怕那击倒了你的女人?

阿喀琉斯:(在她的脚边)
  如花朵敬畏日晖。

彭忒西勒亚:
      好,讲得好!
  那么你就视我为你的太阳吧——
  我的女主月神哪,他负伤了!

阿喀琉斯:
  不过是划破胳膊,仅此而已。

彭忒西勒亚:
  佩琉斯之子呀,请你莫以为
  我有任何要取你性命的念头。
  我虽曾希望用臂膀将你击中;   1760
  可当你落地之时,我的胸膛

阿喀琉斯：

你若爱我，就别再提这些了。
看，伤愈了。

彭忒西勒亚：

那你是原谅我了？

阿喀琉斯：

全心原谅——

彭忒西勒亚：

现在你可以告诉我，
爱神，那生着翅膀的小男孩，①
是如何锁囚住了桀骜雄狮的？

阿喀琉斯：

我想，爱神摩挲它粗野面颊，
它便平静了。

彭忒西勒亚：

好，现在你就像
姑娘手中的驯顺的幼鸽一般，
即便被她套上项圈也不挣扎。
哦少年，因为这胸中的感情
就如同双手一般地将你摩挲。

（她给他缠上花环）

阿喀琉斯：

奇异的女人哪，你究竟是谁？

1770

---

① 这里指的是丘比特或厄洛斯，详见《专名索引》。

彭忒西勒亚:
> 拿来吧——我叫你先别说话!
> 会都告诉你的。将这轻盈的
> 玫瑰花环盘在你头顶和项上,
> 往下缠到臂上、手上、足上,
> 再向上绕回至头上——好了。
> ——你嗅什么?

阿喀琉斯:
> 你唇上的馨香。 1780

彭忒西勒亚:(向后仰回身)
> 是那些玫瑰在散逸芬芳而已。

阿喀琉斯:
> 我想要品味花茎之上的鲜花。

彭忒西勒亚:
> 爱人呀,花一旦成熟你便采。

(她又给他的头顶戴上一副花环并让他走动)
> 现在好了——哦,你来看看,
> 流散的玫瑰光泽多么适合他!
> 他风暴般的暗脸膛亮着光芒!
> 挚爱女伴呀,实话说,纵是
> 那跟随时令女神从山巅降临、
> 让大地泛起钻石色泽的晨光,
> 也不及他目光那样柔煦温和。 1790
> 你可觉得他眼睛似乎在闪耀?
> 此般样貌真是令人不敢相信
> 这是他。

普萝妥耶:
>你指谁?

彭忒西勒亚:
>佩琉斯之子呀!
>是谁在特洛伊城之前击杀了
>普廉最杰出的儿子,是你吗?
>真的是你扎穿了败北者的脚,
>用斧将他脸朝下地钉在车后,
>并环绕着他父祖的城池拖行?
>——告诉我呀,你是怎么了?

阿喀琉斯:
>是我。

彭忒西勒亚:(审视了他之后)
>他说是他。

普萝妥耶:
>是他呀,女王;　　　　　1800
>你可以通过他的饰物认出他。

彭忒西勒亚:
>通过什么?

普萝妥耶:
>通过这身甲胄,看,
>这是高贵的女神忒提斯为他
>从赫淮斯托斯那里所求来的。

彭忒西勒亚:
>好,世间最桀骜不驯的人呀,
>我用吻问候你,你是我的了!
>年轻的战神,你是属于我的,

　　　　　　　　人若问你，你便要说起我名。

阿喀琉斯：

　　　　　　　　哦，我眼中你形象多么灿烂，
　　　　　　　　仿佛天国开启，你降临而下，　　　　　1810
　　　　　　　　莫测的女人哪，你究竟是谁？
　　　　　　　　如果我的灵魂狂喜地问自己
　　　　　　　　它归属了谁，我该如何回答？

彭忒西勒亚：

　　　　　　　　到时你只需要答出我的特质，
　　　　　　　　你思及我时便以此作为名字。——
　　　　　　　　在此我赠予你这枚金质指环，
　　　　　　　　它模样独特，你但须拿出它，
　　　　　　　　人们便可准确指引你找到我，
　　　　　　　　可指环会失落，名字会忘却，
　　　　　　　　若名字忘却了，指环失落了，　　　　1820
　　　　　　　　你心中可还能留存我的形象？
　　　　　　　　纵使是瞑目你也能将其想起？

阿喀琉斯：

　　　　　　　　就如同钻石上的纹理般坚牢。①

彭忒西勒亚：

　　　　　　　　我是统治亚马逊民族的女王，
　　　　　　　　我的部族自称阿瑞斯之苗裔，
　　　　　　　　俄特雷雷乃是我伟大的母亲，
　　　　　　　　我的民众称我为彭忒西勒亚。

---

① "纹理"与上文的"特质"（1814）在原文中为同一词"Züge"，系阿喀琉斯的双关语。

阿喀琉斯:
　　　　　彭忒西勒亚。

彭忒西勒亚:
　　　　　没错。

阿喀琉斯:
　　　　　我垂死之时
　　　　　也要如天鹅般吟唱你的名字。①

彭忒西勒亚:
　　　　　我赐予你自由,你现在可以　　　1830
　　　　　在少女军团之中随意地走动。
　　　　　因为我要用一种花朵般轻柔,
　　　　　却比铁更加坚固的特别锁链
　　　　　来将你牢牢地缚在我的心上。
　　　　　而即便在这超越了时光沧桑,
　　　　　也不惧世事变故的环环锁链
　　　　　由感情之炽焰温柔锻成之前,
　　　　　出于义务你还是要回我身边。
　　　　　年轻的朋友,理解我的用心,
　　　　　你要什么想什么,我都答应。　　1840
　　　　　告诉我,你愿意吗?

阿喀琉斯:
　　　　　就如幼驹
　　　　　依恋滋哺他的马槽的气息般。

彭忒西勒亚:
　　　　　好的,我相信你。我们现在

---

① 古希腊传说认为天鹅垂死时会最后一次动情歌唱。

> 即刻启程向特弥斯库拉进发；
> 我名下一切马匹都归你所有。
> 你还会得到紫色的帐子居住，①
> 除此之外你贵为一国之君主，
> 侍奉你的奴仆也必不会缺少。
> 可我这一路上实在事务缠身，
> 这你也能理解，所以你暂时　　　　1850
> 还得先同其余俘虏待在一起；
> 海仙女之子，到特弥斯库拉，
> 我才能全心将自己奉献与你。

阿喀琉斯：

> 会实现的。

彭忒西勒亚：（对普萝妥耶说）

> 　　　　告诉我，你的那位
> 阿卡狄亚人身在何处？

普萝妥耶：

> 　　　　　　　　女王哪——

彭忒西勒亚：

> 亲爱的普萝妥耶，我好希望
> 能看见你亲手为他戴上花环。

普萝妥耶：

> 他会来的，花环也不会少的。

彭忒西勒亚：（准备动身）

> 好啦——我还有不少事要忙，
> 让我走吧。

---

① 在希腊罗马时代，紫色是极为尊贵的颜色。

阿喀琉斯：
> 怎么了？

彭忒西勒亚：
> 让我起身吧。 1860

阿喀琉斯：
> 你要逃走？躲开？将我抛下？
> 亲爱的，多少奇异事你还未
> 对我满怀渴求的心讲个明白。

彭忒西勒亚：
> 到特弥斯库拉再说吧。

阿喀琉斯：
> 在这吧！

彭忒西勒亚：
> 到特弥斯库拉再说吧，朋友——
> 放开我！

普萝妥耶：（不安地拦着她）
> 怎么？女王你要去哪？

彭忒西勒亚：（诧异地）
> 奇怪！——我要去检视军团，
> 还得同梅萝耶和梅伽丽议事，
> 除了闲谈我难道就无事可做？

普萝妥耶：
> 部队还在追击败逃的希腊人。—— 1870
> 让统兵在前的梅萝耶处理吧；
> 你还需要休息——只待敌军
> 尽被打到斯卡曼德罗河对岸，
> 凯旋之师便会被领到你面前。

彭忒西勒亚:(考虑着)

  这般!还到这田野上?确定?

普萝妥耶:

  确定,放心吧。——

彭忒西勒亚:(对阿喀琉斯说)

      那就简短些讲。

阿喀琉斯:

  奇异的女人哪,你究竟缘何
  如同雅典娜一般从云端降下,
  万军中一马当先、不可凌犯,
  猛飙到我们的特洛伊战场上? 1880
  是什么使得你如复仇女神般
  从头到脚都以钢铁全副武装,
  怀着莫名的盛怒攻打希腊人?
  可爱的你本只需恬静地展示
  自己的美丽容颜,便足以使
  面前一切男性拜倒在尘埃中;

彭忒西勒亚:

  海仙女之子呀——我无缘于
  那种本属女性的温柔的技能!
  无权如你的国度的女孩一般,
  来到那些青春昂扬的少年们 1890
  欢乐地集会和竞技的赛场上,
  为自己物色一位理想的爱人;
  无权以花束装饰和羞涩目光[①]

[①] 花束装饰:姑娘以花束的不同饰法来暗示是接受还是拒绝男方。

将心仪的他吸引到我身边来；
无权在夜莺啼透的石榴林中，
于朝霞炽红时依偎在他胸膛，
对他表白说，我要的就是他。
只能在血腥的杀伐场上找寻
自己心中如意的那位少年郎，
先要以铁般的臂膀将他攫捕，　　　　1900
然后才能将他揽入柔软怀中。

阿喀琉斯：

这法规乃是何时何处所产生？
恕我直言，它违反女性天性、
悖逆自然，简直是世所未闻。

彭忒西勒亚：

哦，少年哪，这一律令来自
一切远古圣物的骨灰盒之中，
来自永恒萦绕着神秘芳云的、
无人曾踏足过的时间之极峰。
最古的始祖母们是如此立规，
对此我们都只有默默地遵从，　　　　1910
一如你们谨依始祖父的遗训。

阿喀琉斯：

解释清楚些吧。

彭忒西勒亚：

　　　　　好的！听我讲。——
亚马逊人现在统治的土地上
过去生活着斯基泰人的一支，
他们服侍众神，自由而骁勇，

和大地上其他部族并无两样。
多少个世代以来，他们都以
花果丰饶的高加索山为家园，
直至一日埃塞俄比亚的国王
维克索力斯带人马来到山下， 1920
他迅速击败协力抵抗的男人，
汹汹闯过山谷，其锋刃所及
从男童直到老翁都屠戮无遗。
整个辉煌的氏族从此便绝灭。
野兽般的胜利者们鸠占鹊巢，
悍然住进了本属我们的屋舍，
吞食着我们富饶土地的果实，
并且强加给我们无比的耻辱，
以暴力逼迫我们同他们欢爱：
将女人们从自己丈夫的墓边 1930
强行拉上了他们污秽的床榻。

阿喀琉斯：

我的女王，促使你的女人国
诞生的机缘乃是灭顶之灾啊！

彭忒西勒亚：

但人只能吞忍有限度的苦厄，
倘若肩上重负令他忍无可忍，
他便会奋起反抗、挣脱压迫。
多少个夜晚，女人们悄悄地
来到阿瑞斯庙宇中伏地痛哭，
为祈求拯救而几乎泣穿台阶。
她们用衣带、戒指、别针等 1940

金属饰物在灶火之上铸造成
闪着寒光的匕首,并且各自
将其藏在自己受辱的床榻上。
只等待我们的女王塔娜伊司
与埃塞俄比亚王的婚礼到来,
便会用它们亲吻众宾的胸膛。
在婚礼上,女王将匕首刺进
那恶棍的心脏,并以阿瑞斯
当作新郎而完成了结婚仪式。
这整伙入侵的歹徒就是这样   1950
在一夜之间统统被匕首刺死。

阿喀琉斯:

能想象婆娘们做出这种事来。

彭忒西勒亚:

民众大会颁布了这样的决议:
立下了此等英雄功业的女人
都已如旷野上的风一般自由,
再也不会臣服于男性的统治。
一个自主的国家便这样成立,
在这个女人国中,自此再无
男人能颐指气使地发号施令。
它要庄严地给自己订立法规,   1960
听从自己的意志,捍卫自己,
国家的女王则将是塔娜伊司。
哪个男人若窥到了这一国度,
就必然立时永久地闭上眼睛;
暴君之吻若使女人诞下男婴,

那么这个孩子也不得不旋即
紧随他残暴的父亲陷入冥府。
阿瑞斯庙宇中一时熙熙攘攘，
伟大的塔娜伊司将要被加冕，
正式成为上述法度的守护人。　　1970
她登上了战神之祭坛的阶梯，
即将从盛装的女祭司长手中
接过先前的历任斯基泰国王
所曾持有的硕大的金色宝弓，
就在这无比庄严肃穆的时刻，
传来一个声音道出这番话来：①
"如此之国只会招男人讥笑，
它用不了多久就必将覆亡在
骁勇的邻邦的初次进犯之下，
因为弱女子受丰满乳房之累，　　1980
永远不可能如同男人们那样
轻易地将弓与箭的威力施展。"
女王沉吟了少顷，她静观着
这番话语将会产生何种效果；
而当怯懦的骚动蔓延开之时，
她便毅然断下了自己的右乳，
并将这些要张弓射箭的女人
取名叫亚马逊人，意即无乳。

---

① 空中传来的神灵的声音。

	未及她完毕，骚动便已止息，①	
	随后王冠便被置于她的头顶。	1990
阿喀琉斯：		
	凭宙斯起誓，她不需要乳房！	
	她完全可以统治男人的民族，	
	我的整个灵魂向她鞠躬致敬。	
彭忒西勒亚：		
	她的举动使得满堂鸦雀无声，	
	此时此刻只能听见那张宝弓	
	从面容如死尸般惨白僵硬的	
	女祭司长的手中落地的声音。	
	那硕大的、金色的王国宝弓	
	在大理石阶上来回撞击三次，	
	发出了如同钟磬一般的鸣响，	2000
	最终死般沉寂地落在她脚边。——	
阿喀琉斯：		
	我但愿，女人国的人们并未	
	都如同她一般吧？	

---

① 这段话的原文似有歧义，动词"zusammenfallen"（本义为崩溃）既可以被理解为女王"崩溃"倒地，即女王晕了过去；也可以被理解为"怯懦的骚动"（第1985行）"崩溃"了，即骚动被平息了下去。译者所参考的各个英文、俄文译者均是按照前一种理解来翻译的。然而雷克拉姆出版社的德文底本在注释中明确指出，这个动词的主语是"怯懦的骚动"；再者如果是女王倒地的话，这与她的坚毅性格似乎也不符；而且假如她已经倒地，下一句里就不可能立刻给她加冕。可是"柏林手稿"中的"崩溃"和"骚动"二词位置相隔甚远，不太像是组合在一起的；另外"柏林手稿"中的加冕的时间还在更后面一点。译者在这里姑且遵从后一种理解方式。但如果是根据前一种理解方式而翻译的话，那么本句就应该译作"她还未完毕便自己昏倒在地"。

彭忒西勒亚：

       当然不像她！
  大家下手时没有她那份气魄。

阿喀琉斯：（惊讶地）

    什么？也就是还是？不可能！

彭忒西勒亚：

    你说什么？

阿喀琉斯：

    ——那可怖传说是真的？
  环立着你的所有的芳华女子
  都姿容卓绝堪称女性之骄傲。
  她们在盛装之下好比是祭坛，
  能令人不胜倾慕地拜倒在前，   2010
  可竟都被造孽般地剥夺了那——？

彭忒西勒亚：

    你先前都不知道吗？

阿喀琉斯：（把脸凑到她的胸前）

        哦女王哪！
  那种种青春美好感情的驻所
  竟被这野蛮的疯念头——

彭忒西勒亚：

        平静些，
  这种种感情都迁移到了左侧，
  这样它们距离心也就更近了，
  愿你能从我这感受到每一种。①

---

① 歌德曾痛骂这段话"极度可笑"（hochkomisch）。参见：《生前迹》，前揭，页 259，编号 281。

阿喀琉斯：

> 说实话，纵使是虚渺的朝梦
> 都比此时此刻显得更为真切。——
> 还是继续吧。

彭忒西勒亚：

> 什么？

阿喀琉斯：

> ——你还差结尾，
> 这个没有男人参与而成立的
> 志骄意满的女国究竟是如何
> 不依靠男人的帮助而繁衍的？
> 是否那位杜卡里翁直到今日
> 还会时不时对你们抛掷泥土？

彭忒西勒亚：

> 每当女王依据年度人口测算
> 而要为国家补充死亡损失时，
> 她便将正当青春芳华的女人
> 从——

（顿住，看着他）

> 你笑什么？

阿喀琉斯：

> 你说谁？说我吗？

彭忒西勒亚：

> 亲爱的，你好像笑了。

阿喀琉斯：

> ——原谅我，
> 你的美貌让我分心。我在想，

      你可是从月亮降临我身边的？——

彭忒西勒亚：（停顿片刻）
      每当女王依据年度人口测算①
      而要为国家补充死亡损失时，
      她便将正当青春芳华的女人
      从王国的各个角落召到首都。
      她登临阿尔忒弥斯的神庙中，
      为她们年轻的怀抱祈求降福，
      使之受孕于战神贞洁的种脉。
      这一节日名称叫芳华少女节，   2040
      其庆典仪式十分宁静而安详。
      待到春日亲吻大自然的胸膛，
      吹去了冬日大地的皑皑严装，
      月神的神圣祭司接收到请求，
      便起身前往阿瑞斯庙宇之中，
      匍匐在祭台边上向战神转达
      圣明的万民之母提出的祈请。
      神时常会拒绝，毕竟雪山中
      出产的粮食并不是十分丰足。
      但神若乐意满足我们的愿望，   2050

---

 ① 克莱斯特在其从巴黎寄给未婚妻岑格的信中，表达了自己对大革命后的法国的失望，认为理性与科学并没有把这个国家变得更好："［……］卢梭、爱尔维修、伏尔泰的皇皇巨著，我想，都有什么用呢？难道有一部达到其目标了吗？它们难道止住了那永不停歇地奔向深渊的车轮吗？［……］为什么国家要向这些机构靡费百万钱财用于传播知识呢？这难道是为了真理吗？对国家而言吗？一个国家所知的唯一的利处就是按照百分比来测算。"（1801 年 8 月 15 日）本剧中的亚马逊国也同样是个建立在理性"测算"基础之上的国家。而彭忒西勒亚的本性则与之相反，是无法"揣测"的（参见第 1536 行）。

就会通过女祭司指示给我们
某支品性与名望兼优的民族,
使之代表他来做我们的新郎。
他道出那民族的名称与居地,
欢腾之潮便席卷城市和乡村。
大家向那些少女热烈地致意,
并将她们称作"战神的新娘",
母亲们手赠给她们箭和匕首,
众人殷勤欢欣地为她们服务,
给她们的腰肢披上铁的嫁衣。 2060
待出征的欢快日期得到确定,
四下便响起和缓的号角鸣响,
成群的姑娘低语着飞身上马,
像穿着羊毛鞋般悄无声息地
在璀璨夜色中穿越崇山茂林,
向被选中者的遥远营地进发。
我们的人马抵达那个国度后
会在城门前稍作两日的休整:
然后便仿佛火红的旋风一样①
迅猛地飙进男人的丛林里去, 2070
并将败倒者中最成熟的那些
如从树冠上摇撼下的种子般
一并刮回到我们家乡的田野。
我们在月神庙宇中照料他们,

---

① "旋风"一词原文为"Windsbraut",其后半部分"Braut"有"新娘"的意思,应是双关语。

      举办连串我不甚了解的庆典，
      只知道其名字是叫作玫瑰节。
      因为仅有新娘们才有权参加，
      他人如若接近便被处以死刑。
      待我们收获种子所结之果实，
      就会慷慨地赠予男人们厚礼，   2080
      并在成熟母亲节用豪华车驾
      送他们归乡。海仙女之子呀，
      只是这一节日并非十分欢快，
      因为那时大家总是涕泗横流，
      多少人内心充盈着悲戚哀恸，
      不理解为何所有法律都规定
      人们要将伟大塔娜伊司赞美——
      你在胡思乱想什么？

阿喀琉斯：
          我吗？

彭忒西勒亚：
          你呀。

阿喀琉斯：（心不在焉地）
      爱人，这已难用语言表述了。
      ——那你也要这样放我走吗？   2090

彭忒西勒亚：
      亲爱的，我不知道，别问我——

阿喀琉斯：
      真奇异。——
（他陷入沉思）
       ——但还有件事请解释下。

彭忒西勒亚：
　　尽管问，我很乐意。

阿喀琉斯：
　　　　　　究竟何故
你偏偏如此狂热地将我追逐？
仿佛早就认识我似的。

彭忒西勒亚：
　　　　　　当然了。

阿喀琉斯：
　　怎么认识的？

彭忒西勒亚：
　　　　　你不会笑我傻吧？

阿喀琉斯：（微笑着）
　　我只能学着你，也说不知道。

彭忒西勒亚：
　　好，我都告诉你。——看啊，
就在我母亲俄特雷雷临终时，
战神阿瑞斯将我选择为新娘，
在那之前我一共已二十三次
经历过玫瑰佳节，但都只是
听着从神庙边高耸的橡树林
远远地传来的欢声笑语而已。
因为我们的王族出身的公主
不可以自行参加芳华少女节，
而只能在战神要求之时前去。
阿瑞斯会通过伟大女祭司长
口传其意旨而将她隆重召唤。

2100

正当我的母亲躺在我怀抱中 2110
面色苍白、气息奄奄的时候,
战神给我的使命也庄严传来,
他召唤我前往特洛伊城出征,
在那里为他佩上花环并结亲。
恰巧,在新娘们的心目之中,
那些正在那酣战的希腊英雄
胜过历来的所有战神代表人。
每个角落都听得见欢腾之声,
所有市集上都响起豪迈歌谣,
赞颂这场英雄之战中的壮举、 2120
这一时代的每件伟大的事迹:
帕里斯之苹果、海伦之劫案、
统帅阿伽门农两兄弟的故事、
布里塞伊斯之争、舰队大火、
帕特罗克洛斯之阵亡,还有
你是如何为他壮烈报仇雪恨。——
在母亲临终时,我泪眼模糊、
痛苦不堪,无法入神地倾听
使者传给我的神意。我呼道:
"母亲,让我留在你身边吧! 2130
我要最后一次动用你的权柄,
请你命令这些女人统统走开。"
可尊贵女王早想送我上战场,
因为她身后若无合适的嗣女,
另一个野心勃勃的王室支脉
将觊觎王位。她说:"走吧,

> 可爱的孩子，战神在呼唤你！
> 你将给佩琉斯之子戴上花环，
> 和我一样做骄傲快乐的母亲——"
> 然后便轻按住我手，去世了。　　2140

普萝妥耶：

俄特雷雷向你说出了名字吗？①

彭忒西勒亚：

——她是以母女间讲话用的
私密的语气而道出他名字的。

阿喀琉斯：

为何？为何？法律不允许吗？

彭忒西勒亚：

战神之女不得自行选择对手，
只能够接受那个由神意决定
而与她在沙场上交锋的男人。
但这对有追求的女人是好的，
因为她总寻找最强英雄作战。——
不是吗，普萝妥耶？

普萝妥耶：

　　　　　没错。

阿喀琉斯：

　　　　　后来——？　　2150

---

① 亚马逊国的法规严禁女战士们在战斗中挑选具体的对手，她们只能与"神意"安排给她们的男人（即她们自己在战场上所遭遇并俘虏的男人）相结合。女王俄特雷雷向女儿道出阿喀琉斯的名字，就相当于指示她认准一个具体的男人作为新郎，这是"知法犯法"的行为，因此普萝妥耶对此感到惊讶。在"柏林手稿"中，她还称俄特雷雷的行为是"轻率"的。

彭忒西勒亚：

——在逝者墓边我久久哭泣，
度过了悲痛哀毁的整整一月，
那王冠失去了主人搁在一旁，
我也不曾去碰它。直到最后，
已整装待战的臣民焦急难耐，
包围了我的王宫，再三呼请，
才强行将我拉上了女王宝座。
我满怀着哀恸与抵触的情绪，
来到了阿瑞斯庙宇中接过了
铿锵作声的亚马逊王国宝弓。 2160
母亲的魂灵仿佛正氤氲着我，
弓在手中，我感到再没有比
满足她的遗愿更为神圣之务。
我刚往故去的母亲的棺椁上
撒上最芬芳的花朵，便率领
我的亚马逊军队踏上了征途，
向着达尔达诺人的城堡进发。
与其说是伟大战神呼唤我去，
不如说是为慰藉母亲的亡魄。

阿喀琉斯：

对逝者的哀思短暂地消减了 2170
你年轻胸膛引以为荣的力量。

彭忒西勒亚：

我爱她。

阿喀琉斯：

接下来又是如何？——

彭忒西勒亚：

      当我
一路迫近斯卡曼德罗河之时，
我飞驰经过的所有的山谷中
都回荡着特洛伊大战的兵声。
伤痛也渐渐消弭，我的心中
展开了欢畅战争的恢宏世界。
我那时这么想：纵使史上的
一切伟大瞬间在我眼前重现，
一切豪迈歌谣所赞颂的英雄   2180
都自星辰间降下，并要由我
挑出一个为他戴上玫瑰花环，
那其中也绝找不出一位能比
母亲为我选择的你更为卓越。
可爱又狂野、可人又可怖的
制服赫克托耳的佩琉斯之子！
你曾是我醒时的永恒的思维，
你曾是我眠时的永恒的梦境！
世界像是张展开的斑斓巨网，
每个宽大网眼里都织结进了   2190
一件你所创建下的伟大功业。
而每一件我都以烈焰的色彩
烙进我如丝绸般白洁的心中。
我登时看到你在伊利昂城前
将普廉战败逃窜的儿子击倒；
看到你燃着冲天的胜利豪情
转过脸庞，而此时他的头颅

　　　　　　　则被血淋淋拖过赤裸的大地；
　　　　　　　还看到普廉到你的帐中恳求——
　　　　　　　你这有大理石般胸膛的铁汉　　　　　2200
　　　　　　　竟然仍能够被一种情所触动，
　　　　　　　每当我念及此处便洒下热泪。

阿喀琉斯：

　　　　　　　亲爱的女王哪！

彭忒西勒亚：

　　　　　　　　　　哦，我的朋友，
　　　　　　　初见你本人时我是何种感受——！
　　　　　　　彼时你现身斯卡曼德罗河谷，
　　　　　　　周围是你民族中的诸多俊杰，
　　　　　　　仿佛苍白的群星簇拥着炎日！
　　　　　　　对我而言，此情此景就仿佛
　　　　　　　战神阿瑞斯亲自驾乘着白马
　　　　　　　从奥林匹斯隆隆地径直降临，　　　　2210
　　　　　　　到我身边来向他的新娘致意！
　　　　　　　而你离去之后，我伫立依旧，
　　　　　　　因幻景而目眩——仿佛夜间
　　　　　　　漫游者的面前击下一道闪电，
　　　　　　　又若如光明乐土大门作着响
　　　　　　　在一个魂灵面前开启又合上。
　　　　　　　佩琉斯之子呀，我立时猜中
　　　　　　　我胸中澎湃的感情自何而来，
　　　　　　　是爱情之神突然占据了我心。
　　　　　　　我当即断定我已是别无选择：　　　　2220
　　　　　　　要么将你赢取，要么便死去，

现在我获得了更甜美的结局。
——你在朝哪里望?

(远方传来武器的嘈杂)

普萝妥耶:(偷偷地)

       神之子呀!
求你立刻向她表露清楚心意。

彭忒西勒亚:(准备动身)

  阿尔戈人来了。女人们,上!

阿喀琉斯:(阻拦她)

  别激动!女王,那都是俘虏。

彭忒西勒亚:

  是俘虏?

普萝妥耶:(偷偷对阿喀琉斯说)

    天啊,这是奥德修斯!
你的人正被梅萝耶紧逼退却!

阿喀琉斯:(小声自语)

  但愿他们统统都化作岩石吧!

彭忒西勒亚:

  究竟怎么了!

阿喀琉斯:(强作欢颜)

     你将为我生育出   2230
凡间之神灵,而普罗米修斯
将起身向世人宣告:"现在,
终于诞生了个我所理想的人!"
但我不会随你去特弥斯库拉,
而是你跟我去繁荣的弗底亚:
当我的民众结束了战争之后,

>幸福的我将欢欣地带你前去,
>让你坐在我家族宝座上。

(嘈杂声持续着)

彭忒西勒亚:
>什么?
>我一个字也没懂——

众女人:(不安地)
>一切诸神哪!

普萝妥耶:
>神之子,你是要——?

彭忒西勒亚:
>到底怎么了?

阿喀琉斯:
>没什么,莫惊骇,我的女王,
>你看,时间紧迫,现在必须
>告知你众神安排给你的命运。
>虽然爱情之力让我从属于你,
>而我也将永甘承受这一束缚;
>但是论战事胜负你则属于我;
>杰出的女人哪,我们交战时,
>是你败倒我脚下,而非相反。

彭忒西勒亚:(努力站起身)
>可怕的人哪!

阿喀琉斯:
>爱人哪,即便是
>宙斯也无法扭转既成之事实,
>请你如同岩崖般把持好自己,

>听一听那信使的话。我猜想,
>他带给我的应是不幸的消息。①
>可是你并不会从中获得转机,
>你的命运已经永久无可改换。
>你是我的俘虏,而且我将会
>比地狱犬更加凶恶地看守你。

彭忒西勒亚:

>我是你的俘虏?

普萝妥耶:

>是这样,女王!

彭忒西勒亚:(举起双手)

>永恒的天灵哪,我呼唤你们!

---

① 在"柏林手稿"中,此处有一位脸孔苍白惊惶的信使赶来,因此阿喀琉斯才能猜到他所要汇报的定是亚马逊人击败希腊人的"不幸的消息"。终稿缺失此句。

第十六场

一位尉官上场,阿喀琉斯的侍从们携着他的装备前来,前一场的人物不变。

阿喀琉斯:

　　有何消息?

尉官:

　　　　　　快走,佩琉斯之子!　　　　2260
　　战势就如同风暴般变幻莫测,
　　它现在使亚马逊人重新得胜。
　　敌军现在正朝这个地方冲来,
　　她们的口号是:彭忒西勒亚!

阿喀琉斯:(站起身,扯下花环)
　　快把武器给我!把战马牵来!
　　我要驾着战车隆隆碾碎她们!

彭忒西勒亚:(嘴唇颤抖着)
　　不!这可怕的男人还是他吗——?

阿喀琉斯:(狂野地)
　　她们还远吗?

尉官:

　　　　　　在这山谷中已能
　　看见她们半月形的金色盾牌。

阿喀琉斯：（披挂起装备）
把她带走！

一位希腊人：
带哪去？

阿喀琉斯：
到希腊大营，　　　　2270
我用不了多少时间也会回去。

希腊人：（对彭忒西勒亚说）
起来。

普萝妥耶：
哦，我的女王呀！

彭忒西勒亚：（疯狂地）
宙斯啊，
你为何不向我降下一道闪电？

第十七场

奥德修斯和狄俄墨得斯领兵上场,前一场的人物不变。

狄俄墨得斯:(越过舞台)
　　　　　多洛普的英雄,离开此地吧!
　　　　　你现在所剩的最后一条退路
　　　　　就要被女人们切断了。快撤!
(下场)
奥德修斯:
　　　　　希腊战士们,把这女王弄走。
阿喀琉斯:(对尉官说)
　　　　　阿历西,看在我份上关照她。
希腊人:(对尉官说)
　　　　　她不动。
阿喀琉斯:(对那些服务他的希腊人说)
　　　　　　把盾牌给我!还有矛!
(看到女王在挣扎,便高呼道)
　　　　　彭忒西勒亚!
彭忒西勒亚:
　　　　　　哦海仙女之子呀!　　　2280
　　　　　你不想随我去特弥斯库拉吗?

　　　　　你不想随我到那远远高耸在
　　　　　橡树林之后的月神庙宇去吗?
　　　　　来吧,我还有话没同你讲完——
阿喀琉斯:(武装完毕,走到她面前,把手递给她)
　　　　　女王,去弗底亚。
彭忒西勒亚:
　　　　　　　　　　哦,朋友呀,
　　　　　去特弥斯库拉,我再跟你说,
　　　　　那里的月神庙在橡林中高耸!
　　　　　即便弗底亚就是极乐的天堂,
　　　　　那也还、还是去特弥斯库拉,
　　　　　那里的月神庙在树梢后高耸!　　2290
阿喀琉斯:(抱起她)
　　　　　我最珍爱的人哪,原谅我吧。
　　　　　我会在我那里建个同样的庙。

第十八场

梅萝耶和阿斯特莉亚带着亚马逊军团上场,前一场的人物不变。

阿喀琉斯:
  去击倒他!
阿喀琉斯:(放下女王,转过身)
  她们是乘风飘来的?
众亚马逊战士:(冲到彭忒西勒亚和阿喀琉斯之间)
  解救女王!
阿喀琉斯:
  我凭我的右手起誓!
(试图将女王拉走)
彭忒西勒亚:(将他朝自己身前拽)
  你不跟我走吗?不吗?
(亚马逊战士们开始张弓)
奥德修斯:
  你疯了!
  别在这里使性子!——都撤!
(他将阿喀琉斯强行拉走。全体下场)

第十九场

月神女祭司长和她属下的众位女祭司,除希腊人之外前一场的人物不变。

众亚马逊战士:
　　　　　　万岁!万岁!女王已经得救!
彭忒西勒亚:(停顿片刻)
　　　　　　我诅咒今日这场可耻的胜利!
　　　　　　我诅咒每一条庆祝它的舌头,
　　　　　　还有那传播这欢呼声的空气!　　2300
　　　　　　不管按任何骑士准则来评判,
　　　　　　我败于他岂不理应归他所有?
　　　　　　既然并非在与狼虎野兽厮打,
　　　　　　而是与同类光明正大地交锋,
　　　　　　那我要问,在这样的战斗中,
　　　　　　把降者从胜者的枷锁中解开
　　　　　　岂合规矩?——海仙女之子!
众亚马逊战士:
　　　　　　众神哪!我们是不是听错了?
梅萝耶:
　　　　　　阿尔忒弥斯的可敬的祭司呀,
　　　　　　请你到这里来——

阿斯特莉亚：
> 她发怒是因为 2310
> 我们将她从奴役之耻中解救！

女祭司长：（从纷乱人群中走了出来）
> 好的，女王呀，我必须承认，
> 你这席大逆不道的话可真是
> 将今日这番丑剧推上了高潮。
> 首先你居然无视作战的法规，
> 在战场上擅自挑选交锋对手，
> 其次你不但未将他制服在地，
> 反而是自己败倒于他的手下，
> 然后还给他献上了玫瑰花环，
> 而且你竟怨尤你忠诚的民众， 2320
> 恼恨她们打破囚禁你的枷锁，
> 此外你还想转身唤回征服者。
> 好吧，塔娜伊司的伟大后裔，
> 我请你原谅我们冒失的行动，
> 这是一时之失误，仅此而已。
> 我已后悔为解救你而付出了
> 鲜血之代价，我全心地希望
> 能挽回因你而损失掉的俘虏。
> 我以人民的名义宣布你自由，
> 你现在想去哪里就往哪去吧， 2330
> 你可以穿着轻柔飘扬的衣服，
> 立刻赶回我们解救你的地方，
> 重新委身于那将你囚锁的人：
> 这才是神圣战争法则的意旨！

而至于我们这边——女王啊，
希望你能恩准结束这场战争，
让我们返回家乡特弥斯库拉。
无论如何我们没有办法去求
那些逃亡的希腊俘虏都站住，
没法像你这般手持胜利花环， 2340
就乞得他们倒在脚下尘埃中。

（停顿）

彭忒西勒亚：（踉跄着）
普萝妥耶！

普萝妥耶：
　　　　好姐妹！

彭忒西勒亚：
　　　　　　　求你陪着我。

普萝妥耶：
至死不渝——你为何在发抖？

彭忒西勒亚：
没什么，我会很快定下神来。

普萝妥耶：
像巨人般地扛起巨大的痛苦。

彭忒西勒亚：
他们都没了吗？

普萝妥耶：
　　　　女王你说什么？

彭忒西勒亚：
我们俘获的那么多英俊少年
都因为我——？

普萝妥耶：

      别管啦，你还能在
以后的战斗中为我们夺回的。

彭忒西勒亚：(在她怀中)

  再也不能了！

普萝妥耶：

     女王你？

彭忒西勒亚：

        不可能了！   2350
我想要藏匿到永恒之黑暗中！

第二十场

一位使者上场,前一场的人物不变。

梅萝耶:
>女王,有使者来!

阿斯特莉亚:
>你来做什么?

彭忒西勒亚:(带着虚弱的喜悦)
>他派的!会向我禀报什么呢?
>普萝妥耶,叫他回去!

普萝妥耶:(对使者说)
>什么事?

使者:
>女王,派我来的是阿喀琉斯,
>戴着芦苇草环的海仙女之子。
>他让我亲口传给你以下消息:
>既然你立下誓愿定要制服他,
>将他作为俘虏领回你的家乡,
>而他心中也怀有同样的欲图,
>也想生擒你并带归他的故国,
>所以他想邀请你到战场之上,
>再度展开一番生与死的决斗。

　　　　　　　让利剑在公正诸神的见证下，
　　　　　　　一言九鼎地将双方命运宣判。
　　　　　　　拭目以观，他们的神圣意旨
　　　　　　　会让你和他二人中的哪一位
　　　　　　　享用到对方脚下尘土的滋味。
　　　　　　　——你是否有意接受这挑战？
彭忒西勒亚：（面色霎时苍白）
　　　　　　　让天上的闪电劈断你的舌头！　　　　2370
　　　　　　　可憎的说客，我宁肯听岩石
　　　　　　　自高崖上跌坠进无底深渊时
　　　　　　　在峭壁表面四处撞击的轰响，
　　　　　　　也不愿再听到你讲话的声音！
（对普萝妥耶说）
　　　　　　　——你跟我逐字重复他的话。
普萝妥耶：（颤抖着）
　　　　　　　好像是佩琉斯之子派他报信，
　　　　　　　他邀你到战场上去进行决斗。
　　　　　　　就拒绝他好了，跟使者说不。
彭忒西勒亚：
　　　　　　　这是不可能的。
普萝妥耶：
　　　　　　　　　　　　女王你说什么？
彭忒西勒亚：
　　　　　　　佩琉斯之子向我发起了挑战？　　　　2380
普萝妥耶：
　　　　　　　那就快跟使者说不，让他走？

彭忒西勒亚：
佩琉斯之子向我发起了挑战？

普萝妥耶：
是，我刚说了，他向你挑战。

彭忒西勒亚：
他是因为看出我无力抗衡他，
才向我挑战吗？普萝妥耶呀，
莫非先得碎裂在他的坚矛下，
我忠诚的心才能够将他感化？
我向他耳中倾诉的真情话语
对他而言竟只是动听的空言？
他毫不念及耸立林梢的神庙， 2390
我是给石头人戴上了花环吗？

普萝妥耶：
忘掉那个无情无义的男人吧。

彭忒西勒亚：（炽烈地）
现在我又感到对抗他的气力。
哪怕拉皮斯和癸干忒斯巨人
做他的扈从，我也能击倒他！

普萝妥耶：
亲爱的女王啊——

梅萝耶：
　　　　你可否考虑过——？

彭忒西勒亚：（打断她们）
我会为你们夺回全部的俘虏！

使者：
所以你是接受了——？

彭忒西勒亚:

     我接受挑战。
     让他当着众神之面与我交锋,
     我呼唤复仇女神们降临沙场。   2400

(雷声响起)

女祭司长:

     如果是我所说的话刺激了你,
     那我希望你——

彭忒西勒亚:(忍着泪)

       不了,神圣祭司!
     我不会让你的那席话白费的。

普萝妥耶:

     可敬的祭司,动用你的权威。

女祭司长:

     你听见了吗?他被你激怒了。[①]

彭忒西勒亚:

     我呼唤他挟着一切雷电降下!

女校官甲:(激动地)

     亲王们哪——

女校官乙:

       这不可能!

女校官丙:

        绝不可能!

彭忒西勒亚:(狂野地抽搐着)

     负责狗群的阿南柯,你过来!

[①] "他"指的是天空的神灵。女祭司长意在警告彭忒西勒亚,刚才的雷声是神灵震怒的体现。

女校官甲：

　　　　我军已散乱而虚弱——

女校官乙：

　　　　　　　　疲惫不堪——

彭忒西勒亚：

　　　　而你，缇萝耶，率领着战象！　　　　2410

普萝妥耶：

　　　　女王！你要用狗和大象把他——

彭忒西勒亚：

　　　　我闪着寒光的利刃战车们哪，
　　　　你们排成森严的队列去收割，
　　　　到杀伐场上庆贺丰收之节吧！
　　　　骑兵军团哪，快到我身边来，
　　　　像给稻谷脱粒般地粉碎敌人，
　　　　将茎秆和种实都永久地毁灭！
　　　　我召唤你，毁灭者、可怖者，
　　　　让那壮观的战争怪兽降临吧！

（她从一位亚马逊战士手中接过巨大的宝弓。亚马逊战士们牵来凶恶的狗群，随后又带来战象、火攻器械和利刃战车等物）

普萝妥耶：

　　　　我最亲爱的人哪，你听我说！　　　　2420

彭忒西勒亚：（转身朝着狗群说）

　　　　快上，底格里斯，我需要你！
　　　　上，列艾那和蓬毛的梅阑普！
　　　　上，阿克勒，上，斯芬克斯，
　　　　上，能猎狐逐鹿的阿列克托，

上，能击倒野猪的俄克苏斯，
还有你，不惧雄狮的赫卡翁！

(雷声滚滚轰鸣)

普萝妥耶：

哦！她已经失控了——！

女校官甲：

她发疯了！

彭忒西勒亚：(跪下，疯态毕显。同时狗群恐怖地狂噪着)

我向你，我氏族的崇高始祖、
可怖战神阿瑞斯，发出召唤！
哦！将你的钢铁战车赐予我， 2430
毁灭之神哪，隆隆地驾着它
夷平座座城池的坚墙和大门，
碾碎困在街道上的敌军行伍。
哦！将你的钢铁战车赐予我，
我要登上它的驭座操起缰绳，
驾驶着它轰鸣着飞驰过原野，
如同乌云间降下的迅疾闪电
径直扑向那个希腊人的头颅！

(站起身)

女校官甲：

亲王们哪！

女校官乙：

她疯了，都拦住她！

普萝妥耶：

伟大女王，听我说！

彭忒西勒亚：（张弓）

        哎，好玩！   2440
  我要看看射得准不准。
（向普萝妥耶瞄准）
普萝妥耶：（跌倒）
        天神哪！
女祭司甲：（连忙赶到女王身后）
  阿喀琉斯在呼唤！
女祭司乙：（亦然）
       佩琉斯之子！
女祭司丙：
  他在你后面！
彭忒西勒亚：（转身）
      在哪？
女祭司甲：
      刚不是他吗？
彭忒西勒亚：
  不，复仇女神还未在此集聚。
  ——阿南柯，你们都跟我来！
（在电闪雷鸣中带着整支部队下场）
梅萝耶：（扶起普萝妥耶）
  那母怪兽啊！
阿斯特莉亚：
    大家快去追上她！
女祭司长：（面无人色）
  众神，你们要拿我们怎样呀？
（全体下场）

第二十一场

阿喀琉斯和狄俄墨得斯上场,稍后奥德修斯上场,最后使者上场。

阿喀琉斯:
  狄俄墨得斯,就帮我个忙嘛,
  别把我透露给你的话告诉给
  那板着脸的卫道士奥德修斯。 2450
  我只要看见他那拧起的嘴唇
  就感到厌烦恶心。

狄俄墨得斯:
       佩琉斯之子,
  听说你派了使者给她传消息,
  是真的吗?

阿喀琉斯:
      朋友呀,你听我讲:
  ——不过你别回嘴了,懂吗?
  一个字也别!——这奇女子,
  半是复仇女神半是美惠女神,
  她爱我——向整个冥府发誓,
  我也爱她胜过全希腊的女人!

狄俄墨得斯：

  什么？

阿喀琉斯：

  是呀，可她有个怪脾气， 2460
  非要先在战场上用剑战胜我，
  然后才乐意将我深情地拥抱。
  我便派了——

狄俄墨得斯：

  你疯了！

阿喀琉斯：

    他不听我的！
  虽说他在世上也闯荡过很久，
  可凡是他的蓝眼所未见之事，
  他也就都无法在脑海中理解。

狄俄墨得斯：

  告诉我吧，你是要——？

阿喀琉斯：（停顿片刻）

    ——我要什么？
  我为何想要做这可怕的事情？

狄俄墨得斯：

  你去向她发起挑战只是为了——？

阿喀琉斯：

  我向那撼动云层的宙斯发誓， 2470
  我敢说她不会对我做什么的！
  她宁肯挥臂击向自己的胸膛，
  让自己心脏流血也不愿伤我——
  此后我便奉侍她的心愿喜好，

大概最多也就一两个月之久。
你们的潮拍浪打的古老地峡
又不会因为这个就即刻塌掉！
在那之后，按她自己的说法，
我就又像荒原野兽般自由了。
凭雷神起誓，她若肯跟我走，　　　　2480
坐到我家族的王后宝座之上，
那我便会像在天堂一般幸福。

（奥德修斯到来）

狄俄墨得斯：

   奥德修斯，过来。

奥德修斯：

      佩琉斯之子，
你要求女王上战场同你决斗，
可现在你和将士都疲惫不堪，
难道还要进行无胜算的冒险？

狄俄墨得斯：

   朋友，才不冒险，也非战斗，
他只想给女王束手就擒。

奥德修斯：

      什么？

阿喀琉斯：（面部血脉暴涌）

   求你把脸扭一边去！

奥德修斯：

     他是想要——？

狄俄墨得斯：

   你没听错！去敲碎她的头盔，　　　　2490

> 先像个剑士一般怒目汹汹地
> 把盾敲得山响，叫火光飞溅，
> 然后摆出一副战败者的模样，
> 一声不吭地倒在她的小脚前。

奥德修斯：

> 这个佩琉斯之子真的没疯吗？
> 你听见他——？

阿喀琉斯：（忍着）

> 　　　　　奥德修斯，拜托你
> 不要总情不自禁地拧起上唇。
> 我向神发誓，这会传染我的，
> 叫我不由自主地将手拧成拳。

奥德修斯：（狂暴地）

> 我向燃烧着烈焰的冥河起誓， 2500
> 真想知道我这耳朵是否听错！
> 堤丢斯之子，现在我拜托你
> 跟我讲清楚到底是怎么回事，
> 请发个誓严肃确证我的问题：
> 他真要去女王那里束手就擒？

狄俄墨得斯：

> 你没听错。

奥德修斯：

> 　　　他要去特弥斯库拉？

狄俄墨得斯：

> 是的。

奥德修斯：

> 　　这疯子，我们现在还要

攻下达尔达诺城堡抢海伦哪！
他莫非真要把正事当成儿戏，
见着新鲜玩意后就撂下不管？ 2510

狄俄墨得斯：

我向宙斯发誓，是！

奥德修斯：（叉着双臂）

——难以置信。

阿喀琉斯：

他是提到了特洛伊？

奥德修斯：

什么？

阿喀琉斯：

什么？

奥德修斯：

你刚好像说了什么。

阿喀琉斯：

我吗？

奥德修斯：

是你！

阿喀琉斯：

我问你是否提到了特洛伊城。

奥德修斯：

是，我就像中了邪般地问你：
莫非已将攻城和海伦的事情
统统当作虚渺的朝梦忘掉了？

阿喀琉斯：（向他踱来）

拉埃尔特斯之子，我告诉你，

　　　　　　　就算现在达尔达诺城堡塌陷，
　　　　　　　原址上只剩下片湛蓝的湖泽，　　　2520
　　　　　　　皓首的渔翁在朦胧的月色里
　　　　　　　将轻舟系在旧时的屋顶之上，
　　　　　　　一尾狗鱼在普廉宫殿里称王，
　　　　　　　而海伦昔日所卧眠床上只剩
　　　　　　　一对水獭或耗子爱侣在缠绵：
　　　　　　　就算这样，也统统与我无关。

奥德修斯：
　　　　　　　冥河啊！他可是完全认真的！

阿喀琉斯：
　　　　　　　冥河啊！勒拿湖啊！冥府啊！
　　　　　　　我向整个阳界、向整个阴界、
　　　　　　　向全世界发誓：我是认真的。　　　2530
　　　　　　　我想见到阿尔忒弥斯的庙宇！

奥德修斯：（几乎是耳语着说）
　　　　　　　狄俄墨得斯，求你行个好吧，
　　　　　　　千万别让他去。

狄俄墨得斯：
　　　　　　　　　　什么？我若是——
　　　　　　　那求你行个好把你胳膊借我。

（使者上场）

阿喀琉斯：
　　　　　　　哈！如何？她接受挑战没有？

使者：
　　　　　　　是，她接受了，已经上路了。
　　　　　　　但她还带着很多猛犬和巨象，

以及整支杀气腾腾的骑兵队,
不知道决斗时要这些干什么。

阿喀琉斯:

好,风俗惯例吧。都跟我来! 2540
——哦,神哪,她可真狡猾!
——你刚说有狗?

使者:

是。

阿喀琉斯:

还有大象?

使者:

是,看上去可真是太可怕了。
即便她是要到特洛伊城之下
向希腊统帅发动最后的总攻,
恐怕也摆不出更骇人的阵势。

阿喀琉斯:(小声自语)

它们还会从人手里讨食吃吧,
定都温驯似她——都跟我上!

(率侍从下场)

狄俄墨得斯:

他疯了!

奥德修斯:

大家快把他五花大绑!

狄俄墨得斯:

亚马逊人已经逼近了,都撤! 2550

(全体下场)

第二十二场

面目苍白的女祭司长、另几位女祭司和亚马逊战士。

女祭司长:
大家拿绳索来!

女祭司甲:
神圣祭司长啊!

女祭司长:
你们去把她打翻在地绑起来!

一位亚马逊战士:
你是指女王吗?

女祭司长:
我指那条母狗!
——人类的手已拦不住她了。

亚马逊战士:
神圣的母亲,你似乎失控了。

女祭司长:
她在狂怒之下将我们派过去
阻拦她的三位少女踏倒在地。
梅萝耶已是跪倒在她的面前,
声声切切呼着她的名字恳求,
却被她放恶狗硬生生驱走了。

>而我从远处走近那疯婆之时,
>她正弓身用双手将一块石头
>从地上举起,以凶恶的目光
>狞视着我——我险些没命了,
>所幸及时地躲藏到人群之中。

女祭司甲:

>真恐怖!

女祭司乙:

>大家看哪,太可怕了!

女祭司长:

>现在,她的双唇上满是白沫,
>称呼那些嗥叫着的狗为姊妹,
>一同发着狂。她手中持着弓,
>如美娜德般舞蹈着穿越原野,   2570
>嗾使着身边杀气腾腾的恶兽。
>按她的话说,是要去追捕那
>大地上所曾有过的最美猎物。

众亚马逊战士:

>冥府众神!为何如此惩罚她!

女祭司长:

>阿瑞斯的女儿们,现在赶快
>拿起绳子到路口去布下套索,
>并在上面铺上灌木作为伪装。
>待到她踏入陷阱便拉动机关,
>如收拾发狂恶犬般将她放倒,
>然后再五花大绑着带回家乡,   2580
>回去后再看看她是否还有救。

亚马逊军团：（在场外）

　　　　　万岁！万岁！阿喀琉斯倒下！
　　　　　胜利的女人成功把英雄俘获，
　　　　　将给他的头顶戴上玫瑰花环！

（停顿）

女祭司长：（高兴地几乎说不出话）

　　　　　我没有听错吧？

众女祭司和亚马逊战士：

　　　　　　　荣耀属于众神！

女祭司长：

　　　　　传来的声音是她们的欢呼吗？

女祭司甲：

　　　　　神圣祭司长啊，我从来没有
　　　　　耳闻过如此幸福的胜利喧声。

女祭司长：

　　　　　谁去探个明白？

女祭司乙：

　　　　　　　忒尔皮，快说！
　　　　　你在山丘之上都看到了什么？　　　2590

一位亚马逊战士：（此时已登上山丘，惊恐地说）

　　　　　让可怖的地狱恶灵来作证吧！
　　　　　哦，我都看见了怎样的场景！

女祭司长：

　　　　　她真像是瞧见了美杜莎似的！

众女祭司：

　　　　　说，看见了什么？

亚马逊战士：

      彭忒西勒亚
  同凶狠的群犬一起趴伏在地，
  本是人类所生的她竟然在将
  阿喀琉斯的肢体撕咬为碎块！

女祭司长：

  骇人！哦，太骇人了！

全体：

      真恐怖！

亚马逊战士：

  那边有人死尸般惨白地走来，
  给我们带来可怖谜题的答案。 2600

（走下山丘）

第二十三场

梅萝耶上场,前一场的人物不变。

梅萝耶:
  哦,诸位神圣的月神祭司呀,
  还有阿瑞斯纯洁的女儿们哪,
  听我说吧:我现在就如同是
  目光可将你们石化的美杜莎。

女祭司长:
  可怖的使者,说!

梅萝耶:
      如你们所知,
  那个已无人再愿提及的女人
  前去迎战她所爱的那位少年。
  她年轻的心灵陷入迷乱之中,
  为了满足占有他的炽烈愿望,
  而装备上了一切恐怖的杀器。
  她手持着弓,朝向战场行去,
  身边簇拥着狂嗥的猛犬巨象。
  战争就好比滴沥鲜血的怪兽,
  可它再怎么散布杀戮与恐慌,
  再怎么让烽火焚遍田野市井,

再怎么制造生灵涂炭的惨状，
其面貌也不如她暴戾而丑恶。
阿喀琉斯，那个年轻的傻瓜，
正如将士们所说，他来挑战
纯粹是想在战斗时束手就擒。 2620
因为他也——诸神的威力呀！
他也倾慕她的青春，爱着她，
甘心追随她前往月神的庙宇。
他怀着甜蜜预感，向她行来，
让自己的战友们都留在后方。
他没有戒心，所以全无武装，
只带了支矛充数；却只见她
率领成群怪兽汹汹席卷而来。
他愣住了，开始惊恐地逃亡，
可偏又走走停停，就好像是 2630
听到远方狮咆的山中小鹿般，
不时扭回纤长脖颈探听动静。
他慌乱地呼唤起了奥德修斯，
又胆寒地回首喊堤丢斯之子，
还想逃归到朋友的营地中去。
可此时退路已经被军团切断，
不幸的他便只有将双手举起，
到一棵杉树下寻找藏匿之所，
掩身到低垂的阴暗枝叶丛中。
而这时女王已经逼近了此地， 2640
她由猛犬尾随着，如猎人般
从高处俯瞰整片森林和山岭。

他还想要到她脚下伏倒归降，
便拨开枝丛；而她见状呼道：
"哈！鹿总被自己的角出卖！"
并以疯人的蛮力猛地张开弓，
几乎使其上下两端相互亲吻。
她举起弓、瞄准他、射出箭，
他颈项被刺透，倒在了地上，
人群中响起狂暴的胜利欢呼。 2650
箭已穿过他脖子露出一大截，
然而那最悲惨之人犹未死去，
他喘息着爬起，又滚翻在地，
随后再度立起身，企图逃跑。
可她已喊道："上！列艾那、
狄尔柯、斯芬克斯、梅阑普、
底格里斯、赫卡翁，全都上！"
哦，她与整群恶兽一同扑去，
有的狗啮他的胸，有的啃颈，
她像条母狗般叼住他的盔缨， 2660
以震地之巨响将他咬翻在地！
他挣扎在自己紫色的血泊中，①
抚着她柔美的脸颊冲她喊道：

---

① 从这里往下的十几行文字极易令人联想起古希腊戏剧家欧里庇得斯（Euripides）的悲剧《酒神信徒》（德文译名：Bakchen 或 Bacchen）中关于彭透斯（Pentheus）之死的描写，甚至许多细节也一致。该剧的主人公彭透斯与酒神狄俄尼索斯为敌，最终被包括他自己的母亲在内的酒神女信徒（即美娜德，详见《专名索引》相关词条）在疯狂之中一拥而上撕成碎片。彭透斯的母亲在神智错乱之中误以为自己是猎获了一只狮子，因而兴奋地将儿子的头颅当作战利品带回家中，事后才醒悟。克莱斯特显然参考过这部古老戏剧，他甚至在本剧中直接将彭忒西勒亚比作美娜德（第2570行）。

> "彭忒西勒亚！我的新娘呀！
> 你是在做什么？难道这便是
> 你许诺的玫瑰节吗？"可她
> 比觅食荒芜雪原的饥饿母狮
> 还要疯狂，听不见他的声音。
> 她把他身上披挂的盔甲扯下，
> 把牙深深嵌进他白净的胸膛， 2670
> 与群犬争相撕啃起他的肢体：
> 俄克苏斯和斯芬克斯咬左侧，
> 她则咬着右侧。而我到场时，
> 正见鲜血从她口中手上滚落。

（一阵充满恐惧的停顿）

> 如果听清楚了，就说几句话，
> 不要如同死亡一般毫无反应。

（停顿）

女祭司甲：（在女祭司乙的怀中哭泣）

> 赫米娅呀，如此端庄的姑娘！
> 一双巧手，每样技艺都在行！
> 唱起歌跳起舞来是何等迷人！
> 本是如此聪明、得体又优雅！ 2680

女祭司长：

> 俄特雷雷孕育不出这样的种！
> 是个妖孽潜入宫内产下了她！

女祭司甲：（继续着）

> 她原本就好比是月神庙宇边
> 树林之中的夜莺一般地娴雅。
> 她常常攀上那里的橡林之梢，

整夜地歌唱鸣啭、鸣啭歌唱。
动人的乐声能让远方漫游者
都难胜充盈心中的陶醉之情。
她多么善良，都不忍心践踏
在她的脚下蠕动爬行的小虫。 2690
当利箭射中野猪的胸膛之时，
她会痛心呼唤试图将其挽回，
看到垂死的目光便悲戚不已，
悔恨之切几乎要在尸前跪下。

（停顿）

梅萝耶：

可怖的她任凭身边群狗乱嗅，
在他的尸首旁无声地站立着。
她凯旋般地肩挎着那张宝弓，
眼睛僵直地向无尽之境望去，
仿佛望着空白纸页，沉默着。
我们汗毛倒竖地向她发问道： 2700
你做了什么？还认得我们吗？
你跟我们走吗？她一概不语。
我恐惧不已，于是逃了过来。

第二十四场

彭忒西勒亚、阿喀琉斯覆着红毯的尸体、普萝妥耶及其他人物。

亚马逊战士甲:
    看啊,女人们!——那是她,
    那恐怖女人跟随着尸体走来,
    没有戴桂冠,而是荨麻花环,
    其中杂凑着干枯的山楂枝条。①
    可怕,还凯旋般地肩挎着弓,
    仿佛被制服的人是她的死敌!
女祭司乙:
    哦这双手——!
女祭司甲:
      大家快都背过身去!
彭忒西勒亚:(倒在女祭司长怀中)
    哦,我的母亲哪!
女祭司长:(惊恐地)
      我呼唤月神:
    这场暴行之中没有我的责任!

---

① 山楂枝条暗示耶稣受难时的荆棘之冠,是赎罪的象征。

亚马逊战士甲：

　　　　她站到了女祭司长的正前面。

亚马逊战士乙：

　　　　看，她做着手势。

女祭司长：

　　　　　　怪物，走开！
　　　　你是冥府之鬼，我叫你走开！
　　　　你们快拿这面纱遮住她面孔。

（她扯下自己的面纱，甩到女王脸上）

亚马逊战士甲：

　　　　她似行尸一般，全不为所动——

亚马逊战士乙：

　　　　一直做手势——

亚马逊战士丙：

　　　　　　始终在示意什么——

亚马逊战士甲：

　　　　朝着女祭司长的身前示意着——

亚马逊战士乙：

　　　　看啊！

女祭司长：

　　　　　　你想怎样？我叫你走开！　　　2720
　　　　鬼怪，去与乌鸦为伍！烂掉！
　　　　你的眼盯死了我生命的宁静。

亚马逊战士甲：

　　　　看，明白她意思了——

亚马逊战士乙：

　　　　　　她平静了。

亚马逊战士甲：
> 她想叫人把佩琉斯之子之尸
> 摆放到月神女祭司长的脚前。

亚马逊战士丙：
> 为何偏放到女祭司长的脚前？

亚马逊战士丁：
> 这样用意何在？

女祭司长：
> 　　　　　这是要做什么？
> 为何要把死尸放到我的面前？
> 去无人涉足的深山中掩埋他，
> 并将这份不堪回忆一并埋葬！　　　2730
> 该怎么称呼你？你不配为人！
> 难道是我指示你犯下这谋杀？
> 如果连出于关爱的轻微斥责
> 都能招致此等暴行，那就该
> 让复仇女神来教给我们温柔！

亚马逊战士甲：
> 她自始至终都盯着女祭司长。

亚马逊战士乙：
> 直视她的脸——

亚马逊战士丙：
> 　　　　坚定、毫不动摇，
> 仿佛要用目光将她完全透穿。——

女祭司长：
> 普萝妥耶，去吧，我请你去，
> 我不想再看见她，把她弄走。　　　2740

普萝妥耶：(哭泣着)

痛苦啊！

女祭司长：

果决些！

普萝妥耶：

她所犯之行径

实在太过可憎。不要让我去。

女祭司长：

镇定些，她有个美丽的母亲。①

去吧，给她帮助，把她带走。

普萝妥耶：

我再也不愿意用双眼看见她！——

亚马逊战士乙：

看，她端详着那支修长的箭！

亚马逊战士甲：

将它翻来覆去——

亚马逊战士丙：

不住地打量着！

女祭司甲：

似乎是她射死他所用的那支。

亚马逊战士甲：

没错！

---

① 上文的"行径"(Tat)一词在德语语法中为阴性，故而在用代词指代时，应使用"她"(sie)。因此女祭司长的这句话为双关语，既可理解为看在俄特雷雷的份上应帮助彭忒西勒亚，也可以理解为这场暴行有个美丽"母亲"，这位"母亲"大概便是"爱情"(Liebe，在德文中亦为阴性)。

亚马逊战士乙：
      她正在拭净上面的血迹
    仔仔细细地擦去每一块污痕！   2750
亚马逊战士丙：
  她此时在想什么？
亚马逊战士乙：
        她正在用手
  把箭上的羽毛给弄干、理顺！
  都已是整整齐齐、有条不紊。
  哦，看啊！
亚马逊战士丙：
    ——她惯常做这种事吗？
亚马逊战士甲：
  她平时都自己来吗？
女祭司甲：
        她一向都
  亲手清洁自己所用的弓和箭。
女祭司乙：
  必须得说，她对此十分珍视！——
亚马逊战士乙：
  而她现在又从肩上取下箭囊，
  并且将那支箭重新插了回去。
亚马逊战士丙：
  她做好了——
亚马逊战士乙：
    现在事情都完成了——   2760

女祭司甲：

　　　　　　现在她又重新看着外部世界——！

数个女人：

　　　　　　哦，这番样貌是何等之悲戚！
　　　　　　好比寸草不生的沙漠般荒芜！
　　　　　　即便是被岩浆所蹂躏的花园，
　　　　　　其每株花朵都遭炽热的地底
　　　　　　所喷溅而出的无情火流摧残，
　　　　　　都不及她现在这番面容凄惨。

（彭忒西勒亚突然全身战栗，弓落下）

女祭司长：

　　　　　　哦，可怖的女人！

普萝妥耶：（惊恐地）

　　　　　　　　　　是怎么回事？

亚马逊战士甲：

　　　　　　弓从她的手中掉落到了地上！

亚马逊战士乙：

　　　　　　它还在晃动——

亚马逊战士丁：

　　　　　　　　哐啷撞击着倒下——！　　　2770

亚马逊战士乙：

　　　　　　又在地上颤了下——

亚马逊战士丙：

　　　　　　　　　这弓死去了，
　　　　　　与塔娜伊司让它诞生时一样。

（停顿）

女祭司长:(突然向她转过身)
　　　　　啊,我伟大的女主,原谅我!
　　　　　阿尔忒弥斯对于你是满意的,[①]
　　　　　你已使得她的愤怒再度消弭。
　　　　　我现在必须承认,你不亚于
　　　　　女国的伟大创立者塔娜伊司,
　　　　　这把弓佩在你身上最为相称。
亚马逊战士甲:
　　　　　她沉默着——
亚马逊战士乙:
　　　　　　眼睛肿胀——
亚马逊战士丙:
　　　　　　　　　　她举起了
　　　　　血红的手指,看,她要怎样?　　　　　2780
亚马逊战士乙:
　　　　　这一幕真是比刀子更刺人心!
亚马逊战士甲:
　　　　　她拂去了一滴泪。
女祭司长:(向后倒在普萝妥耶怀中)
　　　　　　　　　　哦,月神哪!
　　　　　这是怎样的一滴泪呀!
女祭司甲:
　　　　　　　　　　祭司长,
　　　　　这滴泪能够潜入人们的胸中,
　　　　　鸣响内心每一座感情之警钟,

[①] 女祭司长将弓落地视为往日神迹的重现,参见第 1995–2000 行。

> 它呼喊着痛苦，使得自己的
> 全部轻盈的同类都受到触动，
> 尽皆从双眼中涌出聚成湖泽，
> 一同为她心灵的废墟而哭泣。①

女祭司长：（表情悲苦）
> 如果普萝妥耶不愿意帮助她，　　　2790
> 那她只有在这里痛苦地毁灭。

普萝妥耶：（体现出极为激烈的内心挣扎。然后走向她，泣不成声地说）
> 我的女王，你不想坐下来吗？
> 可想偎在我忠实的怀中歇息？
> 在这恐怖的一天中你经历了
> 太多的战斗还有太多的痛苦。
> 可想偎在我忠实的怀中歇息？

（彭忒西勒亚回头看着，似乎在找地方坐）

普萝妥耶：
> 她想坐下来，快给她找个座！

（亚马逊战士们滚来一块石头。普萝妥耶手牵着彭忒西勒亚，让她坐在上面，随后自己也坐了上去）

普萝妥耶：
> 亲爱的姐妹，你还认得我吧？

---

① 克莱斯特在给其密友普夫艾尔的一封口吻异常暧昧的信中写道："最亲爱的普夫艾尔呀，我该拿这么多眼泪怎么办呢？我想［……］让它们一分钟接着一分钟地落下，掘出一个墓穴，来将我和你，还有我们无止的痛苦埋葬。［……］保存你心灵的废墟吧，它永远都能让我们回忆起我们生命的浪漫时代的欢乐。"（1805年1月7日）这位普夫艾尔后来曾任普鲁士的柏林总督、总理、国防部长。他和克莱斯特是在军旅时代结谊，这两位男人之间的关系有种非比寻常、十分引人遐想的亲密。

（彭忒西勒亚打量着她，面容稍有了些生机）
普萝妥耶：
        我是温柔爱着你的普萝妥耶。
（彭忒西勒亚轻抚着她的脸颊）
普萝妥耶：
        哦，我的心要跪在你面前了，①   2800
        你可真让我感动！
（亲吻女王的手）
            ——你很累了吧？②
        啊，你刚把自己弄成什么样！
        不过想要胜利就没法很干净，
        师傅的衣装总有作坊的标记。
        只是你现在是否该把手和脸
        给洗一洗？要不让我取水来？
        ——亲爱的女王呀！
（彭忒西勒亚看了看自己，点头）
普萝妥耶：
              好，她要。
（亚马逊战士们看到她的示意，便去汲水）
        ——清鲜的水对你很有好处。
        待会你便可卧在凉爽床垫上
        好好歇息，驱散一天的劳累。   2810

---

① "跪下的心"这个表述最早出自基督教"经外书"（Apokryphen）之一的《玛拿西祷言》（*Oratio Manasse*）。克莱斯特在将《彭忒西勒亚》寄送给歌德的时候，附信中也有类似的措辞。详见本书导读部分的介绍。

② 从这里开始，普萝妥耶都是以对小孩说话的口气来安抚彭忒西勒亚。

女祭司甲：

　　　　　往她身上浇水时可得要小心，
　　　　　她会清醒过来。

女祭司长：

　　　　　　　　　我正希望如此。

普忒妥耶：

　　　　　你希望如此？我反而怕这样。

女祭司长：（似乎在思考着）

　　　　　为什么？——只是不好冒险，
　　　　　要不就先将阿喀琉斯的尸身——

（彭忒西勒亚目光灼灼地盯着女祭司长）

普忒妥耶：

　　　　　算了吧——

女祭司长：

　　　　　　　　不会，女王，不会的，
　　　　　我们都不会动你任何东西的。——

普忒妥耶：

　　　　　快把这荆棘桂冠给摘下来吧，
　　　　　我们大家都已知道你获胜了。
　　　　　把颈上的也解开——嗯，对！　　　2820
　　　　　看！好深的伤口呀，真可怜！
　　　　　你今天可真的是受了不少罪——
　　　　　而现在你正可以为此欢庆了！
　　　　　——哦，月神哪！

（两位亚马逊战士取来一只装满水的大而浅的大理石盆）

普忒妥耶：

　　　　　　　　　把盆放在这。——

让我用水濡湿你年轻的头吧。
你不会怕吧——？你做什么？
(彭忒西勒亚从座上起身，跪倒在盆前，用水浇洗自己的头)

普萝妥耶：

看啊，女王，你可真是能干！
——好些了吧？

彭忒西勒亚：(回头看着)

啊，普萝妥耶！

(再度用水浇洗自己)

梅萝耶：(高兴地)

她说话了！

女祭司长：

感谢天空的神灵们！

普萝妥耶：

太好了！

梅萝耶：

她复苏过来了！

普萝妥耶：

好极了！　　2830
亲爱的，把头整个沉到水中，
再一遍，对，就像小天鹅般！——

梅萝耶：

她真迷人呀！

女祭司甲：

可爱的头低垂着！

梅萝耶：

她由着水珠从自己头上滴落！

普萝妥耶:
　　　　　　——好了吗?

彭忒西勒亚:
　　　　　　啊!——多美妙!

普萝妥耶:
　　　　　　好,那就跟我回到座位上吧!——
　　　　　　祭司们,把你们的面纱给我,
　　　　　　我要拭干她被水浸软的鬈发!
　　　　　　法尼娅、忒尔皮,都帮帮我,
　　　　　　把她的头和颈项整个都裹住!　　2840
　　　　　　就这样!——回到座位上吧!

(她裹起女王的头颈,将她扶到座上,并紧紧地拥到自己怀中)

彭忒西勒亚:
　　　　　　我怎么了?

普萝妥耶:
　　　　　　　　感觉好多了?

彭忒西勒亚:(啜嚅着)
　　　　　　　　　　真快乐!

普萝妥耶:
　　　　　　好姐妹!亲爱的!我的生命!

彭忒西勒亚:
　　　　　　告诉我,我可是在极乐仙界?[①]
　　　　　　你莫非就是我们威严的女王

[①]《陶里斯岛上的伊菲革涅亚》中的俄瑞斯忒在苏醒后误以为自己身处冥府(第三幕第三场),此处反其道而行之。

>伴随着橡树梢的静谧萧瑟声
>降临水晶洞窟时，侍奉她的
>那些不老的仙子之中的一位？
>你莫非仅仅是为了让我高兴，
>才幻化作了普萝妥耶的形象？　　　　2850

普萝妥耶：
>不，我最好的女王，我不是。
>搂着你的就是你的普萝妥耶，
>你现在眼前所见的这个世界，
>依然还是我们的脆弱的人间，
>诸神只从遥远天空将它俯瞰。

彭忒西勒亚：这般。好，也很好，没关系。

普萝妥耶：女主啊，你怎么了？

彭忒西勒亚：　　　　　　我好满足。

普萝妥耶：亲爱的，讲清楚，我们不懂——

彭忒西勒亚：好高兴还活着。让我歇息吧。

(停顿)

梅萝耶：真怪！

女祭司长：
>　这个转折是何等地奇异！　　　　2860

梅萝耶：
    是否可以巧妙地套出些话来——？
普萝妥耶：
    ——你是出于何故才误以为
    你已经踏足于亡灵之国度中？
彭忒西勒亚：(停顿片刻，带着一种陶醉)
    我好幸福，姐妹！极度幸福！
    月神哪，我只待死亡来收割！
    我虽不知道自己经历了什么，
    但很快就能死去，并坚信着
    自己已成功制服佩琉斯之子。
普萝妥耶：(悄悄对女祭司长说)
    快把尸体弄走！
彭忒西勒亚：(猛然直起身)
       哦，普萝妥耶，
    你在跟谁讲话？
普萝妥耶：(见两个抬尸的女人慢手慢脚)
      快些滚！
彭忒西勒亚：
        月神哪！   2870
    所以是真的？
普萝妥耶：
       亲爱的，什么真？
    ——喂！你们快都凑紧一些！
(她示意女祭司们用身体遮挡住被抬起的尸体)
彭忒西勒亚：(高兴地将双手举到面前)
    神圣的众神哪！我不忍回望。

普萝妥耶:
> 女王,你要干吗?在想什么?

彭忒西勒亚:(回头望去)
> 亲爱的,你是在掩饰。

普萝妥耶:
> 我没有!
> 我向永恒的宙斯发誓!

彭忒西勒亚:(愈加不耐烦)
> 祭司们,
> 还是都散开吧!

女祭司长:(同其余女人紧紧地围拢在一起)
> 挚爱的女王呀!

彭忒西勒亚:(起身)
> 哦月神哪!我难道不应该吗?
> 他先前也曾经站在我背后过。

梅萝耶:
> 看啊,她突然陷入惊恐!

彭忒西勒亚:(对抬尸的亚马逊战士说)
> 站住!—— 2880
> 抬的是什么?告诉我。站住!

(挤进人群中,一直穿行到尸前)

普萝妥耶:
> 哦我的女王,不要去管那个!

彭忒西勒亚:
> 是他吗?说!是他吗?

抬尸者之一:(放下尸体)
> 你指谁?

彭忒西勒亚：

  ——我明白这并非全无可能。
  我固然也会伤害燕子的羽翼，
  不过总是避免造成不治之伤；
  我也会用箭把小鹿驱入苑囿。
  但箭矢并不可靠，这是因为
  险恶神灵会操纵射手的臂膀，
  使我们精准射死自己的幸福。 2890
  ——是他吗？我伤他太重了？

普萝妥耶：

  看在众神的可怖威力的份上，
  别过问了——！

彭忒西勒亚：

      走开！我一定要看，
  哪怕他淋漓的伤口就如同是
  地狱的血盆大口般触目惊心！

（揭开毯子）

  你们这些凶暴之徒！谁干的？

普萝妥耶：

  你还在问？

彭忒西勒亚：

     哦，神圣的月神哪！
  现在你的孩子我已万劫不复！

女祭司长：

  她倒下了！

普萝妥耶：

     永恒的天空众神哪！

女王，你为何不听我的忠告？ 2900
不幸的女人哪，对于你而言，
与其清醒地见证今日的恐怖，
还不如任凭你神智天昏地暗，
永久、永久、永久迷乱彷徨！
——亲爱的，听我说！

女祭司长：

      女王啊！

梅萝耶：

  有一万颗心和你分担着苦痛！

女祭司长：

  起来吧！

彭忒西勒亚：（半立起身）

      啊，这些血腥的玫瑰！
  啊，他头上伤痕正如同花环！
  蓓蕾散发着新掘坟冢的气息，
  即将沉沦以供蛆虫盛宴饕餮！ 2910

普萝妥耶：（温情地）

  但给他戴上花环的是爱情吧？

梅萝耶：

  戴得太牢——！

普萝妥耶：

     用玫瑰的刺来扎牢，
  只因太热切希望能使之永恒！

女祭司长：

  你走开吧！

彭忒西勒亚：

　　　　　　　但我还想知道件事：
　　　　　　　我那位狂妄的情敌究竟是谁！——
　　　　　　　我向永恒威严的神灵们发誓，
　　　　　　　我并非在问是谁杀了那活人，
　　　　　　　那凶手可如飞鸟般自由离去；
　　　　　　　我要问是谁杀害了我的死者，
　　　　　　　普萝妥耶，你告诉我答案吧。　　　　2920

普萝妥耶：

　　　女主，你说什么？

彭忒西勒亚：

　　　　　　　不要误解我。
　　　我不关心谁盗走了他胸中的
　　　普罗米修斯之火。我不想要、①
　　　不想要知道，我性子就这般。
　　　我已原谅了她，她可以逃走。
　　　哦，普萝妥耶，可到底是谁，
　　　在掳掠之时绕过敞开的正门，
　　　反卑鄙地践踏雪白墙壁闯入，
　　　玷污了我的圣庙？是谁将那
　　　曾酷似天神的少年惨毒毁容，　　　　　　2930
　　　让生命与腐朽不再将他争夺？
　　　是何人将他残虐成这番模样，
　　　让悲悯的心也无法为他堕泪，

---

① 普罗米修斯之火比喻人的生命。

>
> 让永恒爱情被迫如娼妓一般
> 在死别之时无义地弃他而去?
> 我定要向那个凶手复仇。说!

普萝妥耶:（对女祭司长说)
> 她疯了,该如何答复她才好?——

彭忒西勒亚:
> 能告诉我了吗?

梅萝耶:
> ——哦,我的女王,
> 只要这样能够减缓你的痛苦,
> 那么我们全都愿意奉献自己, 2940
> 任凭你用谁来发泄复仇怒火。

彭忒西勒亚:
> 她们大概要说这是我干的了。

女祭司长:（畏怯地)
> 不幸的人,还能是谁? 只有——

彭忒西勒亚:
> 你这只披着光明外衣的妖孽,
> 竟然胆敢对我——?

女祭司长:
> 我向月神呼唤!
> 让你身边的整个军团作证吧!
> 是你的箭矢射中了他,天哪,
> 若仅仅只是一箭那也就算了!
> 可他倒下之时,你神智错乱,
> 竟疯狂地与群狗一起扑向他, 2950
> 并把他……我的嘴唇在颤抖,

简直讲不出你所犯下的暴行。
不要问了，来，让我们走吧！

彭忒西勒亚：

我要让普萝妥耶跟我说才信。

普萝妥耶：

哦，女王，你还是别问我了！

彭忒西勒亚：

什么？我？和狗一起？将他——？
你是说，这双小巧的手将他——？
还有我这张绽放着爱情的口——？
啊，它们本不该起这种功用——！
你是说手和口快乐地配合着，　　　　2960
手紧随着口、口紧随着手而——？

普萝妥耶：

哦，女王啊！

女祭司长：

愿痛苦降临于你！

彭忒西勒亚：

不，我不相信你们所说的话。
即便是闪电将其书写在夜幕，
即便是雷声将其轰鸣入耳中，
我也对它们高喊：你们撒谎！

梅萝耶：

你就如山岳般地坚持己见吧。
能够说服你的人并非是我们。

彭忒西勒亚：

——他为何都没有进行反抗？

女祭司长：

> 不幸至极的女人哪，他爱你！　　　　2970
> 他是想到你面前来束手就擒！
> 这才是他邀你去决斗的缘故！
> 他怀着甜蜜安详的心境走来，
> 想随你去月神的庙宇。可你——

彭忒西勒亚：

> 这般——

女祭司长：

> 你射中了他——

彭忒西勒亚：

> 我肢解了他。①

普萝妥耶：

> 哦，女王呀！

彭忒西勒亚：

> 莫非不是这样的？

梅萝耶：

> 可怖的女人！

彭忒西勒亚：

> 我是吻死了他？

女祭司甲：

> 天！

彭忒西勒亚：

> 不？不是吻吗？真是咬碎了？

---

① 在古希腊文学和圣经旧约中，碎尸之刑常被用于惩罚爱情不忠者。

女祭司长：

  愿痛苦降临于你！你遁藏吧，
  从今匿身于永恒的暗夜之中！   2980

彭忒西勒亚：

  那这便是失误：亲吻、撕啃，
  二者押韵，谁若是爱得太真，
  就可能将它们相混。

梅萝耶：

      永恒众神，
  在彼处庇佑她吧！

普萝妥耶：（抓住她）

     走吧！

彭忒西勒亚：

     放开我！

（挣开，跪倒在尸前）

  世上最可怜的人呀，原谅我！
  凭月神起誓，我只是口误了，①
  只因控制不住这急切的双唇。
  而今我要向你阐明我的用意：
  爱人，这便是……仅此而已！

（她吻了他）

女祭司长：

  把她弄走！

梅萝耶：

    她还在这里做什么？   2990

---

① 双关语。

彭忒西勒亚:

> 姑娘在搂抱男友的颈项之时,
> 大概都会说爱他爱得不得了,
> 爱得简直马上就要把他吃掉。
> 但如果事后回味起这些字眼,
> 那这女傻瓜定为其反胃不已。
> 我的爱人呀,我可不是这样,
> 看哪,我揽着你脖子的时候,
> 可确确实实地将此逐字兑现。
> 我并没有看上去的那么疯狂。①

梅萝耶:

> 这母怪物!她都说了些什么? 3000

女祭司长:

> 抓住她!弄走!

普萝妥耶:

> 来,我的女王!

彭忒西勒亚:(被扶起身来)

> 好,我在这里。

---

① "柏林手稿"在此句之后还有女主人公的两段非常露骨的台词,终稿中皆已删去:"我可爱的情郎,/虽然我犯下了这一巨大错误,/我觉得你还是能正确理解我。/凭雷神起誓,我至死都坚信,/相比于其他女人的暧昧湿吻,/还是我血腥的亲吻更合你意。/我敢说,我死死紧拥你之时,/你就像只鸽子般地恬静凝稳,/哦,你当时在极度快感之下,/浑身的肢体统统都纹丝不动。/[……]普萝妥耶,你看这半片残唇——说呀,看上去像不像在微笑?/凭众神起誓,他是原谅我了,/而另外的那一部分也微笑着。/好的,你是对的,我的偶像!/毕竟你若好好想想便会明白,/我是出于爱情才将你给吃掉。"的确不乏文学研究者及医学家评论道克莱斯特具有精神问题,故而才会写出《彭忒西勒亚》这种"性虐待狂之颂歌"(Hohelied des Sadismus),然而我们的读者不应拘于此见。

女祭司长：

    你跟我们走吗？

彭忒西勒亚：

  我不跟你们走！——
  如果你们可以的话，
  就去特弥斯库拉幸福生活吧。——
  首先我要对普萝妥耶说：——
  以及你们全体：——
  还有——有句不须让人听见的私密话：
  将塔娜伊司的骨灰撒到空中！

普萝妥耶：

  那么你呢？我宝贵的好姐妹？   3010

彭忒西勒亚：

  我吗？

普萝妥耶：

   你！

彭忒西勒亚：

  ——普萝妥耶，我告诉你，
  我宣布脱离女人法规之束缚，
  并要追随着这一位少年而去。

普萝妥耶：

  什么？我的女王？

女祭司长：

    不幸的女人！

普萝妥耶：

  你要——？

女祭司长：

    你想——

彭忒西勒亚：

    什么？当然了！

梅萝耶：

        天哪！

普萝妥耶：

    好姐妹，听我跟你讲一句话——

（试图拿走她的匕首）

彭忒西勒亚：

    怎么了？在我腰带上找什么？——
    哦，这样。马上！我明白了。
    ——匕首给你。

（将匕首从腰带上解下并递给普萝妥耶）

          箭也要给你吗？

（将肩上的箭囊取下）

    我将里面的东西全都倒出来！ 3020

（将箭倒在自己面前）

    虽然从一方面来说这样很好——

（又拾起来其中几支）

    是这边这支吗？还是那一支——？
    啊，这支！都一样，拿去吧！
    把所有的箭全都拿去吧！

（她又将这整捆箭拿起，交到普萝妥耶手中）

普萝妥耶：

        给我。

彭忒西勒亚：

    因为我现在正深深地走进我
    矿井般的心灵之底，挖掘出

> 一种矿石般寒冷的毁灭之情。
> 我将这块矿石用悲痛的炽焰
> 锻作钢般坚硬;又把它放在
> 悔恨的毒液之中浸透、浸透; 3030
> 再拿到希望的永恒铁砧上面,
> 给自己打磨着一把锐利匕首。
> 现在我要用它刺向我的胸膛:
> 这样!这样!再这样!好了。

(倒下并死去)

普萝妥耶:(托起女王)

> 她死了!

梅萝耶:

> 真随他去了。

普萝妥耶:

> 这对她好!
> 因为这里已无她的容身之所。

(她将遗体放置于地)

女祭司长:

> 啊,众神!人是多么地脆弱!
> 现在摧折倒地的她,不久前
> 还在生命之树顶梢飒飒作响!

普萝妥耶:

> 她是因过于骄傲强健才陨落! 3040
> 正如枯死的橡树能挺过风暴,
> 而茁壮者因其树冠易受风摧,
> 反而会在风暴之中轰然倾折。①

---

① 克莱斯特在1801年7月29日的一封信中有过类似的表述:"枯死的橡树在风中岿然不动,而茁壮的却被风刮倒,因为风能摇撼它的树冠。"作者的早期悲剧《施若芬施泰因一家》中亦有此语(参见该作第959行及以下部分)。

专名索引

本索引按汉语拼音字母顺序，列举了译文正文中出现过的所有人名、地名、神祇名及民族名，并在其后附上了底本中的德文写法和简短的拓展介绍。下文中凡是有下划线的词汇均可指向独立的注释词条，以供读者交叉查阅。

A

阿波罗（Apollon）

  <u>希腊</u>与罗马神话中的太阳神，同时也是艺术与预言之神。他是<u>宙斯</u>之子、月神阿尔特弥斯的双胞胎兄弟。又名<u>腓比斯</u>，意为"闪耀者"。因为他出生于戴洛斯（Delos）岛，故又有戴流士（Delius）的别名。译文为简便而将原著中的戴流士改译作阿波罗。另参见<u>赫利俄斯</u>。

阿策斯（Alcest）

  剧中的<u>希腊</u>俘虏。其名称似乎是来源于古希腊剧作家欧里庇得斯（Euripides）悲剧中的为爱而死的女人阿尔克斯提斯（Alkestis）。

阿德拉斯（Adrast）

  剧中的<u>希腊</u>尉官。

阿尔戈人（Argiver）

  阿尔戈（Argos）本是<u>希腊</u>一座城市的名称，其国王是<u>狄俄墨得斯</u>。克莱斯特在本剧中用阿尔戈人泛指所有希腊人。

阿尔忒弥斯（Artemis）

希腊神话中掌管月亮、狩猎和森林的女神，也是妇女儿童的保护者。其形象为手持银弓金箭的年轻女猎手。本剧德文原著中时常又按照其罗马名而称之为狄安娜（Diana）。

注意：事实上希腊的月神阿尔特弥斯和罗马的月神狄安娜原本是有不同的来源的，只是由于她们的职能类似，所以在历史上很早就被"混为一谈"。克莱斯特在本剧中完全是将狄安娜和阿尔特弥斯视作同一个月神的两个不同名字，并任意地交替混用。为避免音译过杂给读者造成不必要的干扰，凡遇此类情况，译文中一律意译或按照希腊名音译。同理也适用于<u>战神</u>、雷神等。

阿芙洛狄忒（Aphrodite）

希腊神话中的爱与美之神，形象为美貌女子，对应罗马神话的维纳斯女神（Venus）。《伊利亚特》中说到，她是<u>特洛伊</u>一方的保护神。在"柏林手稿"里，<u>亚马逊人</u>是在阿芙洛狄忒庙中庆祝"玫瑰节"的，终稿中已改为<u>阿尔忒弥斯庙</u>。

阿伽门农（Agamemnon）

在《伊利亚特》中，他是迈锡尼（Mykene）的国王、包围<u>特洛伊</u>城的<u>希腊</u>联军的最高统帅。他和他的兄弟<u>墨涅拉俄斯</u>都被称作<u>阿特柔斯之子</u>。

阿喀琉斯（Achill/Achilles/Achilleus）

<u>特洛伊</u>之战中<u>希腊</u>一方的重要将领。在《伊利亚特》中，他的形象是一位勇猛无比、几乎刀枪不入的英雄，然而也有自私、易怒等缺点。其父亲是<u>迈密登人</u>的国王佩琉斯，母亲是海仙女<u>忒提斯</u>，所以他在本剧中常被称作佩琉斯之

子、海仙女之子、神之子等等。由于他的祖父出生在埃癸那岛（Aigina），所以克莱斯特又称他为埃癸那人，但严格来说这种叫法其实并不适用于出生在弗底亚的阿喀琉斯。

阿卡狄亚（Arkadien）

希腊本土的一个地区。

阿克勒（Akle）

剧中彭忒西勒亚的狗名。希腊神话中，猎人阿克泰翁（Aktaion）由于在森林中偷窥阿尔忒弥斯洗澡，被她惩罚变作一只鹿。而他的众多猎狗不知情况，一拥而上咬死了自己的主人。古罗马作家奥维德（Ovid）和许吉努斯（Hyginus）在各自的作品中都叙述过这一传说，同时还不厌其烦地记下了阿克泰翁的几十条狗的名字。克莱斯特在创作本剧时明显借鉴了这一素材，不光情节和措辞类似，而且彭忒西勒亚的狗的名字有一部分就是直接来自其中的，包括列艾那、底格里斯、梅阑普和阿克勒，其中阿克勒（Akle，拉丁化拼写是Acle）似乎是克莱斯特对拉丁文原文阿尔策（Alce）之误抄。

阿里斯顿（Ariston）

剧中的希腊战士。这个名字的字面意思为"最优者"。

阿历西（Alexis）

剧中的希腊尉官。

阿列克托（Alektor）

剧中彭忒西勒亚的狗名。其名称可能来源于神话中的阿列克托（Alekto），是复仇女神之一。

阿南柯（Ananke）

剧中的亚马逊人。与希腊神话中的一位命运女神同名，在希腊语中的本意为"必需""必然"。

阿瑞斯（Ares）

掌管战争的神灵，为戎装的男性形象。其罗马名为马尔斯（Mars）。译文中一律按照希腊名音译，或直接意译为战神。

阿斯蒂阿纳克斯（Astyanax）
剧中的希腊战士。

阿斯特莉亚（Asteria）
剧中的亚马逊人亲王。她和普萝妥耶的名字都出自古希腊历史学家西西里的狄奥多罗斯（Diodoros Siculus）著述中所提及的亚马逊人名。

阿特柔斯之子（Atride）
见阿伽门农与墨涅拉俄斯。

阿茜诺（Arsinoe）
剧中的亚马逊人女孩。

埃阿斯（Ajax）
《伊利亚特》中有两位希腊方的重要英雄都叫埃阿斯。

埃癸那人（Äginer）
见阿喀琉斯。

埃塞俄比亚（Äthiopien）
希腊神话中的极远之国，与今日非洲的埃塞俄比亚无关。

埃托利亚（Ätolien）
希腊地名。埃托利亚人在特洛伊之战中属于狄俄墨得斯麾下。

安提洛科斯（Antilochus/Antiloch）
《伊利亚特》中希腊联军的英雄。

奥德修斯（Odysseus/Odyß）
在《伊利亚特》中，他是伊大嘉（Ithaka）国王拉埃尔特斯之子,在父亲死后继承其王位。在特洛伊之战中,他是希腊联军的重要将领,以足智多谋著称。克莱斯特在本剧中偶尔也按其罗马名而称之为尤利西斯(Ulysses/Ulyß),另外还在一处(第232行)似出于笔误而叫他"拉里萨人"(Larissäer),这个词其实本系罗马诗人维吉尔(Vergil)对阿喀琉斯的称呼。译文为简便而一律翻作奥德修斯。奥德修斯同时也是荷马的另一部史诗《奥德赛》的第一主角。这部史诗记叙了他在特洛伊之战后,历经艰难返回家乡的故事。

奥林匹斯(Olymp)

希腊的最高山峰,传说是众神所居住的地方。

奥尼缇雅(Ornythia)

剧中的亚马逊人。

奥托墨冬(Automedon)

《伊利亚特》中希腊联军的英雄,同时也是阿喀琉斯的朋友,为他驾车。

B

半人马(Zentauren)

传说中半人半马的野蛮而善战的种族。本剧两次用这个词来形容彭忒西勒亚骑在马上时的好战、骁勇的姿态。

波斯(Persien)

国名,大致对应今日的伊朗。另外剧中彭忒西勒亚的坐骑被称作波斯马(Perser)。

布里塞伊斯(Briseïs)

《伊利亚特》中的人物。阿喀琉斯在特洛伊之战中将她俘为女奴,十分宠爱。然而后来希腊联军统帅阿伽门农又将她据为己有,阿喀琉斯闻讯愤怒不已,并为此而拒绝继续作战。阿伽门农最终意识到，内斗会使得联军战斗力蒙受重大损失，于是又将布里赛伊斯归还。

D

达尔达诺人（Dardaner）

  见特洛伊。

达瑙人（Danaer）

  《伊利亚特》中希腊人的别称，来源于阿尔戈人始祖、伊纳科斯的后代达那俄斯（Danaos）之名。传说达那俄斯曾被迫将自己的五十个女儿嫁给仇敌的五十个儿子。于是他盼咐女儿们在新婚之夜分别用匕首刺死自己的新郎，其中四十九个照办了。克莱斯特在构思亚马逊人历史时可能借鉴了这一素材。

得伊福玻斯（Deiphobus）

  《伊利亚特》中特洛伊国王普廉的儿子。然而在原始传说中，他的死和彭忒西勒亚无关。

堤丢斯（Tydeus）

  见狄俄墨得斯。

狄俄墨得斯（Diomedes/Diomed）

  阿尔戈人的国王，在《伊利亚特》中是希腊一方的勇将。又称堤丢斯之子。

狄俄尼索斯（Dionysos）

  希腊神话中的酒神，也是欢乐与疯狂之神。其女性追随者被称作美娜德。

狄尔柯（Dirke）

  剧中彭忒西勒亚的狗名。它与希腊神话中的一位凶恶无情的王后同名。

底格里斯（Tigris）
　　剧中彭忒西勒亚的狗名。参见阿克勒。
地峡（Isthmus）
　　剧中指的是连通欧洲大陆和伯罗奔尼撒半岛的科林斯地峡（Isthmus von Korinth）。
多洛普人（Doloper）
　　历史上古希腊人的一支。在本剧中，"多洛普的英雄"指的是阿喀琉斯。
杜卡里翁（Deukalion）
　　希腊神话中，宙斯降下大洪水灭绝了人类，只留下了杜卡里翁一家。大灾之后，为使世间重新恢复人口，杜卡里翁和他的妻子便投掷石块，石块落地即化作人。本剧作者用典略有出入，用土块代替了石块。

E

俄克苏斯（Oxus）
　　剧中彭忒西勒亚的狗名。
俄撒山（Ossa）
　　希腊的高山。参见癸干忒斯。
俄苔普（Oterpe）
　　剧中的亚马逊人。
俄特雷雷（Otrere）
　　希腊神话中的亚马逊女王，同时也是战神阿瑞斯的爱人、彭忒西勒亚的母亲。相传小亚细亚的以弗所城（Ephesos）的阿尔忒弥斯神庙就是她所兴建。
厄洛斯（Eros）
　　见丘比特。

F

法尼娅（Phania）

  剧中的亚马逊人。

法索斯（Pharsos）

  作者虚构的地名。

腓比斯（Phöbus）

  太阳神的别称，参见阿波罗。克莱斯特所创的短命的艺术杂志亦以此为名，其第一期刊载了本剧初稿的部分片段。参见本书导读。

弗底亚（Phtia）

  阿喀琉斯的出生地、迈密登人的故乡。

复仇女神（Furien/Erinyen/Eumeniden/Megäre）

  希腊神话中的一组形貌极度丑恶的蛇发女神，负责以残酷方式惩罚人间之罪孽。克莱斯特在原文中有时按罗马叫法而称之为孚里埃，有时按照希腊叫法而称之为厄里倪厄斯，有时则按照希腊语中的委婉叫法而称之为欧墨尼德斯（本意为"善意女神"），有时又直接称呼其中单个女神的名字，例如墨该拉（狂暴与杀欲）。本书为简便起见而一概意译。

G

高加索山（Kaukasus）

  欧亚之间的高山名称，相传是亚马逊人的居地，亦是普罗米修斯囚系之处。

格劳柯妥（Glaukothoe）

  剧中的亚马逊人女孩。

H

哈敏（Charmion）

  剧中的亚马逊人女孩。

海格力斯之柱（Herkuls Säulen）

  直布罗陀海峡附近的两座山的名称，据称是希腊神话中的大英雄海格力斯（Herakles）竖立在那的。古代西方人认为这就是世界之尽头，相当于中国人所说的"天涯海角"。

海伦（Helena）

  希腊神话中倾国倾城的世间第一美人，嫁给了阿伽门农的弟弟墨涅拉俄斯。在"金苹果之争"后（参见帕里斯），特洛伊国王普廉之子帕里斯在爱神阿芙洛狄忒的帮助下赢取了海伦的爱情，并共同私奔到特洛伊。受辱的墨涅拉俄斯向希腊诸王求援，组成联军共同前往特洛伊以夺回海伦，旷日持久的特洛伊之战便这样爆发。待到帕里斯阵亡后，海伦又改嫁给了他的兄弟得伊福玻斯。希腊联军攻破特洛伊后，墨涅拉俄斯重新接纳了海伦，并与她一起返回家乡生活。

海仙女（Nereïde/Neride）

  音译作涅瑞伊得斯。她们是希腊神话中的一群海中仙子，陪伴在海神波塞冬（Poseidon）身边，也负责庇护海员。阿喀琉斯的母亲忒提斯就是其中之一。

赫淮斯托斯（Hephäst）

  希腊神话中的火焰、锻造、金属与武器之神，是宙斯之子、阿芙洛狄忒之夫，其形象为瘸腿的男性。

赫卡翁（Hyrkaon）

  剧中彭忒西勒亚的狗名。其名称似乎来自里海南岸的猛兽之乡赫卡尼亚（Hyrkanien）。传说亚历山大大帝东征波斯人经过此处时，<u>亚马逊人</u>的女王塔勒斯里斯（Thalestris）带领随从来到他营中，向他表示倾慕并希望与他共同生下一个女儿。亚历山大允诺，与她共度了十三夜，并为此推迟了征程。

赫克托耳（Hektor）

<u>特洛伊</u>国王普廉最勇猛的儿子，曾数次击败<u>希腊人</u>。《伊利亚特》中讲到，赫克托耳杀死了<u>阿喀琉斯</u>最亲密的朋友<u>帕特罗克洛斯</u>。阿喀琉斯为此悲恸至极，奔赴战场打败了赫克托耳，穷追他不舍，最终将其杀死。之后阿喀琉斯又残忍地用斧头将赫克托耳的脚踝钉在战车上，又将他的身体倒悬在车后，头部着地，驱车拖曳死尸环绕特洛伊城三圈。

赫勒斯滂海峡（Hellespont）

即今日土耳其的达达尼尔海峡，在<u>希腊</u>本土和<u>特洛伊</u>之间。

赫利俄斯（Helios）

希腊神话中的一位太阳之神。有人将其与<u>阿波罗</u>等同。

赫米娅（Hermia）

剧中的<u>亚马逊人</u>祭司。

K

癸干忒斯（Giganten）

希腊神话中的骁勇的巨人族。据称他们曾经将伊达山搬到<u>俄撒山</u>上，企图从峰顶攻击天国，以推翻众神的统治。

L

拉埃尔特斯之子（Laertiade）

见<u>奥德修斯</u>。

拉皮斯（Lapithen）

希腊神话中的一支魁梧、骁勇的部族，曾击败与其有亲缘关系的半人马族。

勒拿湖（Lernäersumpf）

希腊神话中冥府怪兽许德拉（Hydra）的居所。

雷神（Zeus/Jupiter）

见宙斯。

列艾那（Leäne）

剧中彭忒西勒亚的狗名。参见阿克勒。

吕卡翁（Lykaon）

剧中的希腊王子。与希腊神话中的一位臭名昭著的阿卡狄亚暴君同名。

M

迈密登人（Myrmidonier/Myrmidonen）

历史上古希腊人的一支。参见阿喀琉斯。

梅伽丽（Megaris）

剧中的亚马逊人将领。

梅阑普（Melampus）

剧中彭忒西勒亚的狗名，希腊语中的字面意思为"黑脚"。参见阿克勒。

梅萝耶（Meroe）

剧中的亚马逊人亲王。克莱斯特的初稿中并没有这个人物，她的主要"戏份"原本是属于阿斯特莉亚的。

美杜莎（Medusa）

希腊神话中面目无比丑陋的蛇发女妖。谁若是望见其脸孔，便会化作石像。她是"戈耳工（Gorgonen）三姐妹"之一，有部分古希腊文献称她的居所是在北非，因此本剧第二十三幕的德文原文称之为"非洲的戈耳工"（die afrikanische Gorgone）。译者为简便而一律译作美杜莎。

美惠女神（Grazie）

希腊神话中代表人生所有美好事物的三位女神，是<u>复仇女神</u>的对立面。

美娜德（Mänade）

希腊神话中的<u>狄俄尼索斯</u>的女性追随者，其名称来源于希腊语的"疯狂"一词。她们会在酒醉后疯狂地舞蹈着穿越原野，并将途中所遇见的一切活物都撕扯成碎片。

米南德罗斯（Menandros）

剧中的<u>希腊</u>战士。

冥府（Hades/Orkus）

神话中亡灵居住的地底世界。<u>希腊</u>名为哈德斯，罗马名为奥尔刻斯，都是根据各自语言对<u>死神</u>的称呼而得名。文中一律意译。

冥河（Styx/Kozyt）

希腊神话中<u>冥府</u>有五条河流，其中的斯堤克斯河和科赛特斯河在本剧中有提及，但仅仅都只是作为发誓时的套语，译文为简便而一律意译。

墨涅拉俄斯（Menelaus）

<u>特洛伊之战</u>中的<u>希腊</u>将领，同时也是<u>阿特柔斯</u>的儿子、<u>阿伽门农</u>的弟弟、<u>海伦</u>的第一任丈夫。

N

努米底亚（Numidien）

北非古地名，在今日的阿尔及利亚一带。古时的努米底亚人是一支马背上的骁勇民族。

P

帕拉墨得斯（Palamed）

《伊利亚特》中的希腊将领，在特洛伊战场上以机智、周密而闻名。

帕里斯（Paris）

《伊利亚特》中特洛伊国王普廉的儿子。相传争执之女神厄里斯（Eris）因为佩琉斯和忒提斯的婚宴未邀请她而感到不满，便在一个金苹果上写下了"给最美的女神"的字样，抛给了赴宴的众神以挑起纷争。赫拉（Hera，宙斯之妻）、雅典娜和阿芙洛狄忒都觉得只有自己才配得到它，并为此争执不休。宙斯让帕里斯来裁决。阿芙洛狄忒许诺帕里斯，只要将金苹果判给她，就帮助他占据世界上最美的女人，也即墨涅拉俄斯之妻海伦。帕里斯应允，并果真在阿芙洛狄忒的帮助下与海伦成功私奔。这场"海伦之劫案"成为了特洛伊之战的导火索。

帕苔宁（Parthenion）

剧中的亚马逊人战士。在希腊语中的字面意思是"少女"。

帕特罗克洛斯（Patroklus）

《伊利亚特》中的人物，阿喀琉斯的挚友。详见赫克托耳。

佩尔甘（Pergam/Pergamos）

特洛伊的城堡。

佩琉斯（Peleus）佩琉斯之子（Pelide/Peleïde）

见阿喀琉斯。

彭忒西勒亚（Penthesilea）

在希腊神话中，她是亚马逊人的女王俄特雷雷和战神阿瑞斯的女儿。一些传说叙述道，她率领她的女军为特洛伊城解围，并屡次击败希腊人，但最终被阿喀琉斯杀死；然而当阿喀琉斯取下死者头盔并看到其面容之时，却立刻爱上了她，并因自己杀死了她而悔恨不已。而在一些相反的传说版本中，是彭忒西勒亚杀死了阿喀琉斯。从古至今都不乏以她为题材的艺术创作。克莱斯特这部悲剧借鉴了前人的不少神话素材，据考证，其主要资料来源是学者海德里希（Benjamin Hederich）的《神话详解大辞典》（*Gründliches Mythologisches Lexikon*，1770）。

普廉（Priam/Priamus）

特洛伊年迈的国王，中文多译作普里阿摩斯。在儿子赫克托耳战死后，他深夜潜入阿喀琉斯帐中，泣求他归还其尸首，阿喀琉斯感动而应允。

普罗米修斯（Prometheus）

希腊神话中的一位神，曾从天上盗火赠给人类，还教给他们智慧。宙斯为此震怒，将他缚在高加索山上，迫使他永恒承受严酷惩罚。

普萝妥耶（Prothoe）

剧中的亚马逊人亲王。参见阿斯特莉亚。

Q

丘比特（Cupido）

罗马的爱与性之神，经常陪伴在维纳斯（即阿芙洛狄忒）身边。他通常被描绘为生着翅膀的小男孩，随身带着弓箭，谁被他射中，便会陷入爱河。在文艺作品中，他时常会以骑着狮子或坐着狮子拉的车的形象出现。其对应的希腊神为厄洛斯。

S

时令女神（Horen）

  希腊神话中的一组掌管时节变易的女神，国内现有"荷赖"、"荷莱"、"荷籁"等不同音译。

斯芬克斯（Sphinx）

  希腊神话中的怪兽，有女人的头颅，狮子的躯体，爱用难解的谜语害人。因此这一词常被用于形容难以理解之人。另外剧中彭忒西勒亚的一条狗也与之同名。

斯基泰人（Skythen）

  国内亦译作西徐亚人，欧亚大草原上的一支古老的游牧民族。本剧作者假定亚马逊人是斯基泰人的一个分支。

斯卡曼德罗河（Skamandros）

  特洛伊城附近的一条河。

死神（Hades/Orkus）

  掌管死亡的神灵。参见冥府。

T

塔娜伊司（Tanaïs）

  剧中亚马逊人的始祖。与古希腊人对黑海北岸的顿河的称呼同名，顿河在古时亦曾是斯基泰人的聚居地。

忒尔皮（Terpi）

  剧中的亚马逊人。

忒提斯（Thetis）

  古希腊神话中最美丽的海仙女。但由于有预言说她的儿子将比其父亲更为强大，所以没有神灵愿与她结合，最后是凡人佩琉斯娶了她。生下阿喀琉斯之后，她拎着他的脚踵而将其浸泡在冥河斯堤克斯之中，凡是河水所浸泡到的肌肤都变得刀枪不入，只有她手所持的脚踵除外。《伊利亚特》中还说到，她曾在火神赫淮斯托斯那里为阿喀琉斯求到了一套神奇的铠甲。

特洛伊（Troja）

小亚细亚的古城，也称伊利昂，在今日土耳其西部。荷马史诗中讲到，由于"海伦之劫案"，希腊联军曾经围困这座城市达十年之久，最终是靠著名的"特洛伊木马"才得以将其攻克。特洛伊人又叫图克罗斯人或达尔达诺人，这是因为他们的一位始祖叫图克罗斯（Teukros），是斯卡曼德罗河的河神之子，另一位始祖是宙斯之子达尔达诺斯（Dardanos）。另参见佩尔甘。

特弥斯库拉（Themiscyra）

小亚细亚的古城，在今日土耳其北部，传说是亚马逊人建立的。本剧中它是亚马逊人的首都。古罗马历史学家查士丁（Iustinus）记载过，有一群特弥斯库拉一带的斯基泰人经常侵扰各个邻国，最终邻国人合力将其消灭。然而他们的女人们拿起武器，驱逐了邻国人并除掉了自己国中残存的男人，从而建立了一个女人国。

缇萝耶（Tyrroe）

剧中的亚马逊人。

图克罗斯人（Teukrische）

见特洛伊。

W

维克索力斯（Vexoris）

剧中的埃塞俄比亚国王。其姓名可能来自于查士丁著作中提到过的埃及国王维佐西斯（Vezosis）。这位维佐西斯向斯基泰人发动了战争，却在敌军来临前怯懦地丢下自己麾下人马，独自飞逃回国。

X

希腊（Griechenland）

  国名。本剧中时或称之为海拉斯（Hellas），译文中一律翻作希腊。希腊人在本剧中又被称作阿尔戈人或达瑙人。

许梅塔山（Hymetta）

  希腊的山名

许门（Hymen）

  希腊神话中的婚礼之神，其形象为佩戴着玫瑰花环、手持着火炬的英俊少年。

Y

雅典娜（Athene）

  希腊神话中的科学、艺术与战争之女神，在特洛伊之战中协助希腊人。

雅典瑙斯（Athenäus）

  剧中的希腊战士。其名字似与雅典娜女神有关，而神话中的雅典娜所持的盾上也是绘有可怖的美杜莎图案的。

亚马逊人（Amazonen）

  在中文学术语境中通常译作阿玛宗人，但本书所采用的是大众中更为通行的译名。古代希腊文献经常提及这个令人畏惧的神秘部族。其居地大约在黑海附近，盛产骁勇的女战士。某些资料讲到亚马逊人女战士会切断自己的右乳，以便张弓射箭。近代探险家将南美洲那片著名雨林命名为亚马逊，正是因为在那遭遇过骁勇的土著女武士。有观点认为"亚马逊"这个词在希腊语的字面意思就是"无胸"，作者亦采信此说（参见正文第 1988 行），然而从词源学角度来说这是站不住脚的。古希腊历史学家希罗多德（Herodot）记载，亚马逊人的后代萨尔马提亚人（Sauromaten）中的少女必须先要在战斗中杀死过敌人，然后才有权结婚。另一位古希腊历史学家斯特拉波（Strabo）则称亚马逊人有在春天进行爱之节庆的习俗。这些素材某种程度上都可能是克莱斯特笔下的"玫瑰节"的原型。

伊达山（Ida）

希腊的高山。参见癸干忒斯。

伊利昂（Ilium）

见特洛伊。

伊纳科斯（Inachos）

希腊神话中阿尔戈人的始祖。

月神（Artemis/Diana）

见阿尔忒弥斯。

Z

战神（Ares/Mars）

见阿瑞斯。

宙斯（Zeus）

希腊神话中的最高神，为手持着雷电之杖的威严男性形象，对应罗马人所说的朱庇特（Jupiter）。本剧原文中偶尔也依父名而称他为克洛诺斯之子（Kronide 或 Kronion），译文中为简便，一律译为宙斯或雷神。

附录

彭忒西勒亚[*]

克鲁克霍恩

对今人而言，彭忒西勒亚的名字已与克莱斯特所创造的，结合了骁勇好战之刚烈、无比狂野之激情、温柔细腻之情愫于一身的少女形象密不可分了。她是其同类中最为高贵的代表者；在我们很多人眼中，对整个亚马逊部族的深入理解都因她之故而笼罩上了一层理想化的光芒。然而在过去，人们对亚马逊人的看法可是完全不同的。歌德在少年时期就已在童话《新帕里斯》（*Der neue Paris*）中的桥上孩童游戏场景里描绘了阿喀琉斯与亚马逊女王的战斗。在歌德所作的《阿喀琉斯》（*Achilleis*）之中，居普莉斯（Kypris，即阿芙洛狄忒）[译注：爱神崇拜在塞浦路斯岛（Kypros）尤为兴盛，故有此别名]对阿瑞斯说道：

> 但假如你驱使狂野而无女性特质的亚马逊人军团来进

---

[*] 1913年11月7日于威斯特法伦的明斯特大学的学术就职首讲。

原始出处：Paul Kluckhohn，《彭忒西勒亚》（"Penthesilea"），见 *Germanisch-Romanische Monatsschrift V*，1914，页276–288。此文曾于1980年在一部克莱斯特论文集之中被重刊：Walter Müller-Seidel（Hrsg.），*Heinrich von Kleist. Aufsätze und Essays*（= *Wege der Forschung. Band CXLVII*），Darmstadt，1980，页35–50。译者所直接参考的文本来自后者。作者（1886—1957）系德国文学研究专家，毕业于哥廷根大学，曾于维也纳大学及图宾根大学任教。本文中关于素材史的部分对于读者尤具参考价值。

行死战,那我便赞颂你!因为我憎恶她们,这些凶悍的驯马女人逃避与男子甜蜜相会,缺乏一切纯洁魅力与女性之美。

对 18 世纪的大多数诗人而言,失去女性特质、想要和男人一样的女人便是亚马逊人。海因泽(Wilhelm Heinse)等女性解放运动的支持者称赞她们为典范,因为他认为她们"抛弃了一般的女性特质以及对男性的顺从等物"。① 而对其他人而言,她们则正是他们所喜爱之物的反面。维兰德(Christoph Martin Wieland)称那些穷追愚蠢男子的泼辣女人为"彭忒西勒亚们"。② 这个名字不光在他笔下多次出现,在整个 18 世纪都是为人们所普遍熟知的。在《柯克斯柯克斯与基柯奎策尔》(*Koxkox und Kikequetzel*)之中,维兰德描述过一个"与彭忒西勒亚同类、身材高大、肢体强健、身着虎皮、肩扛棍棒"的姑娘,并在备注里就此解释道:"彭忒西勒亚—亚马逊人,一支骁勇的斯基泰女性部族。"

18 世纪有一系列的书籍介绍了有关亚马逊人的知识,有古典文学的译介,也有神话学和历史学作品,讲述了诸如亚历山大大帝与亚马逊女王塔勒斯里斯(Thalestris)的相会、彭忒西勒亚与阿喀琉斯的战斗,以及后者得胜时是如何拽着她的头发将其扔进河里的故事。除了这些附带性的提及,也有专门介绍亚马逊人的文献。人们既喜爱这类专著,对探究相关事件的历史真相颇具兴趣,也热衷于在总体上了解"女汉子"的现象。在这方面,法国人是先行者。

---

① Heinse,《作品集》(*Werke*, hrsg. v. Schüddekopf),卷 1,页 349,参见卷 3,页 160,卷 5,页 207。

② Wieland,《为爱而爱》(*Liebe um Liebe*),卷 2。

17 世纪时，德·沙西波尔（François de Chassipol）所作的《亚马逊人史》（*Histoire des Amazones*，1678）问世。作者同情这些女人的性别解放性质，而这份同情更多是骑士式的而非真正的。他笔下的开国女王所作的女权主义演讲简直令人觉得非常现代。作者承诺，在书的续集中还会赞美新时代的亚马逊女人们。他最感兴趣的是各类爱情故事。女主角们正如同 17 世纪的女子一般，虽然为爱痴迷，却表现冷淡，但最终大多数也还是会为情所动。

沙西波尔只是极简短地提到了彭忒西勒亚，讲述她死于阿喀琉斯之手，而后者却在事后为之悲悼。希腊罗马时期的文献就已记叙过相关内容。士麦拿的昆图斯［译注：Quintus Smyrnaeus，古希腊诗人］曾就此素材进行过创作发挥，他讲述了阿喀琉斯在她死后见到其面容便陷入爱河，悔恨不已，感受到如同帕特罗克洛斯之死一般的痛苦，还杀死了为之嘲讽他的忒尔西忒斯（Thersites）。而希腊罗马时期的另一些传说版本中，是彭忒西勒亚杀死了阿喀琉斯，后者是在其母亲忒提斯的恳请之下才得以复活，其后又杀死了彭忒西勒亚。

相比于希腊罗马时代的彭忒西勒亚传说，沙西波尔的书并没有什么新的创造。在皮埃尔·帕蒂（Pierre Petit）的《亚马逊人历史研究》（*Traité historique sur les Amazones*，1718）之中，彭忒西勒亚传说所占分量更小。修道院院长居永（Claude-Marie Guyon）在其《亚马逊人史》（*Histoire des Amazones*，1714）[①] 中吸收了士麦拿的昆图斯的记载，并加以进一步的铺展与发挥。他的创新之处既在于有关垂死女人的悠长而痛苦的目光的场景，也

[①] 译注：1714 年时居永仅 15 岁，故疑此处数据有误。查考其他资料，此书当为 1740 年所著。

在于其在描述彭忒西勒亚时,将女性特质和骁勇力量相结合。此处引用克吕尼茨(Johann Georg Krünitz)的德文译本:"她可爱的本质中和了她的烈焰"(1763,页115),"她的谦逊与品性使人敬畏。她善于言谈,笑容和蔼,因而人见人爱。简而言之:彭忒西勒亚擅长结合女性的可爱特质、外在的礼节以及英雄的种种品德"。作者以18世纪的典雅语调塑造出了如此的人物个性,这背离了人们对亚马逊人的惯常理解,因而可以说是克莱斯特的彭忒西勒亚的先声。克莱斯特很有可能对居永的原作或对其德译本有一定了解。他戏剧中的奥尼缇雅(Ornythia)的名字不见于18世纪的任何其他相关文献,故而可能是受居永笔下的奥尼特(Ornyth)之启发。①

随着描写笔触愈发女性化,离让彭忒西勒亚也萌生爱情便不再遥远了。而据我所知,18世纪并没有作家做到了这一点。但是有人叙述过其他亚马逊人的爱情故事。前述的沙西波尔讲到过一位叫玛泰谢(Marthésie)的女王。有位被俘的英雄爱上了她,放弃了她所赐予的自由,希望留在她身边。她接纳了他的爱情,但共度秘密婚礼和数日欢乐后,又将他送回家乡。他的同伴也一样爱上了女王,但是女王属下的另一位女人伊茜帕特(Ysipathe)却爱上了这位同伴,她误以为他所爱的是自己,并向他表示自己愿意接受其爱情。而当他表明自己爱的是女王时,伊茜帕特感到受到了侮辱,要求同他决

---

① 这种观点至少比尼亚尔(Johannes Niejahr)的说法更为可信,后者认为这个名字是奥莉缇雅(Orityia)的错写 [译注:详见Johannes Niejahr,《海因里希·冯·克莱斯特的〈彭忒西勒亚〉》,前揭,页518。奥莉缇雅本系古罗马历史学家查士丁作品中提及的人物]。不过也有可能是如同施密特(Erich Schmidt)在其《克莱斯特作品集》第二卷第455页所认为的那样,这个名字是来源于维吉尔的《埃涅阿斯纪》中的奥尼图斯(Ornytus, II 678)。

斗。这便令人想起克莱斯特戏剧中彭忒西勒亚与阿喀琉斯的最后之战。

在 18 世纪的戏剧舞台上,也曾响起过亚马逊人的坚定步伐。勤勉的女作家博卡热夫人(Anne-Marie du Boccage)首部登台的作品便是 1749 年的《亚马逊人》(Les Amazones),这部悲剧曾频繁上演,并受到热烈讨论,① 但不过是一部充斥着时代的陈词滥调的平庸之作。剧中,两位女王争夺俘虏忒修斯(Theseus)的爱情,竞相营救他。其中遭受拒绝的那位女王放弃了统治权力并选择自杀,因为她为爱之故触犯了国家的法律。在这里,爱情与国法之间的冲突并没有被演绎到悲剧性的高度,因为另一位名叫安提俄珀(Antiope)的女王虽也犯下了同样罪过,却能跟随已是自由之身的忒修斯而收获爱情之幸福。不过至少是有人观察到了这种冲突,并做出了创作尝试。我不知道克莱斯特是否了解过这部戏剧。两作间的重合度实在太过微不足道,难以从中做出什么推断。忒修斯出于爱情而自愿在战斗中让安提俄珀俘虏的题材,或许对阿喀琉斯束手就擒的情节是一种启发。但这并非定论。

不过从以上的泛泛而谈中,已经可以清楚看出,18 世纪的文学界曾多次采用过亚马逊传说的素材,不光是大幅度地演绎拓展了那些承自希腊罗马时期的内容(过去的学界误以为这便是克莱斯特所仅有的素材来源),而且与此同时也创造了某些新母题,这些母题很可能对克莱斯特的文学创作有着启迪意义:比如居永所塑造的彭忒西勒亚性格中可爱而富有女性特质的一面、沙西波尔笔下的感到爱情受辱的亚马逊女人对其所爱的男

---

① 参见:Madame de Genlis,《女性对法国文学的影响》(De l'influence des femmes sur la littérature française,1811),页 5 注释、页 366;以及 Grimm,《通信·1764 年 11 月》(Correspondence,November 1764)。

英雄发出决斗挑战、博卡热夫人文中的情郎自愿被俘的情节以及爱情与国法之间的冲突。因此克莱斯特的戏剧可能与这些文本存在联系,然而这大概并不超出外在启发的程度,因为克莱斯特作品中的本质部分,无论是情节掌控还是性格描绘,还是这二者所根植的主导理念与承载核心,这一切都是他的原创。克莱斯特曾就《彭忒西勒亚》坦承过:"的确,我最内在的本质就蕴于其中。[……]我灵魂全部的痛苦和光辉。"[译注:参见本书导读]这样的话语他从未就自己的任何其他作品说过。但是他也从未告诉过我们该如何去理解这番话。整体而言,我们对他这部戏剧的历史都不甚了然,也不知道他在心中酝酿了多久,如何获取了这些素材,所以我们若要理解作品终稿的内涵,便只能查考其自身。

  勤勉而敏锐的研究者曾试图通过寻找业已完成的戏剧中所存在的各种细微矛盾之处,从而重构出各种各样的作品起源史,这种方法据称能经得起考验,事实上却极易失计。① 某位做过这种无望尝试的学者就倒了大霉,因为他的重构所援以为证的重要文句"胸口重伤"(第1150行),偏偏在那份保留至今且时间上先于作品正式付梓的手稿中,还根本不存在。按照那位研究者的意思,早期版本原是符合传说的传统形态的,应以彭忒西勒亚死于阿喀琉斯之手而告终,即:表现了一个追求着超出自身能力的目标的人,是如何逐步毁灭于更高之力量。这样便是重复了克莱斯特的《罗伯特·吉斯卡尔》中的思想,然而克莱斯特毕竟是出于内心原因,而对这部作品的完成感到过绝望的。② 很遗憾,如果在这里详谈这个问题,恐怕我本次讲座

---

  ① Niejahr,《海因里希·冯·克莱斯特的〈彭忒西勒亚〉》,前揭。
  ② 译注:作者因对自己文学才华绝望而焚毁了该作手稿,现仅有片段存世。参见本书导读以及正文第1348行的注释。

就要超时了。① 然而即便暂且撇开这一点不提，在《罗伯特·吉斯卡尔》和《彭忒西勒亚》之间毕竟是相隔着数年时光，其间克莱斯特完成了重要的内在发展。在其历经了危机和生命新开端之后，所创作的首部较重要的、展现了其灵魂"全部的痛苦和光辉"的作品中，诗人自身的这份感受难道不该得到某种体现吗？简单地重拾旧题材是不太可能的。况且为何偏要借助一个女性人物呢？

就我们所知的戏剧终稿而言，那位研究者也认为其中的冲突是与那个被错误构建的原始版本有所不同的。也有其他人和他一样，试图论证《彭忒西勒亚》所蕴含的就是情感与义务间的冲突。这可能是由于他们直接从席勒的戏剧世界出发，特别是《奥尔良的姑娘》（*Die Jungfrau von Orleans*），来看待克莱斯特的作品。博卡热夫人的《亚马逊人》中也有着类似之冲突。这对18世纪的人是易于理解的：一个亚马逊女人如果爱上一个男人，那便犯下了悲剧性的罪过。

---

① 至少简略谈下我的理解：《罗伯特·吉斯卡尔》失败的原因可能在于克莱斯特所追求的塑造方式，他试图结合古希腊与现代风格，并按照音乐法则而建造整体与局部。然而他后来在《彭忒西勒亚》中难道不是已达到这个目标了吗？就《吉斯卡尔》而言，还有另一个失败原因。我们姑且就其片段来论断：此作中缺乏克莱斯特式意义上的原本之悲剧性。吉斯卡尔是死于疾疫，这是外在的困难。有人认为，他与君士坦丁堡的叛徒签订合约，从而亏负了阿贝拉德（Abälard），以致迫使其与自己为敌，这样他的毁灭似乎便是自食其果，这是一种不自然的解读（Heinrich Meyer-Benfey，《海因里希·冯·克莱斯特的戏剧》[*Das Drama Heinrich von Kleists*, 1911]，卷1，页205）。因为他是感到自己已患疾疫，才不得不同意这份合约。疾疫才是致使他失败的敌手。因而此剧中缺失了原本之悲剧性，类似于《施若芬施泰因一家》，该作的可怖结局之原因并不在于人物们形形色色的个性，而在于命运戏弄着他们。迈耶-本菲（Meyer-Benfey，同上，页76-78）也曾正确地指出过这一点。《吉斯卡尔》所本植的也还是同一种人生观念。克莱斯特希望与一切困难斗争以实现其文学理想，这种自身感受在这里尚寻求着表述，克莱斯特自己仍未克服它，直到后来他才意识到其悲剧意义，并在《彭忒西勒亚》之中对其加以塑造。

而无论是克莱斯特的戏剧，还是他的本性和观念（姑且不论那些他曾在其成长之早期有过、但后来又抛弃了的观念），都是与这种理解方式截然相反的。因此曾有些人表示反驳，并提出正好相反的观点：彭忒西勒亚是对的，而亚马逊集体是错的。据称这样离克莱斯特的理念就近了些。然而这一言简意赅的论断并未做到这一点。我们还需更深入地探索。

我们简短回忆下戏剧的内容：彭忒西勒亚爱阿喀琉斯，并希望在战斗中赢取他。可这违背了国法，因为法律禁止在战斗中追踪特定的男人。二人在战场数次相会。彭忒西勒亚被击败负伤，又得到营救。在狂乱的绝望中，她最内心的爱情愿望被表露出来，她所思所想只剩一件事：无论如何都要达到那个业已渺茫的目标。在被阿喀琉斯击败时，不光是作为女武士的她感到耻辱，作为女人的她也感到，在本该唤起爱情之处，她却罹受了暴力。

她陷入昏迷。醒来后她发现阿喀琉斯在她脚边，他是出于爱情而跟随她，为了拯救她而同意欺骗她，假称自己是她的俘虏。彭忒西勒亚相信，自己在战斗中击败爱人、完全拥有他的愿望得到了实现。她如同脱下一件衣服般，完全抛下了自身坚强刚烈的一面。在那场充满着忘我与温柔之情的玫瑰场景中，她完全就是一个溺入爱河的女人。

她发现自己受骗了，因为希腊人乘胜冲过来了。[①] 阿喀琉斯向她解释，其实是他战胜了她，并吐露了他的爱情。希腊人将他从她身边抢走。亚马逊人则因女王失而复得而胜利欢呼。可她却为之愤怒不已，反而希望做俘虏，归胜利者所有。此时传

[①] 译注：此处应为作者之误，实为亚马逊人冲来营救女王，希腊人则节节退却。

来了阿喀琉斯新的决斗邀请,当然,他并不是认真地要决斗。按他的意思,他只是想顺着她的心愿,在决斗中自己束手就擒,好做她的俘虏。然而她却把决斗理解成了字面上的意思,无论是作为亚马逊战士还是作为溺入爱河的女人,她都感到遭受了伤害。她如同复仇女神一般前去迎战他,进行狂暴、可怖的复仇。

这里便是戏剧的转折点。

有人指责道,灾难的诱因仅仅是一次误解,是因为彭忒西勒亚不了解阿喀琉斯的真实意图。所以他们认为毁灭并非是必然的,或者认为其原因至多在于她性格中无节制的一面。

仅就误解而言,误解在双方都是存在的,且有着更深层的原因。在玫瑰场景里,因为她完全只是作为陷入爱河的女人,所以她怀着最纯粹的爱情体验,而感受到自己最自我的心跳。亚马逊人的身份、习俗和国法迫使她必须先在战斗中赢取情郎,此时这一点对她而言已不再重要。然而阿喀琉斯不理解她,一方面他不理解亚马逊国,只将其当作一个遥远、瑰丽的神奇国度,另一方面他也不理解彭忒西勒亚因为爱情而已经变作另一个人了。故而他是在向她所抛弃了的亚马逊式情感作出回应。她则误解了他的意图,而且无法不误解他,这是因为她已完全变成了陷入爱河的女人。她再也不想战胜他,反是出于对他之爱而将他感知为强者及高尚者。所以她无法理解他发出决斗邀请的意义,此时她感到,她最内在的、刚被认识到的本性深处受到了伤害,这种伤害对于完全作为女人的她而言,还要甚于先前作为亚马逊战士的她,因此她此时必须以更加可怖的方式迎战他。

然而在这场肢解爱人的狂暴过程中,爱情还是再度达到突破。那些几近于变态却绝非源自变态之爱情的、被她感受为亲吻的撕啃,正是由此而来。当她在这场可怖暴行之后重新恢复意识的时候,她灵魂中唯有爱情之法则还在起效,这驱使她跟从所爱之人而去。而她仿佛是为了消除我们的一切疑惑,在赴死前明确说道:

> 还有——有句不须让人听见的私密话:将塔娜伊司的骨灰撒到空中![……]——普萝妥耶,我告诉你,我宣布脱离女人法规之束缚。[译注:相当于中文译本的3008–3012行]

克莱斯特是在作品印刷之前才将这段话加上去的,为的是表意更清晰。

戏剧的核心在哪,还有疑问吗?

彭忒西勒亚心中并非是情感与义务在冲突,并非是情感有罪。倒不如说是相反。她最内在的天性法则(即爱情),与传统所迫使她服从的、被她误当作是属于她自身天性的法则相互冲突。导致她毁灭的缘故,并非是她对自身义务不忠;她倒下的原因在于,她没有及早抛弃那些由外界所强加的义务,以遵循自身内心最深处的信条。这是有意识的意志和无意识的意志的冲突。而在她的意识中,爱情这种下意识的意志又苏醒得太晚,已再也无法改变她人生的轨迹。阿喀琉斯将她当作亚马逊人看待——这便是她的悲剧性。

如果这种理解本剧的方式是正确的,那么其定应在克莱斯特的个人历程中有一定体现。毕竟他灵魂的全部的痛苦和光辉都蕴于这位亚马逊女王身上。现实也确是如此。

克莱斯特的书信中的许多表述是受其自身痛苦体验之迫厄才倾吐而出,这类表述在《彭忒西勒亚》中也大量重现,从而使得这部作品好似是浸透了作者心中鲜血。这里我不方便将全部相关例证都列举一遍，况且其中大部分也已被其他研究者搜罗总结过了。① 如同人们早已认识到的那样，这些表述都指向着一个特定的方向。克莱斯特为创作《罗伯特·吉斯卡尔》而艰难挣扎，这种体会与彭忒西勒亚的体会是相通的。这份相通性既在于他们为追求目标而共同付出的激情，也在于他们都不断地奋起重来却都终告失败，还在于二者同样都似乎对自己奋斗的价值和驱使着他们的感情产生了怀疑，克莱斯特诅咒"地狱"赐给他的"半份才华"，要去往到"无人能去的地界"［译注：见于克莱斯特1803年10月5日的信］，而彭忒西勒亚则渴望着死亡："我想要藏匿到永恒之黑暗中。"［译注：相当于中文译本的2351行］此外二者最神圣的感情同样都遭受了欺骗，从而将矛头指向了这一感情的对象。克莱斯特焚毁了《罗伯特·吉斯卡尔》的手稿，彭忒西勒亚杀死并肢解了阿喀琉斯。在这极度紧张的状态之后，彭忒西勒亚便陷入半梦半醒的沉滞疲沓。正如同女祭司的评价："她的灵魂已经被/复仇女神们攫走了！"［译注：相当于中文译本的

---

① Wukadinovič，《克莱斯特研究》（*Kleist-Studien*，1904），页93起；W. Herzog，《海因里希·冯·克莱斯特》（*Heinrich von Kleist*，1911），页383起；H. Meyer-Benfey，《海因里希·冯·克莱斯特的戏剧》（*Das Drama Heinrich von Kleists*，1911），卷1，页598起；Berthold Schulze，《克莱斯特的〈彭忒西勒亚〉，或论文学创作的鲜活形式》（*Kleists Penthesilea oder von der lebendigen Form der Dichtung*，1912），页25起；最新且最全的辑录见于H. Wittlg，《克莱斯特的〈彭忒西勒亚〉中的内心体验》（*Das innere Erlebnis in H. v. Kleists Penthesilea*，Dissertation Greifswald，1912），然而此文中对于死亡及克服的理解是错误的。维提希（Wittig）正确地拒绝了哈尔登（Maximilian Harden）将《彭忒西勒亚》理解为性别戏剧的做法，却又陷入另一个极端，表示戏剧中出现爱情仅仅是"因为我们剧中的主人公凑巧是一男一女"而已！迈耶-本菲也未能正确认识《彭忒西勒亚》以及《海尔布隆的小凯蒂》中的女性独具之特质。他称彭忒西勒亚身上有两种本性并存，这又显得太过套路化。因此迈耶-本菲的著作虽然对本剧结构的论述颇有见地，但他也与其他研究者一样，未能洞悉作品与克莱斯特的"吉斯卡尔历程"的较深层联系，也未清晰认识到玫瑰场景对彭忒西勒亚的内心发展所具之意义，而这位亚马逊女人回应阿喀琉斯挑战的方式正是受其内心发展决定的，迈耶误解了这一点。

1232 – 1233 行]这句话也正适用于克莱斯特,他"如同被复仇女神所驱使"[译注:见于克莱斯特 1804 年 7 月 29 日的信]而在法德两国游荡,期冀着死亡。然而,相似之处还不止于此,相对于其他研究者的论述,这一点在我们的上下文中分外重要,并值得专门强调。克莱斯特克服了内心之瓦解。他曾怀着一种分裂感,而认为自己是受野心所驱使,然而事实上,当时使他成为诗人的,仅仅是他内在的愿求;而当他从暗无天日之状态中苏醒时,这种分裂感便得到了治愈。他此前所追求之目标,对于他的本性本身而言,本非不可企及,然而他无法在内在需求与种种其他观念互相交杂的情况下达到它。待到他的创作再也不受其想要影响外界之愿望、不受其野心所役使时,待到他,按自己的话来说,只是因为"停不下来"[译注:见于克莱斯特 1806 年 8 月 31 日的信]才创作的时候,他的泉水便开始纯粹而有力地流涌,此时他找寻到了自己。

彭忒西勒亚也是这般。当她在灾难之后从朦胧状态(Dämmerzustand)苏醒时,她已从分裂感中得到拯救,而得以彻底纯粹地献身于爱情,脱离亚马逊人法律之束缚,并通过她那份完全支配着她的感情,跟从爱人赴死。这场死亡净化了一切在混乱与迷惘中所犯下的暴行,归根结底是她心灵与爱情的胜利——而并非以疯狂告终。

克莱斯特的"吉斯卡尔历程"与《彭忒西勒亚》中的冲突有着明显的平行性,但我不想从中推出太远的结论,甚至也不敢确定地做出这种断言:克莱斯特就是把这场经历写进了《彭忒西勒亚》中。但是有一点是可以确信的:《彭忒西勒亚》中的冲突是一种与克莱斯特之本性相符的冲突,作者本人也一次或多次经历过类似的冲突,这种冲突,至少对于其生命中的某段时期而言,就是他的冲突。

然而作品的构想是从何而来？这是最为困难的文学史问题，上文尚无一语及此。有可能克莱斯特在了解到彭忒西勒亚素材之前，就已经事先感受到自身与亚马逊女王的紧密亲缘性，因而将自身所经历的冲突塑造在她身上。然而还有第二种可能：克莱斯特早先就曾在另一个时刻对彭忒西勒亚素材产生过兴趣，然而是在后来的工作（我说的工作不单是指书写过程）中，才愈发清晰地认识到自己笔下的人物和他自身本性与感受的亲缘性，这种亲缘性赋予了他的客观化塑造过程以一种只有切身体验过痛苦才能产生的汪洋横涌般的烈焰。然而，克莱斯特是在怎样的时刻对这份素材产生了兴趣的呢？

前面我们已经了解了 18 世纪人对亚马逊素材的兴趣。与之相应的是当时的女性在某种程度上男性化的现象。克莱斯特没有拥护过此类诉求。他年轻时甚至还毫不隐讳地主张女性的使命就是做母亲、成为附属、卑微地服从男性。不过《彭忒西勒亚》自然也并未因此之故，就带上反对女性解放诉求的倾向。虽然这本来可以是近在咫尺的，但也并没有任何词句指向这个方向。我们可以联想下罗伊特霍尔德［译注：Heinrich Leuthold，瑞士诗人，1827—1879］的叙事诗《彭忒西勒亚》，其中的女王同样结合了男性之刚和女性之柔，而这位作者笔下的老翁涅斯托尔（Nestor）就曾尖刻地指斥亚马逊风俗，彭忒西勒亚则以种种骄傲而磅礴的比喻而对他做出了回答，捍卫了不受拘束的人格，并表达了对鄙陋低下之风气、男尊女卑之传统的蔑视。这一切在克莱斯特这里都无迹可寻。虽然有姐姐乌尔里克的存在，但对于作为诗人的克莱斯特而言，是绝不存在将"亚马逊人问题"当作女性解放诉求的情况的。

然而对于克莱斯特而言，还是存在着一个"亚马逊人问题"的，这个问题在这部戏剧中得到了展现。这是个更内心的问题。那种有意识的意志与无意识的意志之间的冲突，逐步毁灭了彭忒西勒亚，这种冲突归根到底是全体亚马逊人所具备的潜在、固有之冲突。当她初萌的爱情与原本的统治欲求产生分裂感时，或者换种说法（这样能开启更广的视野），当骄傲而抗拒的少女心中的那个陷入爱河的女人苏醒的时候，这种冲突便开始产生作用。骄傲的冷淡、胜利的愿望，以及那份充满着促使其献身的爱情的原初感受，它们之间的冲突不单单是属于亚马逊人的，也是属于少女整体、属于许多具体的少女的。而克莱斯特是少女之诗人，是少女独有感受之诗人。因而他是出于两点原因而理解了《彭忒西勒亚》之问题所在：既是出于其为《罗伯特·吉斯卡尔》而挣扎不已的自身历程，也是由于"少女心灵"这个总的问题。

从这一点出发，我们便理解了《彭忒西勒亚》与《海尔布隆的小凯蒂》① 间的关系。两部戏剧的诞生时间极为接近。《小凯蒂》是紧随着亚马逊戏剧于德累斯顿问世的。两部剧中分别都可找到一连串的在另一部剧中亦曾出现的图像和语句。克莱斯特在写给一位女性的信中表示，《彭忒西勒亚》中蕴含着他灵魂全部的痛苦和光辉［译注：参见本书导读］，而在同一封信中他还提及了《小凯蒂》："这正是彭忒西勒亚的反面，是她的另一极，彭忒西勒亚是因其行动而强大，而小凯蒂则因其彻底的献身而同样强大。"他对柯林②写道："喜爱小凯蒂的人不会完全不理解彭忒西勒亚，她们就如同是代数中的 + 与 – 而属

---

① 译注：后者的情节大致为，女主人公小凯蒂受到爱情召唤，如同着了魔一般，坚决紧跟着本不愿接受她的爱人远行。在克服重重外在阻挠与内心痛苦之后，有情人终成眷属。

② 译注：Heinrich Joseph von Collin, 1771—1811，奥地利作家，曾为《海尔布隆的小凯蒂》在维也纳上演而奔走过。此信日期为 1808 年 12 月 8 日。

于同一整体，具有同一本性，只是分别被构想在了相反的条件之下。"

在克莱斯特的创作中，小凯蒂并非孤例。《施若芬施泰因一家》中的阿格涅斯（Agnes）和中篇小说《圣多明各的婚约》中的托妮（Toni）都与她具有亲缘性，而《安菲特律翁》中的阿尔克墨涅（Alkmene）本质上也与她相近，她们都是他的心灵与渴慕所诞下的孩子，都是具备纯粹而不渝的爱情的女人。而狂野的亚马逊女王也与她们是同类？没错！小凯蒂和彭忒西勒亚二者都是陷入爱河的少女，她们分别通过梦境和母亲的话语而知悉爱情是预先注定的，她们的人生法则即是爱情。小凯蒂无条件地从自身最内在的本性而出发，毫无意识上的冲突、充满信任与痛苦地跟从着这一强制力量，从而走向了幸福。彭忒西勒亚则与爱情的强制力量相斗争，仍然允许自身的亚马逊人意志影响自己，她怀着狂野激情而行动，终而遭受毁灭。事实上，二者具有紧密的亲缘性，是同一本性的两极。想要理解彭忒西勒亚，就必须在她身上看出小凯蒂的影子。

我这里所试图简短介绍的这种理解彭忒西勒亚的方式，是在尝试正确评价彭忒西勒亚与克莱斯特自身灵魂的亲缘性以及她特有的女性个性，并将她理解为克莱斯特笔下的一系列女性形象中的鲜活一环。它与其他各类从外在出发来看待这部戏剧的思路是不相容的。恩斯特·冯·威尔登布鲁赫［译注：Ernst von Wildenbruch，1845—1909，德国作家］在其长篇小说《露克莱齐亚》（*Lucrezia*）中的一大段对话中，将彭忒西勒亚与阿喀琉斯的战斗解读为男人与女人之间的原始斗争，他们具有同样强烈的爱情，为爱而不得不互相战斗，因为没有一方愿意舍弃自己。西格夫里特·克莱布斯［译注：Siegfried Krebs，未详］①大概是受到威尔登布鲁赫之启发，将克莱斯特的作品与浪漫派的观点、谢林［译注：Friedrich Wilhelm Joseph Schelling，德国哲学家］与巴德尔［译注：Franz von Baader，德国哲学家］的理念、两极化哲学（Polarisationsphilosophie）、雌雄同体学说（Androgynenlehre）联系起来，并解读道：阿喀琉斯和彭忒西勒亚的决斗是男人与女人追求完美结合、追求彻底融于彼此之中的尝试，其本质就决定其必然以毁灭告终。她是为爱而死，一如瓦格纳（Richard Wagner）笔下的特里斯坦（Tristan）和伊索尔德（Isolde）。②

这种理解方式很成问题，它不光误解了彭忒西勒亚（至于它是错在哪里，我觉得我前面已经说清楚了），也误解了阿喀琉斯。后者在本剧的结构中，远远达不到特里斯坦在瓦格纳作品中所占的分量，剧名中就已体现了这一点。诗人将其全部喜爱与激情都集中于彭忒西勒亚一身。阿喀琉斯则与她完全不同，不过是个对立与衬托的角色。他固然也是位伟岸的英雄，然而在克莱斯特的感受中，其价值并不及女主角。我愿意相信，他的形象也出于作者自身的感受，是一种克莱斯特所无力达到的男性理想的化身：完全遵从自己的感觉，完全没有冲突，虽激情无限却不失自我意识，即便在显得温柔时也始终是支配者，只为自己、为每一刻而生活，克莱斯特可能很想成为这样的男人，但在其最关键的时刻未能做到。归根结底，这不过是男性的平均样板的强化版，那颗为之而毁灭的灵魂超越了他，且杀死了他。

克莱斯特的戏剧并不叫"阿喀琉斯和彭忒西勒亚"，而只叫

---

① 《1911 普鲁士年鉴》（*Preußische Jahrbücher* 1911），卷144，页234起。
② 译注：中世纪叙事诗中为爱而死的一对男女恋人，后被瓦格纳改编为歌剧。

"彭忒西勒亚"。她是戏剧的承载者。她身上蕴含着诗人的痛苦经历,也蕴含着他的解放。

现在我们开始探讨,这部戏剧在作者的全部创作中、在其内心发展中占据着什么地位?这个问题是判断我们的理解方式正确与否的最终标准。

作者因《罗伯特·吉斯卡尔》而陷入崩溃,这是克莱斯特恐惧而动荡的生命中的最低谷。他无法战胜彻底力竭之感,此时他内心中发生了一次变化。此后他便是另一个人了,因为驱使他创作的因素不同了(我们前面已经提及了这一点),而且他所塑造之物也不同了。

《施若芬施泰因一家》和《罗伯特·吉斯卡尔》是克莱斯特青年时期的作品。前者的主题是"人不可信",它来源于他可怖的怀疑感、他渴求他人信赖的痛苦诉求,这种诉求几乎构成了他给未婚妻的诸多信件的基本主题,体现为恐惧的呐喊和无可奈何的颤抖。这一切对他人之怀疑和这一切惶恐的问题正构成了他的宿命,面对着这一切,克莱斯特紧张状态下的意志释放出了惊人能量。他要用自己的意志来制服他所无法认识的人生。《罗伯特·吉斯卡尔》的主题便是那份与全世界对抗的英雄意志。

而在他经历危机后,新作的戏剧又变得多么不同!愚弄而毁灭着人的,不再是命运的随机力量。人的命运就蕴于其心灵中。有一个主题贯穿了《彭忒西勒亚》和《小凯蒂》,在《安菲特律翁》和《破瓮记》中亦有体现,这便是:内心的人生法则。克莱斯特自己逐渐意识到了自身的人生法则,他仅仅是因为"停不下来"才写作。此时他通过小凯蒂而称赞那份对内在感受的确信感,通过彭忒西勒亚而展现由于不完全顺从内心愿望而产生的悲剧性,通过《安菲特律翁》中的阿尔克墨涅而表达这一感受陷入迷乱时的痛苦。

对于这些人物而言，找寻自身最自我的人生法则便是他们的核心、目标与全世界，然而他们还都如同哥尼斯堡时期的克莱斯特一般，处于孤立状态，似乎只有爱情才能将其从这份孤独中解救，然而爱情也能带来悲剧性的结局。克莱斯特也渴望着爱情，可他从未找寻到，因为爱情从不容许人完全获得它。个人希望维护自我，而与总体处于斗争之中。待到彭忒西勒亚找寻到自己最内心的人生法则，并怀着纯粹的意识而跟从阿喀琉斯赴死之时，她宣布自己脱离女人法律之束缚。

克莱斯特原本代表着最为鲜明的个人主义，却变成了受奴役的祖国的最为激情澎湃的代言人。他找到了集体，为之奉献自我，才是真正得到了自己。对他而言，这是一种新的认识、一份幸福的体会。这样一来，他便面临着19世纪文学所知悉的最重大的冲突，即个人与其生活共同体之间的冲突，前者遵循着自身最本自的本性法则，然而后者会因此而遭受损坏。克莱斯特从未在任何一个悲剧性主题前却步，无论其是多么极端。在黑贝尔[译注：Friedrich Hebbel, 1813—1863，德国著名剧作家]等人看到无止的悲剧性的领域，克莱斯特创作了一部戏剧，塑造了克服这一问题的过程：他的《洪堡亲王》成功地使得他自身的人生与祖国及统治者的法度相互和谐。依靠着一种愿为更高财富而舍弃自身的爱，他战胜了他自己。①

---

① 纳塔丽[译注：Natalie，《洪堡亲王》中的女性人物]的形象与诗人早期的各种女性形象相去甚远。我更愿意称她为女人而非少女，她具备一种独特的爱情力量，这使得她只要确信爱人能发挥自身价值，便可为之克服自己的激情、放弃自己的幸福。这引诱我们去思考其中是否有作者个人经历的基础，在克莱斯特的祖国情怀之后，是否曾有一个女人指引着他发现爱的这种最高形式。这个女人会不会是玛丽·冯·克莱斯特？

无论就其理念内涵及经历内涵，还是就其塑造力而言，《洪堡亲王》应该都是克莱斯特最为成熟之作。从《施若芬施泰因一家》到这部作品之间仿佛有一条垂直向上的线，其他诗人的生命中很少能见到这样持续向上发展的过程。而居丁中心位置的便是《彭忒西勒亚》，它构成了作者创造与感受的最为重要的转折点，浸透了克莱斯特自身的血液，涌动着火焰般生命力，从而使得世界文学中其余亚马逊人形象尽皆相形见绌。

彭忒西勒亚*

弗里柯

与《安菲特律翁》一样,《彭忒西勒亚》的整个关注点都落在了女主角及其内心活动之上。两作中,爱情情节都并非原本的主题,而是一种能作为表现原本问题的场所与工具的具体现实以及此在(Dasein)关系。因此无论是外在还是内在,阿喀琉斯都不具备平等于或高于彭忒西勒亚的地位,他的形象仅仅被塑造到了彭忒西勒亚情节的内在及外在走向所需要的程度。

在《彭忒西勒亚》里,那些在《安菲特律翁》中还在给予人干扰或拯救、引导着命运的众神都隐没不见了。这里并没有任何神迹使得现实之假象超出自然的尺度,也没有神灵之手在最后一刻揭开那欺骗着意识的幻想与迷惑之纱幕。而自我(das Ich)的胜利凯歌比有限之此在的悲剧性毁灭更为强大,它正在这一最后时刻以自我牺牲、自我找寻的方式而打破了尘世死亡

---

* 原始出处: Gerhard Fricke,《海因里希·冯·克莱斯特笔下的感情和命运》(*Gefühl und Schicksal bei Heinrich von Kleist. Studien über den inneren Vorgang im Leben und Schaffen des Dichters*, Berlin, 1929),第六章,页 103–122。与上篇论文一样,本文也见录于 1980 年由 Müller-Seidel 出版的论文集(页 89–112)。译者所直接参考的文本来自后者。作者(1901—1980)自 1931 年起于哥廷根大学执教。虽然其在日后的政治风云中污点颇多,然而这篇经典论文至今仍不失价值。

之大门。

直到戏剧的中部,即在那宏大的、在叙事上几乎中止了无幕剧情节的疯狂洪流、而其每一诗行却都伴随着潜在的张力与威胁的第十五场(发生在彭忒西勒亚和阿喀琉斯之间)中,我们才通过一种类似事后追加的戏剧引子(Exposition)的方式而了解到,女王为何要以这种如此难解、矛盾,而又显然出自内在的不得已之情地的方式而行动,而她这样做的原因在此前对敌、对友,甚至对观众都一直似谜一般:亚马逊王国受一部法律之统治,这部法律虽是非自然的冒渎与非自然的罪孽的产物,却保证了整体的存续。这部法律只能在亚马逊人尚未有个人存在之体验,且她们本质上被规定为客体而非主体、为种群而非自我的条件下才能成为主导者。因为这部法律使得爱情,这种最为绝对主体性地居于她们自身的永恒的心底的此在关系,成为了一种他者的、外在的共同目标的客体。国家通过神圣的法则而获得了一种神话性、神圣的体现方式,它并非是那种符合自然与上帝之意愿、能使其成员在世间完成各自自身使命、结合最高自由与最高约束于一体的共同体;国家在这里是一种极端外在、纯粹客观的法则,一种抽象的、事物性的机构,它只能通过一种方式而存在,即:使其成员在最重要事情上为之牺牲其人类身份与自我身份。因此共同体和国家(它们的神圣化象征是一部事物性的法)若要存在,其唯一可能性便是使个体不得存在,且在决定性意义上只能作为达成目标的工具。而如果个体开始成为它自己,体验到自我,体验到其自身在世间的绝对个人性的使命,那么国家便将陷入危机,这样一来,国家只会以最激烈的抗拒来应对这种在它眼中大逆不道的个体自我解放。自我若萌生自身内在要求的意识,便会被认为是罪恶的自我神化,而遭受国家的排斥或压制,国家的这一反应对于自我而言是灾难性的,因为后者若要保证对自身之忠诚,就必须舍弃对国家之忠诚,反之亦然。以客观法律的形式,国家成为了那在命运攸关时刻被建立、被神圣化的共同体的现实,而个人仅能在这一共同体中生活并为这一共同体而生活,失去了这一共同体,对它而言也就意味着被排斥,且只能过残酷、孤独的生活,对于萌生了个人存在意识的自我而言,这种处境恰是无法忍受的,因此,这一冲突是无出路的、毁灭性的——除非能够在牺牲与痛苦之暗夜中酝酿出这样的伟大认识:自我与共同体这二者本非敌人,本非必然互相斗争的两极,而应该说,那部客观的、事物性的法才是专断的恶魔,是它使得二者都无法实现,且不得不以非自然的方式互相搏杀,而这二者实际上本应注定是鲜活的统一体。

这一暂且以泛泛而谈的方式而重新表述的问题直接指向了《彭忒西勒亚》中的内在活动。它同时也证明了,对克莱斯特而言,这部用他自己的话说称得上是他最纯粹的自我展现的戏剧,① 就其所提出的问题及其情节而言,绝非历史神话题材。因为从他在一种对那自我的、神圣的使命的感知中,而萌生自我意识的一刻起,他自己的生活也开始无止境地在最深处为那种同样的、完全非理论性、完全真实而涉关存在的此在问题所震撼。

克莱斯特并非像某些人所要展现的那样是一种完全脱离于自然、人民、共同体和社会的广泛联系,而只从自身汲取养分的绝

---

① 1807 年晚秋给亨利耶塔·韩德尔 – 许慈(Henriette Hendel-Schütz)的信件(358 号):"的确,我最内在的本质就蕴于其中。[……]我灵魂全部的痛苦和光辉。"笔者认为邅布德纳(Sembdner)的理解"全部的污秽和光辉"从手稿情况上来看并非是确切无疑的,从事实角度来说则是完全不可能的。[译注:这封信的原文存在争议,参见本书导读部分的注释。另外学界一般认为该信的收件人实是玛丽·冯·克莱斯特,因此作者此处的引述有误。]

对孤独的人生的典范。① 过去人们孤立地看待其性格的一面，并诱导性地将其夸张到了过分的程度，这样大概便又制造出了一种进行动人的心理学描摹的可能性，但却并非是在实事求是地看待克莱斯特。因为这掩盖了克莱斯特所处的那种无出路的悲剧冲突的深度。这一深度体现在，他在自身特有的生活感受的基础上统一了二者：其一是与普遍现实（即家庭与人民的共同体）的结合性，这是涉关存在问题的，他的此在正来源其中，他也赖此滋养自己，这种结合性在强度和严肃性上无限地超越了理想主义的古典和浪漫派作家；另外对他而言，自我是负有着对自身身份之自由的使命的，这也和这一符合上帝与自然之意旨的共同体同样神圣。二者在其感情中并不互斥，而是一种终极的、相互需求的、构成了生活之两极的统一体，对它们而言，孤立即是死亡。因此他后来的祖国情怀也并非是一种新的、任意的、抱有狂热冲动的疯癫之形式，而是一种释放了一切力量的欢乐，他终于可以看到，那种曾由感情不断地向他所宣告的统一性，在现实中也能得到确证。

因为现实在此前曾不断地反驳着他。他怀着无法表述的亲切、敬畏与爱意而依恋着他的家庭和亲属，他的人民、国家和国王，他的此在的一项基本条件便是要与他们在一种鲜活而由衷的联系中共同生活——他那份不让他们失望，并要在他们的眼中有一定分量、功绩和用处的无止境"雄心"，也正是由此而来。可

---

① 参见：袞多夫（Gundolf）相关著作的第9页等处。按这种观点，克莱斯特后来是以一种他所特有的矫作而狂热的方式，而陷入了一种本质上表现为负面的方式（即仇恨）的爱国情绪。袞多夫原话写道："他提到了通过训练而克服语言障碍、并成为最有力的演说家的德摩斯梯尼（Demosthenes）——克莱斯特也是这样，将自己从世界公民训练成了极端爱国者。他的爱国主义肌肉并非像是属于一位自然强健的人，而更像角斗者。"（页123）

是他们都与他自我的各项个人诉求处于一种不可消解的对立之中。他们的要求使得他自己的灵魂给他提出的要求无法实现。他绝望而徒劳地不断试图通过一个"职位"而将自己纳入到客观的国家机器中,而这些尝试只是这一紧张关系的一种微弱的、可见的体现。无论是背叛自我,还是不义地脱离人民与共同体,二者对于他都是同样具有毁灭性的;他比任何人都更清楚地感受到具体共同体的神圣性,感受到自我在共同体中存在的使命,他尝试着忠于自己,却不断被驱入更深的孤独与无家可归感,在这种情况下,他的此在便失去了其所根植的大地的承载与滋养力量,面临着枯萎。他隐秘而活跃的神经便在于此,它滋养、激活了作品,成为了连通诗人内心最深处与文学创作蕴意的桥梁。

由此,那个有关(作为更高级共同体的表现方式的)法与个人之间的冲突的古老戏剧题材便从一个全新的感受层面而得到了加工。狂飙突进运动肯定了基于实践经验的个人,将其类比于鲜活的自然而加以理解,而否定了具体的、经验理性的法律机制。理想主义保留了这种对他治的、外物的法律机制的否认,同时却鄙弃基于实践经验之个人的那种个人主义与主观主义的自负,其学说认为个人与现实的具体对立性在本质上是无关紧要的,而超验之理念的纯粹要求才是带来拯救的永恒者。

在克莱斯特这里,问题的设置又回到了人之此在的完全、具体的现实中,但又为那种判定个人此在的意义与无意义、完满与失败的绝对性所无限加深。

在女王彭忒西勒亚身上发生了一次过渡:从本质上由客观决定的统一性,从作为客观法律的国家所作出的非个人的、理所当然的支配,而过渡到了本质上由主观决定、感受到绝对而具体的自我身份之使命的个人。俄特雷雷预言般地提到了阿喀琉斯,彭忒西勒亚的整个心灵怀着预感飞向那唯一的、未知的目标,充满了无止境、无定准的渴慕,这些都是准备性的,发生在与阿喀琉斯的决定性的相见之前,已然违逆了法:"佩琉斯之子,/你曾是我醒时的永恒的思维,/你曾是我眠时的永恒的梦境!"① 这初见的一瞬间,宿命般地决定了彭忒西勒亚的整个存在。在那一刻,亚马逊女王变成了彭忒西勒亚。这一转变并不是发生在思想的抽象领域中,也不是在个人主义的孤立中,而是在具体存在的现实之中。这是与一位成为了她的命运的"你"的纯粹的相遇,在这段经历中,彭忒西勒亚的自我意识苏醒,她获得了感情,并确知了个人之使命。

在初见阿喀琉斯之前,她的灵魂怀着一种无限、渴慕、忧怯而又未曾认识到自己的迫切情绪,准备着面对即将到来的夙愿成真。这一刻正是克莱斯特的自我感受的极其独特之处,表明了他是如何疏远人文主义对个人的理想,后者是将丰富多彩而精密细微的心理精神活动归结到一种内在的、起塑造作用的、活跃的统一体之上。在克莱斯特的那些最幽深的独处的时刻中,心理意识和与外界联系一并被消除,这种状态并非神秘主义的,而是一切消除个人性与个体自我的神秘主义的对立面。克莱斯特的生平中,也有这种只能听到内在的声音、他倾听着自己的精灵的时刻。② 人们极尽勤奋地搜罗查勘相关例证,并对其加以最"无灵魂"的主观判断。

彭忒西勒亚看见阿喀琉斯之时,那由幻想、犹疑和欺骗所组

---

① 引用自《海因里希·克莱斯特作品集》(*Heinrich Kleists Werke*, hrsg. mit G. Minde-Pouet u. R. Steig v. E. Schmidt, Leipzig u. Wien),第12场,卷2,页121 [译注:相当于中文译本的2186 - 2188 行]。

② 引用自第1场,卷2,页23:奥德修斯:"她若有所思地沉吟了一会儿,/朝我军方向面无表情地望来,/仿佛眼前的我们都是石头人。/我敢说,哪怕是平坦的手掌,/都比她当时的脸孔更富神采。/可当目光触及佩琉斯之子时[……]" [译注:相当于中文译本的63 - 68 行]

成的，始终将生命遮掩的纱幕一瞬间撕裂了。时间停滞了，闭锁的天空打开了，人类所能拥有的那份最高幸福涌过她的心头：她确知了自己在世间的本来的、最自我的使命：

> 仿佛夜间
> 漫游者的面前击下一道闪电，
> 又若如光明乐土大门作着响
> 在一个魂灵面前开启又合上。①

这一段给出了内在的戏剧引子、悲剧性的冲突。彭忒西勒亚的整个存在和责任都与亚马逊国家结合着，后者的命运由她把握手中。可是只有在服从亚马逊国家所赖以维系的那部神圣、客观的法律之时，只有在让自己成为国家自我存续法则的一件无个人性的工具之时，她才能做女王。

与作为女王的无个人性的、客观的此在所相对的，是她的自我的那份对爱情的绝对的、个人性的使命。一方面要成为她人民的女王，另一方面要顺从自我的最内在需求，成为拥有爱情的自己，这两项使命是互斥的。她的女友们和她自己一样，完全无法理解这一瞬间所爆发的悲剧冲突，因为她们还完全拘于客观的此在之中，只能将个人在集体之外自己所作出的任何抉择都理解为任性与狂妄（Hybris）。

由于彭忒西勒亚的道德存在与这对以悲剧性方式相互对抗的两极都是不可分割的，冲突也便极为深刻。这并非是那种平庸的个人主义的对立方式，即认为亚马逊国家完全无理，而所谓的自由个人和其"爱的权利"则完全有理。这里所涉的其实并非是享有堪称生命的最美花朵之一的爱情的"一般人权"。这里互相对

---

① 引用自第15场，卷2，页122［译注：相当于中文译本的2213–2216行］。

立的二者，并非是个人爱情的"好感"以及事物性地屈从更高整体的"义务"。对克莱斯特而言，爱是一种涉关存在的关系，它能以绝对的奉献而将人原本之自我，解放为绝对的自我身份，它才既是最高的幸福，也是神圣的要求；在那种从概念上只能以矛盾方式而展现的纯粹主观性的统一体中，它既是迫切需要的直觉性，也是义务。《安菲特律翁》已经证明了这一点。由此，任何将彭忒西勒亚的爱情解释为狂妄或者至少是自大的个人主义的阐释方式，既没有理解爱情感受对克莱斯特意味着什么，也没有理解作品原本的悲剧性立足何处。她爱情的绝对激情表明了她是如何纯粹、无条件地服从她自我的最深刻命运，服从她在世间的确知使命。

而在其道德存在上，她也与她的人民紧密不可分割。她的女王身份包含着一种不可破坏的神圣约束。起初彭忒西勒亚根本想不到，爱情的觉醒就会导致她罪孽地脱离亚马逊国家的统一体。起初她以为，她那俘获心上人爱情的愿望和她的女王身份这二者是完全可以兼得的；假如亚马逊国家的基础不是由那部起源于残酷的远古奴役与解放之往事、至此已成为国家宗教的神圣不可破坏的一部分的法律所构成的话，其实这也本是可以做到的。

前几场主要展现的内容是：她内心这两种同等神圣的需求间的分裂感开始苏醒；她绝望地试图弄清这种使她困惑而乏力的感受：无论她如何行动，都必然负罪；她则徒劳地不断从头努力重建她意识的统一性。

但只要她还认可塔娜伊司的那份构成了最终宗教基石的遗产是人民之意旨，那么她就必然一边努力满足两种绝对的要求，一边却持续失败并同时亏欠这二者。

在已然赢取胜利的情况下，停战显得是最为有利的策略，然而她错过了这一时机,只为再次迎战阿喀琉斯。① 她整个心都投向了阿喀琉斯一人,从而罪孽地违背了法律所作出的非个人性之要求,这要求就其本身而言是目的明确、对于战斗胜利不可或缺的。她徒劳地试图罗列出各种继续战斗的现实理由,以解释自己灵魂的狂乱欲求。可即便是这些仅有初抵战场、急于建功的阿斯特莉亚才肯认同的"战略性"的必然考量,也升腾为激情澎湃的誓言:要么取得征服阿喀琉斯的最高胜利,要么便死去,而法律本来规定亚马逊人不得企图俘获特定的敌手而获取功名,战斗的目标只是掠获那种"在四周的所有森林之中/都已挤满了[……]上千"的一般战俘。② "佩琉斯之子与人民又有何干?/她身为战神之女与一国之君,/岂能在沙场上擅自挑选对手?""她心中所思所想只有那一人。"③ 这里,女祭司长道出了女王的罪孽,她违背圣法、忘却责任、耽于低下的个人激情,而本来唯有她的人民的崇高事业才是她的职责。

然而彭忒西勒亚同时也亏负了她对阿喀琉斯的爱情,因为她尝试以非女性的方式而在战斗中用剑赢取他,这既逆于她内心的感受,也违背自然之意志。在她通过爱情而从客观的此在苏醒至主观的存在、成为了自我的这一刻中,她也成为了女人。本不可战胜的她面对阿喀琉斯时变得虚弱无力了,"高傲的战心感到迷惘",这种虚弱感也正是她那份业已苏醒却又尚未被自身意识所

---

① 引用自第5场,卷2,页49:"莫同我谈胜利,莫谈玫瑰节!/[……]/我要驯服那桀骜的年轻战神。"[译注:相当于中文译本的628-630行]以及第5场,页57:"诸神哪,一定要让我享受到/胜利地将我唯一渴慕的少年/击倒在我脚下尘土中的快乐。"[译注:相当于中文译本的844-846行]另见该处页44-45:"在这里只有一个人配败给我。"[译注:相当于中文译本的787行]

② 引用自第7场,卷2,页65[译注:相当于中文译本的1026-1027行]。

③ 引用自该处第9场,卷2,页73[译注:相当于中文译本的1044-1046和1194行]。

认识到的、纯粹的女性之使命的强大之处。①

彭忒西勒亚再一次试图同时做亚马逊女王和永恒属于阿喀琉斯的彭忒西勒亚,要通过战斗而赢取情郎。通过利剑才能将自己无保留地献给情郎,这一点有着内在的荒谬性,这对爱情、对她自身内心的本性、对她的感情都是一种罪孽,使得她失去了力量;塔娜伊司使得不自觉中背叛了她的法律、因无法理解内心之分裂而虚弱的彭忒西勒亚落入其所爱的敌人手中。她被阿喀琉斯击倒在地,当部属将几欲失声的她从纷乱的战场救出时,她突然说出这番预兆着后来的灾难的话语:"放出所有猛犬向他发起追猎!/点起火炬驱赶大象朝他冲去……"② 爱恨之间的猛然反复很难说是斯特林堡式的〔译注:August Strindberg,瑞典作家〕病态爱情的先声。只有理解了她爱情的不可侵犯性和无条件性,才能理解她这场无节制的爆发。彭忒西勒亚感到,在她刚所罹受的这场不可理解的血腥经历中,她最神圣、最真挚、最自我的存在,她苏醒中的、希望将自己奉献的灵魂遭到了践踏与侮辱——不,远甚于此!侮辱她的人,正是她既怀着初萌的羞涩甜蜜,也怀着服从那部神圣的厄运之法的激情,庄重地将心捧献,以全部感情倾慕的唯一男人。

> 女伴们哪,我要手持这兵器,
> 以最轻柔的方式去将他拥抱,
> (毕竟我只能用兵器拥抱他!)
> 将他没有痛苦地揽入我怀中。

---

① 参见第5场,卷2,页49:"我是个背负众神诅咒的女人,/希腊军团在我面前纷纷败逃,/可我目睹这一位英雄面容时,/为何内心却感到震撼而无力,/觉得我自己被战胜、被征服?"〔译注:相当于中文译本的641–650行〕
② 引用自第9场,卷2,页72〔译注:相当于中文译本的1170–1171行〕。

> 春天的花朵呀，别让他跌疼，
> 接住他［……］

她的种种最真挚、最温柔的感情，她那份连自己恐怕都不曾意识到的灵魂之美都属于着他，而他却将她击倒在地。

> ——这不正如我践踏一把琴，
> 只因怨恨它受晚风吹拂拨动
> 而兀自默默呢喃着我名字吗？①

克莱斯特式的人会在一个瞬间打破一切尺度和约束，成为可怕的毁灭形象，这种几乎是负面激情的瞬间，当阿尔克墨涅（Alkmene）在两个安菲特律翁之间抉择之时发生过，在《米夏埃尔·科尔哈斯》和《赫尔曼战役》中也曾重现，这一瞬间总在人的人格中心、上帝所塑造的作为自我的存在、其最深处感情被侮辱、被贬低、被嘲讽之时而迸发。在克莱斯特这里，自我和感情都是宗教意义上的现实，因此，当人为了捍卫自己和自身感情、为复仇而崛起展开最后之战时，所怀有的并非是一位担忧失去个人性的主观主义者的琐细的脆弱感，而完全是一位为自身宗教意义上的存在而斗争的人的无尽的激昂（Pathos）。施特里希（Fritz Strich）观察到，克莱斯特式的文学创作相比于席勒，包含了更多的激昂，也就是说，有着更多的痛苦（Leid），或者更好地说，是更多的激情（Leidenschaft）。② 不过施氏并未论述其缘由：前者是聚焦于绝对的存在（Existenz），后者则聚焦于绝对的理念（Idee）。

如果克莱斯特式的人感到其绝对的存在受到威胁，便几乎会

---

① 引用自第5场，卷2，页57 和第9场，卷2，页72 ［译注：相当于中文译本的857-862 和1178-1180 行］。

② 《德意志古典与浪漫派》（*Deutsche Klassik und Romantik*, München, ²1924），页363。

陷入一种"疯狂"。彭忒西勒亚就是这般,她遭受折磨与践踏的心奋起了,而她的意识则几乎在暴怒与复仇的激情中泯灭了。她艰难地试图从那场难解的事件中苏醒,并感觉到,适才发生了某些本不该发生的事情、侮辱了她的内心最深处并夺走了她的人之尊严的事情、违逆了她的感情且同时对自然和造物之意志犯下罪孽的事情。

她意识的深深迷乱体现在她将不可止息的愤怒错误地倾泻向阿喀琉斯,后者并无法预料那如此狂热地追踪着他的女人的灵魂中究竟发生了什么。在阿喀琉斯的行为中、在他战胜彭忒西勒亚的过程中,有一种力量得到了展现,这才是悲剧中隐秘而又具决定性的反作用方:这便是塔娜伊司的神圣法律,是这部法使得国家成为对人类所犯下的罪孽。

虽然彭忒西勒亚顺从着她的感情,早就脱离了法律束缚,可她的意识仍对法律保持着不容置疑的顺从:对她而言,那部法律仍是共同体的神圣象征,她牢不可破地属于这个共同体,一如她属于阿喀琉斯那样。这样,她遭受侮辱的灵魂在迷乱中将矛头指向了那个已是手无寸铁、为弱者所战胜、作为爱人而前来的他。此时,她清楚感受到了深刻撕裂感的本来原因:

> 我必须得在战场上通过厮杀
> 取得他的爱,这可是我的错?
> 我向他拔剑时心中想着什么?
> [……]
> 永恒的诸神,我向你们发誓,
> 我只是想将他搂倒在我胸前!①

---

① 引用自第9场,卷2,页72[译注:相当于中文译本的1187-1192行]。

同样在第九场中，她的灵魂"如垂死般虚弱"而几乎动摇，迷乱之情延伸到了她感情的最深处，她将感情当作"一时的愿望"，认为不应为此而"冲上云霄"，并愿意放弃它，这是文中仅有的一处。但是她缺乏力量做到这一点。她内心的统一性已经丧失。她此后既不能作为亚马逊女王，也不能作为她在阿喀琉斯面前所成为的那个彭忒西勒亚而生。被击败、被鄙弃的她无法将两者合一。

女祭司长最为敏锐、最为明白地看清了彭忒西勒亚的内心活动。她只认可客观的法律，认为人只有排斥自我、将自己变作服从法律的纯粹工具，才算是满足了对宗教和国家的义务。在她看来，自我和自我之诉求无非是罪孽，个人性即是任性，会终结法律的统治地位，自我对于自身最高目标的要求是一种狂妄、一种罪孽的无能、一种出自本能冲动的自私，应当被克服。她感知到彭忒西勒亚的思想之罪（Grundsünde），并评价她道："并不是输于所交锋的对手，/而是要败给自己心中的敌人。"①

对于彭忒西勒亚的灵魂而言，无论是放弃爱情还是犯下对人民的不忠，都是毁灭性的。这种内心撕裂使得她意志最深处也遭受了打击，完全无法去行动、去做出决断。②

女祭司长无法理解她处境的不得已性，并震惊于自私任性的恶魔般的力量，再次重复道：

  梅萝耶：

    她没法逃吗？

---

 ① 引用自第9场，卷2，页69［译注：相当于中文译本的1107–1108行］。
 ② 引用自第9场，卷2，页78："如果我要逃走的话……""假如这还可能！假如我还行！""我若能快速——啊我要疯了！"［译注：相当于中文译本的1295、1302和1319行］

女祭司长：
> 没法，阻拦她的
> 并不是外物或命运，而只是
> 她愚蠢的心——①

普萝妥耶是女友心灵的忠诚的揭示者，她在这场对理解全作具有核心意义的场景中指出：这并非是任性，而是一种神圣的、超越一切外在约束和外在命运的强大的不得已性，彭忒西勒亚必须服从于它：

> 这正是她的命运！
> 你定认为铁链是坚不可摧的，
> 可看呀，她或许能将其拧断，
> 反而斩不断你所嘲讽的感情。
> 只有她知道何物主宰她内心，
> 而每颗有情的心灵都是个谜。②

然而即便是她也无法洞窥彭忒西勒亚的充满痛苦与无限孤独的灵魂深处中所发生之事，但是她完全的爱使得她能比女祭司长的冷峻、明察的目光更深地感知到那悲剧性的秘密，使得她感受到，这里所发生的事情并非仅是客观义务和主观愿望之间的斗争而已。

这一决定性的段落以宏大、有力、明晰的方式再现了那幅图景：这幅图景对青年克莱斯特而言是他最内心的感受的神秘象征，是自我的那份不可见的、永恒的、承载并超越了全部可见之

---

① 引用自该处页 77 ［译注：相当于中文译本的 1279 – 1281 行］。
② 引用自该处页 78 ［译注：相当于中文译本的 1281 – 1286 行］。

现实的力量:

> 普萝妥耶:
> 哪怕整个地狱都压到你身上,
> 　　　[……] 不要倒下!
> 要像石拱门般: 它肖然屹立
> 是因为其每个石块都要崩坠!
> 骄傲地昂起你穹顶般的头颅,
> 对众神的闪电高呼声"来吧!"
> 哪怕你从头到脚都已被劈碎,
> 但只要你这年轻的胸膛之中
> 还有一口气能固定石块砂浆,
> 内心中就不要有丝毫的动摇。①

这席话远远地超出了普萝妥耶应有的能力。相比而言,后面的场景才与她的身份更为契合:她凭着那颗以激情而感知着的心,从心理角度解释彭忒西勒亚的行为:"我发现欢与恸对你同样凶险,/二者都同样能使你陷入疯狂。"② 克莱斯特自己以这席话道出了他最本自的感受、他最深处的现实、自我的那份令人煎熬的而又兼具毁灭性与拯救性的辉煌——这便是他人生的神圣法则,是他的痛苦和极度幸福之源泉。

恐怕再也找不到第二个图景能够以这般闻所未闻的象征力而表现出那种最内心的现实,这一现实便是克莱斯特的文学创作之灵魂,给研究指示着道路——这是个人之此在的那种永远

---

① 引用自第9场,卷2,页81 [译注:相当于中文译本的 1347–1356 行,另请参阅译文正文中相关段落的注解]。

② 引用自第14场,卷2,页99 [译注:相当于中文译本的 1665–1666 行]。

无法被直接领会的、绝对具体而又绝对主观的深处与核心,它是不可见的、谜样的、高于一切局限和命运的,与自身是一体,而同又从中又与上帝是一体——这就如同是一种不可见的、全能的力量使得那座从一切可见之法则来看都要倒塌的拱门可以屹立一般。然而人如果不停留在直接的视觉印象上,而是以非克莱斯特式、无诗意、非象征性的方式而援引互相支撑的石头间的建筑物理学法则,那便无法理解这一图景——在对克莱斯特作品的解读中,矛盾与误解比比皆是,这绝非偶然,其最直接原因就在于,他的人生"理念"和他的诗歌创作并非是理念、并非是可直接表述的主题及问题,而在于那存在着的自我的全然非理性的心底。

第十四场和奇妙的第十五场构成了一个中场休息,这一部分虽极为纯净甜美,对于旁观者而言却几乎比此前和此后的风暴都更令人窒息——就如同太阳再一次以加倍的、不真实的照耀而沉静地让山川焕发光彩,它四周却还是聚集起了象征着不可扭转之毁灭的乌云。

第十五场中,她作为女王和圣法守护人的天职和她对爱情的使命感这二者似乎一度以奇妙的方式而融合了,这是普萝妥耶所促成的,她试图拯救她的女友,以使之至少能挺过眼下难关,而却并不知悉其痛苦的本来原因,她创造并人为地维护这份梦境之幸福。表象的纱幕又一次铺展在深渊之上——爱情场景就在这深渊上以醉人之美而绽放,彭忒西勒亚在此让自己的原本性情得以释放。然而温柔、深情的普萝妥耶若要让彭忒西勒亚沉陷于这场表象之中(她在这里所享受到的每一滴幸福,其后都必使她付出一片汪洋的痛苦),就必须要满足以下条件:彭忒西勒亚还未明白自己的处境;她对人民的涉关存在的感情联系仍然与对塔娜伊司圣法的理所当然的服从相挂钩;她还相信她在爱情中苏醒的使命与她人民的宗教这二者是可调和的。①

梦结束了,现实以不可理解的、陡然的方式而袭向彭忒西勒亚,摧毁了她一切的幸福。现在这两极开始了致命的冲突:一边是她的人民,他们舍弃了胜利果实并极力一搏,以求解救女王,却在实际上使她丧失了自身原本的自由性与统一性,使她重新听命于那部致命之法律;另一边是阿喀琉斯,只有通过他、在他之中,她才能永远是彭忒西勒亚,而他离开了她,去凶暴地迎战她的部属。彭忒西勒亚无法在抉择中动摇。她不可分割地属于她的人民,同样也与阿喀琉斯不可分割。如果她为其中之一而舍弃了另一方,那么她内心活动的不得已性和深度便被浅薄化了。这么一来,她无论出于何种客观或主观的理由而做出何种取舍,都不过只是任意而已。而正是因为她对人民的绝对忠诚和她对阿喀琉斯的绝对爱情都有着一个最终的、共同的来源,即她之存在的纯粹感情和她的神圣的天职。正是因为自我之体验并未以个人主义的方式消解她的此在中的命运注定的束缚,反而使得束缚成为神圣与必然,因此她无法跟从阿喀琉斯,但又无时无刻不爱着他、属于他。为此她恳切呼唤道:"去特弥斯库拉。"最后:"即便弗底亚就是极乐的天堂,/那也还、还是去特弥斯库拉……"②

然而在她被解救的那一刻,她心中的另一种感情也以双倍力

---

① 参见第14场,卷2,页95:"朋友,如果我蒙受这般耻辱,/接受不是自己堂堂正正用剑/制服的男人,我便诅咒自己。"〔译注:相当于中文译本的1579–1581行〕以及第15场,卷2,页111:"哦,少年哪,这一律令来自/一切远古圣物的骨灰盒之中,/来自永恒萦绕着神秘芳云的、/无人曾踏足过的时间之极峰。"那部被阿喀琉斯称作是"违反女性天性、悖逆自然"的法律便是开端于此:"最古的始祖母们是如此立规,/对此我们都只有默默地遵从,/一如你们谨依始祖父的遗训。"〔译注:相当于中文译本的1905–1911行〕第十五场中,普萝妥娅发现了阿喀琉斯爱彭忒西勒亚,她由此希望能解决冲突,而她的做法证明了她其实无力理解原本之冲突。

② 引用自第17场,卷2,页127〔译注:相当于中文译本的2288–2289行〕。

量迸发:她感到,摧毁她最神圣的生活、强行夺走她永恒注定要全心归属的阿喀琉斯是罪孽而无意义的。就如同被阿喀琉斯残酷地战胜时那样,在被部属强行从同一个阿喀琉斯的手中所解救时,她也怀着熬人的痛苦感受到,这是犯下了一种罪孽,一种不容置疑的法度遭受了践踏。但她还未能认识到,这无意义的罪孽和她谜样的痛苦的原因是在于,那部圣法是专断的、违逆自然的。她不知所措的分裂感并非说明了她的虚弱,而正证明了她的灵魂的强大、敬畏与虔诚的牵挂感,这颗灵魂无法轻易地摆脱掉自己先前所神圣崇敬过之物,唯有承受无限痛苦才能做到。就如同她先前不公平地控诉阿喀琉斯的可耻胜利一般,她又开始侮辱起了不惜一切将她解救的部属,指责她们违背了战争的道德法则:

> 彭忒西勒亚:
> 　不管按任何骑士准则来评判,
> 　我败于他岂不理应归他所有?
> 　既然并非在与狼虎野兽厮打,
> 　而是与同类光明正大地交锋,
> 　那我要问,在这样的战斗中,
> 　把降者从胜者的枷锁中解开
> 　岂合规矩?——海仙女之子!
> 　[……]
> 阿斯特莉亚:
> 　　　她发怒是因为
> 　我们将她从奴役之耻中解救!①

---

① 引用自第19场,卷2,页128 [译注:相当于中文译本的2301 – 2311 行]。

事实上正是亚马逊人在遵循战争法则而行事，而彭忒西勒亚痛苦的全部原因正是在于，在本应只有自我的神圣法则、个体的绝对自由的地方，却要遵循战争之法则。

这么一来，偏偏在这情愿舍弃阿喀琉斯也不愿打破对她的人民的忠诚的时刻，彭忒西勒亚变得彻底孤立了。她在自己和部属之间掘下了一条鸿沟，后者必然会将她视作变节的、不可理解的、耻辱的人。

女祭司长发现自己最坏的担忧成真了，她震惊于自私任性之力量，将这蜕化了的女王从她的人民的共同体逐出到自大的自我的虚假"自由"中去。① 此时彭忒西勒亚遭受到毁灭打击，认识到她同时失去了阿喀琉斯和她的人民，不管她做什么、不做什么，都只会以一种她所不可理解的必然性而使她更深地陷入罪过与迷惘。她无力继续承受这样的人生，无法挣脱人生备给他的可怖的、陷她于罪的罗网，此时她心中只剩一种渴慕："我想要藏匿到永恒之黑暗中！"②

而阿喀琉斯也对彭忒西勒亚灵魂中的活动几乎一无所知。他完全没有理解她所处的冲突的深度，他从自己条件出发，是完全做不到这一点的，而其他亚马逊人，甚至深爱她的普萝妥耶也是一样。在他眼中，塔娜伊司的法律不过是神话野蛮的残余、一种悖逆自然的荒谬："可她有个怪脾气。"③ 这样一来，他外在似乎是比彭忒西勒亚要正确的，然而就内在之真而言，彭忒西勒亚才是完全正确的。如果塔娜伊司的法律真的不过是出自一种荒谬的怪脾气的话，那么从根本上说，这份无尽痛苦的无尽沉重就是空

---

① 参见女祭司长的整段话。引用自第 19 场，卷 2，页 128 – 129 ［译注：相当于中文译本的 2312 – 2341 行］。
② 引用自该处页 130 ［译注：相当于中文译本的 2351 行］。
③ 引用自第 21 场，卷 2，页 136 ［译注：相当于中文译本的 2460 行］。

洞而无基的了，仅仅需要像喜剧中那样，只消一个形式上意想不到的转折，用寥寥数语便足以消除误会，从而解决问题。

然而事实上塔娜伊司的法律是神圣的，承载并象征着一段数百年的往事，这段往事属于那个众神与人类间距离尚近、而人类比今日更伟大且更具神性的可敬的远古时代，来源于可怖的罪与孽和可怖的英雄壮举，且明显受到了众神的庇护。

彭忒西勒亚为了她的人民而离开了阿喀琉斯，而同时又为了阿喀琉斯而失去了她的人民，正在这极度绝望与孤独的时刻，传来了阿喀琉斯的战斗邀请。

这确实同克莱斯特就其寄给歌德的片段所写的那样："如同这里所见的那样，人们大概必须承认前提条件是有可能的，而在后来从中推出结论的时候，不要感到害怕。"①

但是即便是深入考虑了那些前提条件之后，人们还是难以理解，在面对阿喀琉斯的战斗邀请时，彭忒西勒亚心中经历了怎样的悲剧性过程。这一过程有着内在的、非心理的、更深层的、具有更难以回避之理由的不得已性。

战斗邀请即将到来的那一刻是内在情节中最为关键的一瞬：彭忒西勒亚蓦地感到自己被排斥到极度孤独中。她心中萌生出一种猜想：她不断地触犯了塔娜伊司最为神圣的法律，且必须触犯它。同时她又无可辩驳地感受到了迫使她违背外在法则的那种内在法则的神圣性，这样她内心产生了可怖的、使得她无可挽回地与她的人民相脱离的疑虑：那部法律究竟属于上帝还是恶魔？

而当她收到阿喀琉斯的决斗要求时，最后的桥梁也崩塌了，整

---

① 引用自作者 1808 年 1 月 24 日的信。［译注：这封信的上下文中，作者表示他清楚地知道，如果将《彭忒西勒亚》全篇刊印，极有可能会遭受公众广泛而严厉的负面评价。这里所说的 "前提条件" 指的应是其寄送给歌德的片段中的戏剧内容，而 "结论" 指的则是他所未敢公开的结局部分中的血腥情节。］

个世界完全昏暗了。她曾信赖阿喀琉斯、相信这一永恒的"你"就是她神圣的使命,然而这份能承载现实的最后感情也孤岛般地沉沦了。因为虽然她的世俗此在已是无可挽救,但她的爱情中还是有一种绝对的确信感,相信自己是出于一种神圣的、自身的必然性而行事。这一意识就如同笼罩凡世的可怖暗夜中的最后一颗彼世星辰,这一意识使得对她人民的罪过成为了必然,使得冲突变得既神圣亦致命。现在这颗星沉沦了。不,比沉沦更可怕,它变身成了地狱的恶魔。她所留下的最后、唯一之物便是那份感情:她认为自己在爱情中可以继续存在,自己是服从着这份属于自己的命运,自己的过错是出于虔诚和不得已,而并非罪孽。然而这一恶魔竟在她眼前嘲弄而鄙弃地证明了这是假的。她的内在存在的最后基础便化作了幻象与欺骗。

此时可以看出,她那意识不到的灵魂深处已远远脱离了塔娜伊司的王国。她现在知道了,自己为何不能战胜阿喀琉斯,那种让本来不可制服的她在他面前感到无力的虚弱感是来自何处:这是由于她爱情之强大,可她同时又不得不通过非个人、非女性的方式在战斗中用剑赢取爱人,从而违逆自然地对这份爱情犯下罪孽。她曾两次经历绝望、痛苦的愤怒之渊:一次是在战斗中被阿喀琉斯击倒时,另一次是从梦中醒来后,她得知自己被强行"解救"而与阿喀琉斯分离时。现在她怀着最后的希望而以"虚弱的喜悦"[1]迎接阿喀琉斯的来讯,然而来讯是呼唤她重赴战斗。

这样,她所剩的最后、唯一的依靠也崩溃了。阿喀琉斯本是出于爱情而试图满足她爱情所需的那项奇异条件,即那个"怪脾气"。可他是对她的灵魂的理解程度低至了极点,才会提出这份战斗要求。

---

[1] 引用自第20场,卷2,页130[译注:在中文译本的2353行之前]。

灾难产生的直接原因,并不是在于阿喀琉斯的战斗要求来得既太迟也太早:太迟是因为彭忒西勒亚已经意识到自己为何不能通过战斗而获取爱情;太早是因为,塔娜伊司的法律并不神圣,而是专断的,这一关键的认识,此时在她心中还仅是朦胧预感。阿喀琉斯的错误几乎是必然的,那部法律,姑不论其善恶,它对彭忒西勒亚来说是绝对严肃的,它也是女主人公原本的可怖敌手,是一切悲剧纠葛之源,而阿喀琉斯只将其当作一件奇谈而未予认真看待。阿喀琉斯是激情而真实的人,但也随性、轻浮、简单得好似个自然之孩童(Naturkind)。他全然没有预料到影响着彭忒西勒亚的灵魂的是何种神秘力量,没有预料到他出于爱情与信任而做出的表示,对她而言必然是恶毒的鄙夷。这一点提醒我们,不要为了迎合某种话题,就将阿喀琉斯解释为第三神性阶段的象征、解释为歌德或者吉斯卡尔。[①]

这份战斗要求就其效果而言,嘲讽了彭忒西勒亚的感情。她曾将这份爱当作灵魂的神圣要求而遵从,为它之故而毁灭自己的世俗此在,缠陷于不可避免的罪过中,而现在这战斗要求却证明了她的爱是任性、虚假、可鄙的。它比世界上的任何其他事物都更有力地证明了女祭司长是正确的,并将彭忒西勒亚推回到塔娜伊司的法律之下。只有这部法律是经得起考验的,它得意洋洋地嘲弄着"愚蠢的心"的罪孽狂妄。正如现已昭彰的那样,这颗心破坏法律可并非是出于不得已性,而只是在听从自己无价值、任性的欲求。

正当彭忒西勒亚完全被毁灭并陷入绝望时,她的意识陷入迷乱,无法再承受痛苦进一步加重。

---

① 译注:关于"第三阶段"的问题,读者可参见学界就克莱斯特的另一部作品《论木偶戏》的相关讨论。

现在她心中只有一种东西还在煎熬、灼烧、吞没一切他物：这便是她那颗在最深处被击中、被侮辱的灵魂的无限愤怒。现在她心中那被嘲讽的、比一切都神圣的爱情，奋起而化成为一个可怖的回答，并将陷于分裂的她重新并合为一个不可抵御的整体，使之成为一份能让众神喜悦的祭品。这个整体几乎是负面的，只为那被侮辱情感的复仇而生。在这复仇感之中，她爱情之绝对性的极度可怖一面被表现出来，这一面并不亚于先前的可爱一面。虽然这超越一切尺度的痛苦夺走了她的意识，以致她心中只有被侮辱的感情还醒着，但她本质上还是原先的同一个彭忒西勒亚，"好比是月神庙宇边/树林之中的夜莺一般地娴雅"。①

她去了，似乎是再一次遵从起了塔娜伊司的法律，然而在这一过程中她是在不断脱离它、超越它，并只听从着自己的感情。所以从字面上说，她可怖的行为的确"只是个失误"（不过这与心理学上有关爱情与谋杀间的联系的深奥发现无关），因为在那条带来厄运的消息传来之际，她的整个此在相比起以往的任何时候都更为彻底地立足于爱情上，她比任何时候都更加爱阿喀琉斯，而她的绝对的感情，牺牲了无限之痛苦从而脱离了法之桎梏，崛起成为伟大的被侮辱者形象，也正在此时占据了比任何时候都更加纯粹的统治地位。

阿尔克墨涅在戏剧结尾因误将其认作无耻的欺骗者而对安菲特律翁发泄了激情，从而间接地向他展现了她受作践的感情的一切无穷力量，同样地，彭忒西勒亚奋起而为她受辱的爱情复仇时，那种忘却了自身与一切外物的威力，便也仿佛是个镜像，是她绝对的感情的反面写照。因此那场可怖暴行的确只是一份既在为她辩护、也将她毁灭，既满足了法律、也消解了法律的证据，

---

① 引用自第23场，卷2，页147［译注：相当于中文译本的2683 – 2684行］。

证明她的爱情来源于一种超越了生死与世界一切事物的神圣必然性。

世界的脆弱性必然地使人迷乱，鉴于这一令人震惊的认识，罪过究竟在于谁的问题便无从提出了；呼吸着永恒性与绝对性的灵魂，缠陷于这个世界中，即便它始终忠于自己，也受到其压迫，就同同《施若芬施泰因一家》中的悲剧性的结局一样——"由于失误"，是的，由于爱，而摧毁了所挚爱者！

这是一场无法符合任何理想主义或古典主义美学的骇人事件，只有能够感受其全部的可怖之处，且同时能把握那种以一种必然性而孕育了这种可怖之处的更伟大、更高大之处的人，才能将其刻画得如此崇高。在事件发生之后，她尚未意识到自己到底做了什么，她身上又发生了什么，她在这场毁灭中也毁灭了自己，承受了思想所无法领会之痛苦，做出了比所有人的财富加起来都多的牺牲，经历了多次死亡却还被迫生存。当她返归时，她的部下们面对着这份纯粹、无名之痛苦的崇高感，其惧怕、惊恐与厌憎全都化作敬畏与同情："哦，我的心要跪在你面前了，／你可真让我感动！"①

不管是哪一位心怀怜悯之神祇再次仁慈地让她的意识陷入迷乱，还是她的神智如同从遥远暗夜返归那般而误以为自己站在了天堂大门前，她都必须将那条为她所注定的痛苦之路走到底，然而这场最终的、最痛苦的苏醒同时也是她获得最终的自由与超越的突破之途。

因为在这几乎无言的、伟大的哑剧般的场景中，她沉沦到痛苦与迷乱的最黑暗的谷底，认识到，一切痛苦和罪过都必然来自

---

① 引用自第24场，卷2，页154［译注：相当于中文译本的2800 – 2801行］，系普萝妥耶所说。

于一个唯一的、隐形的、全能地统治着的恶魔,这个恶魔并非来源于上帝或自然,而是专断与罪孽的产物,它披着必然性的外衣,奴役、侮辱着那种世间所唯一存在的真正、神圣的必然性——永恒之感情的绝对主观性的要求。现在她意识到,她的灵魂注定要克服怎样的命运,她要赢取怎样的永恒胜利,并如同是站在尘俗之外那般,由于无限痛苦和无限牺牲而获得了说出这番话语的神圣权力:"将塔娜伊司的骨灰撒到空中!""我宣布脱离女人法规之束缚,/并要追随着这一位少年而去。"① 然而正是通过此举,她为她的人民赢得了最高胜利,超过了先前所有的女王,亲身化作了自由之王冠。如此一来,王国之宝弓与她的爱情,她对人民的忠诚和对阿喀琉斯的忠诚,这几点在这条无比苦痛之路的尽头还是汇聚成一个整体。它们不过是大地上所存在的最终与最高之物的现象与证验,这件最终、最高之物便是:忠于自己。

她凭着与自身的最高统一性,再度不可抵御、充满无尽力量地奋起,意识到自己已完成使命,与命运达成了一致,并确信现在只剩一件事是她可做且应做的:死亡。因为她已"只待死亡收割",准备好跟随阿喀琉斯而去,死亡对于她不再可怕,而只是永恒感情的胜利,这份感情在不得已之罪过中亦证明了永恒之自由,在牺牲生命之时证明了为人民而罹受并争取得的自由,也证明了那份业已得到纯粹认知的爱。

女祭司长虔诚地哀叹:"啊,众神!人是多么地脆弱!"而普萝妥耶则鲜明地反驳,并道出了最内在的真理:"她是因过于骄傲强健才陨落!"② 她是因她灵魂的那份世所未闻之强大才陨落,这颗灵魂以无限纯粹和绝对严肃而活过了她有限的命运。

---

① 引用自第24场,卷2,页166 [译注:相当于中文译本的3009和3012 – 3013行]。

② 引用自第24场,卷2,页168 [译注:相当于中文译本的3037和3040行]。

由此，克莱斯特的第二部悲剧并非是以绝望而告终（如同《施若芬施泰因一家》那样），但也并非是以明确、可表述的和解而告终。彭忒西勒亚既毁灭也捍卫了塔娜伊司的圣法，从而将其履行到了极致，并揭露了其非人性质，为自己和她的人民战胜了这部法律。她虽然因这份不可解除、自身无法看透的命运而几乎陷于盲目，但无论是作为"美惠女神"还是作为"复仇女神"，都始终坚定不移地忠于自己的内心和感情；在她由于不可摆脱的可怖"失误"而重获认识能力之后，再也没有什么可以阻拦她为自己备下最自我和最自由的死亡，跟随爱人与之结合。在这场死亡中，闪耀着那第三阶段，即天堂阶段的微光；而人则处于这个脆弱的、只被诸神从遥远天空俯瞰的世界上，由于意识和现实的错乱而陷于迷惘与盲目，还处在走向这个阶段的路上（参见论文《论木偶戏》的结尾）。

我是谁?[*]

——克莱斯特戏剧《彭忒西勒亚》的身份问题

任卫东

"奇异的女人哪,你究竟是谁?"

作家与其作品的关系,常常是互为标签:有时候,某部代表性或者著名作品成了作家的名片,比如《少年维特的烦恼》之于歌德。而那些以文学史上颇受不同时代作家们喜爱的、不断被使用的题材而创作的作品,则往往因作家独具匠心的艺术加工,被盖上该作家的私人印章,这时,作家就成了作品的定语。还以歌德为例:歌德的《普罗米修斯》、歌德的《伊菲革涅亚》;还有克莱斯特的《彭忒西勒亚》。

亚马逊国及其女王彭忒西勒亚的故事起源于古希腊神话,从古希腊、古罗马,再到近现代,不同时期、不同国家的作家,不

---

[*] 原始出处:任卫东,《我是谁?——克莱斯特戏剧〈彭提西莉亚〉的身份问题》,刊于《德语文学与文学批评·第九卷》[C],人民文学出版社,2016,页176-185。作者现为北京外国语大学教授、博导,系国内目前克莱斯特研究主力学者之一。本书使用此文已获得作者授权,并经其同意而调整了部分人名及引文的译法,以与本书正文保持一致。

断以不同的文学形式对这一素材进行文学再加工创作。直到1808年，德国作家海因里希·冯·克莱斯特的诗体戏剧《彭忒西勒亚》出现，彭忒西勒亚以一个惊世骇俗的形象，不仅使以歌德为代表的文坛主流大惊失色，[①] 而且令其他相同素材的作品顿时黯然失色，从此天下只有一个"彭忒西勒亚"，那就是克莱斯特的。颇有"倚天一出，谁与争锋"之势。

克莱斯特的彭忒西勒亚，从一个视男人为仇敌的女人国国王，到一见钟情地爱上希腊英雄阿喀琉斯，到最后以疯狂的方式杀死阿喀琉斯并自戕，其内心经历了从质疑自己的身份、找到另一个身份、在两个身份之间撕裂的痛苦历程。

被建构的身份

德语词 Identität（身份）来自拉丁语 *idem*，直译为"同一"。[②] 本意为一个存在的全部，是把一个客体与其他事物区分开来的所有特征。作为一个哲学概念，"身份"一词可以有不同的理解方式，它既是个体对自我形象的理解，也是习惯对人的塑造，也是社会角色和规定，还是述行和建构的结果。所以，身份不仅是指个体及其能力，它还涉及社会和文化生活状况。[③] 简单

[①] 《彭提西莉亚》出版后引起的震动以及歌德和其他同时期作家、评论家的反应，参见 Walter Müller-Seidel,《德意志古典语境中的〈彭忒西勒亚〉》（"Penthesilea im Kontext der deutschen Klassik"），见 Walter Hinderer (hrsg.), *Kleists Dramen – Neue Interpretationen*, Stuttgart, 1981, 页144。

[②] Gernot Böhme,《身份》（"Identität"），见 *Vom Menschen*, hrsg. von Christoph Wulf, Weihheim und Basel, 1997, 页686。

[③] 参见 Jörg Zirfas,《现代的身份》（"Identität in der Moderne"），见 *Schlüsselwerke der Identitätsforschung*, hrsg. v. Benjamin Jörissen u. Jörg Zirfas, Wiesbaden, 2010, 页8–17。

说,与身份概念最直接相关的两个问题是:我是谁?你是谁?也就是说:自己理解的"我"和别人眼中的"我"。

《彭忒西勒亚》中,阿喀琉斯与彭忒西勒亚交谈中问的第一个问题就是:"奇异的女人哪,你究竟是谁?"(1774)"莫测的女人哪,你究竟是谁?"①(1811)而彭忒西勒亚的回答:"我是统治亚马逊民族的女王,/我的部族自称阿瑞斯之苗裔,/俄特雷雷乃是我伟大的母亲,/我的民众称我为彭忒西勒亚。"(1824 - 1827)充分显示,彭忒西勒亚在用别人的眼中的"我"来定义自己,她此时理解的"我",是外界赋予她的角色和规定。

《彭忒西勒亚》中的亚马逊国作为一个单一性别的女人国,有着惨痛的历史:她们曾遭受外族入侵,本族的男人全部被杀。女人们不甘忍受屈辱,奋起杀死入侵者,建立女人国。她们从原本依附于男人的弱女子,变成了必须征服男人的女汉子。这种身份转变,即否认原本的身份,建构并认同新的身份,是依靠一系列法律和仪式对社会成员的身体和心理进行规训而得以实现的。

仪式作为"具有象征意义的、被编码的身体过程",能够制造、解释、维持和改变社会现实。仪式由某些人群或团体演示,在仪式进行过程中,身体动作制造出的情绪,也会促成对仪式行为的改变。因而仪式具有社会建构潜能。通过仪式行为,社会规范被书写进参与者的身体,进而确立权利关系。整个仪式过程在所有参与者的意识之外进行,所以对参与者具有更加强大和持久的影响力。② 具有象征意义的仪式,在亚马逊国建立过程中,在

---

① Heinrich von Kleist,《彭忒西勒亚》,见 *Sämtliche Werke und Briefe*,München,2011,卷 1。本文中出自该文本的引文在括号中标注诗行编号。

② 参见 Christoph Wulf,《仪式》("Ritual"),见 *Vom Menschen*,前揭,页1029 - 1030。

维持国家法规时，对于国家中每一个人的身份建构起着非常重要的作用。

亚马逊国的建国仪式，就是一场改变在场的每一个成员性别和身份的仪式。亚马逊女人们用在弗洛伊德精神分析学上象征着男性生殖器的匕首，杀死了所有入侵的男人，她们已经掌握了男人的武器并战胜了男人。"立下了此等英雄功业的女人／都已如旷野上的风一般自由，／再也不会臣服于男性的统治。"（1954－1956），她们建立了一个女人"自主的国家"，不再需要男人颐指气使地发号施令，而是"自己订立法规，／听从自己的意志，捍卫自己"（1960－1961），领导女人们起义的塔娜伊司被推举为亚马逊国的第一任女王。加冕仪式上，作为掌管国家最高权力的象征，她"即将从盛装的女祭司长手中／接过先前的历任斯基泰国王／所曾持有的硕大的金色宝弓"（1972－1974）。这张金色的弓箭，为历任国王所持有，它显然是国王权威和统治权力的象征。而先前的国王之所以选用一张硕大的弓箭作为权力象征，是因为弓箭作为武器，同时代表着身体的力量。男性国王们试图通过拉弓引箭，显示自己的身体孔武有力，对外宣示国家的强悍和战斗力。女王接过弓箭，在象征意义上意味着她继承了权威、接过了统治国家的权力，但是，女性身体的天然弱势，使人怀疑她是否有能力执掌这张弓，是否有能力统治这个国家，这个新兴的国家是否有能力抵御外敌。怀疑的声音响起："如此之国只会招男人讥笑，／它用不了多久就必将覆亡在／骁勇的邻邦的初次进犯之下，／因为弱女子受丰满乳房之累，／永远不可能如同男人们那样／轻易地将弓与箭的威力施展。"（1977－1982）怀疑的声音在亚马逊成员中引起了"怯懦的骚动"（1985），影响了建国仪式的顺利进行。于是，塔娜伊司"便毅然断下了自己的右乳"（1986），完成了加冕仪式。

乳房作为女性的第二性征，除了其生物学功能——哺乳之外，它就只能在两性关系中起到吸引男性的作用，它同时也是女性身体的弱点。割去乳房的行为，首先象征着否定女性身体的性别特征，并且消除了女性身体的弱点，从身体上变得像男人一样。同时，作为女人国的成员，不再需要展示性别的魅力，乳房也丧失了性吸引的功能。塔娜伊司通过割去乳房——这一体现女性身体特征的器官，与自己原来的性别告别，建构了一个新的性别——"像男人一样"。因此，"献祭右乳，可以看作是性别转变的仪式性演示"。[1] 在完成自己性别转换的同时，她"将这些要张弓射箭的女人/取名叫亚马逊人，意即无乳"（1987–1988）。她通过述行，象征性地完成了亚马逊人的性别和身份的重新定义——没有了右乳的她们变得像男人一样强悍。同时，保留下来的左乳又使她们没有丧失在繁衍后代时的哺乳功能。于是，亚马逊的女人们彻底被物化和工具化了，成了保家卫国的女战士和繁衍后代的工具。

建国仪式上割除右乳的仪式，不仅在象征意义上完成了亚马逊人的性别转换和身份建构，而且它是名副其实的、真正意义上的对身体的书写和编码。因为仪式不仅是象征行为，而且也是身体行为。仪式参与者的身体在场性，是仪式不可或缺的前提。[2] 由于身体的直接参与，仪式的象征意义才能在仪式进行过程中被强行植入参与者的身体，对他们产生无法逃避的影响。《彭忒西

---

[1] Gabriele Brandstetter,《彭忒西勒亚"可怖谜题的答案"：悲剧的超越》（"Penthesilea. ›Das Wort des Greuelrätsels‹. Die Überschreitung der Tragödie"），见 *Interpretationen: Kleists Dramen*, hrsg. von Walter Hinderer, Stuttgart, 1997, 页98。

[2] 参见 Hans-Georg Soeffner,《关于关键词"集体符号"和"仪式"》（"Zu den Stichwörtern ‚Kollektivsymbol' und ‚Ritual'"），见 *Raum und Ritual: Kirchbau und Gottesdienst in theologischer und ästhetischer Sicht*, hrsg. von Rainer Bürgel, Göttingen, 1995, 页179。

勒亚》中割去右乳的仪式，身体的疼痛和血淋淋的视觉冲击，使每一个参与者直观地感受到仪式的象征意义。同时，留在身体上的伤疤，不断提醒她们，让她们回忆起并永远记住那个场景的意义。对亚马逊国成员的身份重构，通过作用于身体的行为，在每一个成员身体上打上磨不去的烙印，新的性别、身份、秩序、法则、意识形态被铭刻在她们身体上和心理上，强迫她们接受。人的身体的物质性决定了人的存在的物质性，他的身体的在场性和可被伤害性，决定了仪式行为比纯粹语言说教更能把人带入社会情境，能对人产生更强烈的作用。①

为了使每个亚马逊人认同自己的新性别、新身份，亚马逊国还制定了一系列的法规。

为了繁衍，亚马逊国定期通过神谕去打仗，把从战场上俘获的男人带回，举行盛大的玫瑰节，女人们确认怀孕后，男人们被释放，生下男孩儿杀死，女孩儿养大成为骁勇善战的女战士。在这过程中的各种法律规定，限制着每个个体的情感和意愿。首先，亚马逊人必须遵照神的旨意去跟某个部落交战，其次，她们不许"自行选择对手，/只能够接受那个由神意决定/而与她在沙场上交锋的男人"（2145 - 2147）。亚马逊女子必须接受神指定给她的那个男人，一方面是要求她们绝对顺从，另一方面，禁止亚马逊女子在战场上选择男子交战，是为了避免感情的萌发。因为，如果有自主选择的可能，不论根据什么标准，必然会掺杂主观好恶，而好感会成为将来情感产生和发展的温床，因为亚马逊女子选择的不仅是交战的对手，更是以后性交往的对象和未来孩子的父亲。

---

① 参见 Christoph Wulf,《仪式中社会性的制造》（"Die Erzeugung des Sozialen in Ritualen"），见 *Die neue Kraft der Rituale*, hrsg. von Axel Michaels, Heidelberg, 2008, 页 179。

另外，法律规定，亚马逊女人必须战胜自己的对手，才能把对方作为性交往的对象：她们必须"仿佛火红的旋风一样／迅猛地飙进男人的丛林里去，／并将败倒者中最成熟的那些／如从树冠上摇撼下的种子般／一并刮回到我们家乡的田野"（2069 - 2073）。这样的规定，一方面强化了亚马逊人对自己性别的认同：像男人一样，甚至比男人更强悍。另一方面，男人和性都被功能化了：男人只是种子的载体。同时，在亚马逊女人的潜意识里，性与敌对、暴力、征服捆绑在一起，温柔和爱情都被排斥在外了。原本依靠恬静和"美丽容颜"就能使男性"拜倒在尘埃中"的女子，变成了"全副武装"的"复仇女神"，寻找爱侣的甜蜜过程，变成了战场上的暴力厮杀。所以彭忒西勒亚对阿喀琉斯说：

> 我无缘于
> 那种本属女性的温柔的技能！
> 无权如你的国度的女孩一般，
> 来到那些青春昂扬的少年们
> 欢乐地集会和竞技的赛场上，
> 为自己物色一位理想的爱人；
> 无权以花束装饰和羞涩目光
> 将心仪的他吸引到我身边来；
> 无权在夜莺啼透的石榴林中，
> 于朝霞炽红时依偎在他胸膛，
> 对他表白说，我要的就是他。
> 只能在血腥的杀伐场上找寻
> 自己心中如意的那位少年郎，
> 先要以铁般的臂膀将他攫捕，

然后才能将他揽入柔软怀中。(1887 – 1901)

亚马逊国对原本最私密的两性关系都做了规定、进行监督,防止男女之间产生爱情,把两性关系完全功能化、目的化,使亚马逊女子不是作为个体人存在,而是作为社会的一分子。有着这样的法律的国家,不是一个自然的、符合人性的、能满足成员个体要求和特性的共同体。它与个体之间不是相辅相成的和谐,而是处在对立和排斥的状态。它的存在,是以每个成员为了集体而牺牲自己的个体性和人性为前提的。这个共同体只能依靠把个体变成实现共同体目的手段而存在。一旦个体想要成为自己、实现自我,这个国家的存在就会受到威胁。① 阿喀琉斯对这个国家法律的评价是:"它违反女性天性、/悖逆自然,简直是世所未闻。"(1903 – 1904)

在这样一个共同体中生长的彭忒西勒亚,在她生命的二十三年中,接受了各种法律的规训,经历了各种不断重复的仪式,也被迫接受身体被书写、身份被建构的过程:她的右乳也被割掉;她已经借助听觉从远处间接经历了二十三次玫瑰节;她沉浸在母亲去世的悲哀中不愿就任国王之职,却迫于形势,不得不承担起女王的职责:

> ——在逝者墓边我久久哭泣,
> 度过了悲痛哀毁的整整一月,
> 那王冠失去了主人搁在一旁,
> 我也不曾去碰它。直到最后,
> 已整装待战的臣民焦急难耐,

---

① 参见 Gerhard Fricke,《彭忒西勒亚》("Penthesilea"),见 *Heinrich von Kleist: Aufsätze und Essays*, hrsg. von Walter Müller-Seidel, Darmstadt, 1980, 页 90。

>   包围了我的王宫,再三呼请,
>   才强行将我拉上了女王宝座。(2151 – 2157)

她被民众戴上王冠、推上王位,成为代表国家法律和秩序的女王。彭忒西勒亚被迫接受了如复仇女神般彪悍的、要去征服希腊人的女王的职责和身份。

另一个身份的苏醒

彭忒西勒亚的悲剧,并不在于她被建构的性别和身份,而在于她还有另外一个身份,另外一种属性,并且她意识到了自己的另一个身份。她不再像克莱斯特笔下的木偶一样,只有一个重心,她灵魂的重心,没有落在动作的重心上。① 在两个重心的作用下,彭忒西勒亚失去了平衡,不知所措,不知道应该选择哪个身份,最后发现自己的处境是个无解的死局。

其实,不仅是彭忒西勒亚,每个亚马逊女人的身体里都藏着另一种属性,否则,她们就不会在释放男人回家时"涕泗横流",并且"内心充盈着悲戚哀恸",不理解制定了这种法律的塔娜伊司女王为何会被赞美。亚马逊人的抱怨,来自于她们作为女性对情感的需求、对爱的渴望。她们的这种女人的自然属性并没有随着被割去的右乳而被剔除,"这种种感情都迁移到了左侧,/这样它们距离心也就更近了"(2006 – 2007)。只不过,亚马逊人作为女人的身份,被她们作为女战士的身份所压抑,彭忒西勒亚曾反抗过强加给她的女王身份:她痛苦地守在垂死

---

① 参见 Heinrich von Kleist,《论木偶戏》("Über das Marionettentheater"),见:*Sämtliche Werke und Briefe*, München, 2011, 页 425 – 433。

的母亲身旁，不想听从神的召唤；她在母亲的墓前悲哀不已，拒绝带上王冠。她最后被臣民们逼迫着接过"铿锵作声的亚马逊王国宝弓"（2160）时，"满怀着哀恸与抵触的情绪"（2158）。她内心的抵触来源于两个身份之间的冲突：一边是承担着统帅国家职责、代表着国家法律的、作为亚马逊女王的她，另一边是有着丰富情感、热爱母亲的、作为女儿和女人的她。然而，她的反抗一直是下意识的，她的另一个身份一直沉睡着，虽然她的母亲在临死前"以母女间讲话用的/私密的语气"（2142-2143）暗示过她："你将给佩琉斯之子戴上花环，/和我一样做骄傲快乐的母亲。"（2138-2139）垂死的俄特雷雷，不是作为女王，而是作为母亲，违背了法律规定，对作为女儿的彭忒西勒亚说出了阿喀琉斯的名字。彭忒西勒亚前往特洛伊"与其说是伟大战神呼唤我去，/不如说是为慰藉母亲的亡魄"（2168-2169），是为了满足母亲的遗言。她还没有意识到，母亲的愿望与战神父亲的要求已经相悖；她还不知道，母亲的指引，更符合她另一个身份诉求。

彭忒西勒亚作为女性身份的苏醒，是在她见到阿喀琉斯的那一刻：那一瞥"仿佛夜间/漫游者的面前击下一道闪电，/又若如光明乐土大门作着响/在一个魂灵面前开启又合上"（2213-2216）。彭忒西勒亚与阿喀琉斯的第一次相见，"宿命般地决定了彭忒西勒亚的整个存在。在那一刻，亚马逊女王变成了彭忒西勒亚"。[①] 在别人看来她莫名其妙的脸红、突然之间的心不在焉，都是那个陷入爱情的彭忒西勒亚的反应。她立刻明白了，"我胸中澎湃的感情自何而来，/是爱情之神突然占据了我心"（2218-2219）。站在阿喀琉斯面前的，不再是那个战神之女、战无不胜的女王，而是被爱神之

[①] Gerhard Fricke,《彭忒西勒亚》，前揭，页93-94。

箭射中、被爱人夺了心魄的女子。下令所有亚马逊人不许伤害阿喀琉斯、以满怀爱意的女性身份与阿喀琉斯交战的彭忒西勒亚，是不可能战胜后者的。

两种身份的相斥性

彭忒西勒亚已经意识到自己的两个身份。当她面对阿喀琉斯的问题"你是谁"时，她先回答："我是统治亚马逊民族的女王"（1824），接着又说出自己的名字。此时的彭忒西勒亚还没有认识到，她的这两个身份是相互排斥的，她以为，在要么"赢取"阿喀琉斯，"要么便死去"之间，她"获得了更甜美的结局"（2222），她以为自己能同时是亚马逊女王和爱着阿喀琉斯的彭忒西勒亚。然而，当阿喀琉斯看到这是个无解的难题，问她是否也会在玫瑰节之后将自己放归时，彭忒西勒亚无助地回答："亲爱的，我不知道，别问我——"（2091）她没有办法，只是想逃避，包括她被阿喀琉斯击中落马并昏迷，醒来后把经历当作噩梦，未尝不是一种下意识的逃避，逃避无法接受的现实和没有出路的两难。甚至在她知道了自己是被阿喀琉斯打败并俘虏的真相之后，她仍然祈求阿喀琉斯跟随她回到特弥斯库拉、回到月神的神殿。此时的彭忒西勒亚置亚马逊的律令与不顾，以疯狂爱着阿喀琉斯的女子的身份，请求后者跟随亚马逊女王回到故乡。在她妥协的请求中，隐含着她想把两种身份融合起来的愿望。

让彭忒西勒亚丧失所有理智陷入彻底疯狂的，不是她败在阿喀琉斯手下，也不是她被族人解救，从而与阿喀琉斯分开的现实，而是阿喀琉斯的挑战。同样深深爱上彭忒西勒亚的阿喀琉斯，也忘记了自己作为希腊将领的身份。为了能跟彭忒西勒亚在一起，他提出再战一次。他的本意是在战斗中故意输给彭忒西勒亚，成为后者的手下败将和俘虏。但是，彭忒西勒亚没有理解阿喀琉斯的意图，以为阿喀琉斯要再次羞辱自己：他"看出我无力抗衡他"（2384）。盛怒之下的彭忒西勒亚全副武装，带着犬群迎战赤手空拳的阿喀琉斯，并跟狗一起撕烂了阿喀琉斯的尸体。

彭忒西勒亚对阿喀琉斯的误解，源于阿喀琉斯没有认识到彭忒西勒亚身份的转变。彭忒西勒亚虽然一直试图让自己的两个身份能够统一，但是，她已经下意识地以女人的身份在与阿喀琉斯相处。她对阿喀琉斯最后的祈求、她不顾全体亚马逊人的恳求做出坚决不撤退的非理性决定，都是一个为爱情不顾一切的女性的反应。而阿喀琉斯仍然把她看作亚马逊女王，想让后者以符合亚马逊国律令的方式带自己走。阿喀琉斯的战书实际上是把彭忒西勒亚"推回到塔娜伊司的法律之下"①，所以必然被彭忒西勒亚理解成对爱情的背叛。已经违背了亚马逊国法律、置自己女王身份和责任于不顾的彭忒西勒亚，又面临着爱情的丧失和爱人的背叛，于是认为自己已经失去了所有存在的理由。

彭忒西勒亚的两种身份具有无法融合、相互排斥的悲剧性张力，这种张力无法通过简单地将一方视为不合理而得以消解，从而避免悲剧的发生。之所以悲剧只在彭忒西勒亚身上没有在别的亚马逊人身上发生，关键是彭忒西勒亚深深植根于两种身份之中：一方面，她不是个普通的亚马逊人，而是代表着国家法律和秩序、承担着神圣责任的女王，另一方面，她是不顾一切爱着阿喀琉斯、得不到爱情宁肯去死的纯粹女子。她无法在两种身份之间做出选择，因为两种身份都是她。或者说她的两种身份都过于强大。普萝妥耶在彭忒西勒亚死后说："她是因过于骄傲强健才

---

① Gerhard Fricke,《彭忒西勒亚》，前揭，页109。

陨落！／正如枯死的橡树能挺过风暴，／而茁壮者因其树冠易受风摧，／反而会在风暴之中轰然倾折。"（3040－3043）

彭忒西勒亚并没有永远陷在两种身份的纠结中。看到阿喀琉斯的尸体，彭忒西勒亚反而从癫狂中清醒过来。她平静而清晰地跟亚马逊人说："我不跟你们走！"（3003）她奉劝其他亚马逊族人回乡后说道："将塔娜伊司的骨灰撒到空中！"（3009）塔娜伊司的骨灰盒是亚马逊人必须遵守的一切律令的来源，抛撒掉祖先的骨灰，意味着宣布古老律法的失效。之后，彭忒西勒亚在自己的两个身份之间做出了最后的选择："我宣布脱离女人法规之束缚，／并要追随着这一位少年而去。"（3012－3013）她以一种最奇特的方式，靠自己的意志、通过语言讲述杀死了自己，"真随他去了"（3035）。彭忒西勒亚在生命的最后时刻，提到迄今为止决定自己存在的三种力量：亚马逊国的法律，那是在她遇到阿喀琉斯之前决定了她身份的力量；她与阿喀琉斯之间的爱情，那是她无法也不愿逃避的力量，哪怕牺牲亚马逊国和自己的生命也在所不惜；最后，是她自己的决断力，是她在两种身份之间以积极、主动、斗争的姿态决定自己命运的力量。①

自戕是彭忒西勒亚在两种身份之间做出选择的唯一方式，她以此对阿喀琉斯的问题"你是谁？"做出了最终回答，这次的回答干脆、明确，如同作者在标题中就暗示的一样，她是：彭忒西勒亚。

---

① 参见 Hans Peter Hermann，《爱的语言：对克莱斯特的〈彭忒西勒亚〉的观察》（"Sprache der Liebe. Beobachtungen zu Kleists ›Penthesilea‹"），见 *Text + Kritik. Zeitschsrift für Literatur*, *Sonderband*, *Heinrich von Kleist*, hrsg. von Heinz Ludwig Arnold, München, 1993, 页27。

图书在版编目（CIP）数据

彭忒西勒亚/（德）海因里希·冯·克莱斯特著；江雪奇译.--北京：华夏出版社，2018.8

（西方传统：经典与解释）
ISBN 978-7-5080-9487-8

Ⅰ.①彭… Ⅱ.①海… ②江… Ⅲ.①戏剧文学－剧本－德国－近代 Ⅳ.①I516.34

中国版本图书馆CIP数据核字(2018)第090065号

彭忒西勒亚

作　　者	[德]海因里希·冯·克莱斯特
译　　者	江雪奇
责任编辑	王霄翎　刘雨潇
责任印制	刘　洋
出版发行	华夏出版社
经　　销	新华书店
印　　装	三河市少明印务有限公司
版　　次	2018年8月北京第1版 2018年9月北京第1次印刷
开　　本	880×1230　1/32
印　　张	9.75
字　　数	244千字
定　　价	69.00元

华夏出版社　网址：www.hxph.com.cn　地址：北京市东直门外香河园北里4号　邮编：100028
若发现本版图书有印装质量问题，请与我社营销中心联系调换。电话：（010）64663331（转）

西方传统：经典与解释
Classici et Commentarii
HERMES
刘小枫◎主编

古今丛编

孟德斯鸠的自由主义哲学
　　——《论法的精神》疏证　[美]潘戈 著
莫尔及其乌托邦　[德]考茨基 著
试论古今革命　[法]夏多布里昂 著
但丁：皈依的诗学　[美]弗里切罗 著
在西方的目光下　[英]康拉德 著
大学与博雅教育　董成龙 编
探究哲学与信仰
　　——基尔克果与苏格拉底　[美]郝岚 著
民主的本性
　　——托克维尔的政治哲学　[法]马南 著
梅尔维尔的政治哲学
　　——《切雷诺》及其解读　李小均 编/译
席勒美学的哲学背景　[美]维塞尔 著
果戈里与鬼　[俄]梅列日科夫斯基 著
自传性反思　[美]沃格林 著
黑格尔与普世秩序　[美]希克斯 等著
新的方式与制度
　　——马基雅维利的《论李维》研究
[美]曼斯菲尔德 著
科耶夫的新拉丁帝国　[法]科耶夫 等著
《利维坦》附录　[英]霍布斯 著
或此或彼（上、下）　[丹麦]基尔克果 著
海德格尔式的现代神学　刘小枫 选编
双重束缚　[法]基拉尔 著
古今之争中的核心问题
　　——施米特的学说与施特劳斯的论题　[德]迈尔 著
论永恒的智慧　[德]苏索 著
宗教经验种种　[美]詹姆斯 著
尼采反卢梭　[美]凯斯·奥塞尔-皮尔逊 著
舍勒思想评述　[美]弗林斯 著
诗与哲学之争　[美]罗森 著
神圣与世俗　[罗]伊利亚德 著

但丁的圣约书　[美]霍金斯 著

古典学丛编

探究希腊人的灵魂　[美]戴维斯 著
尤利安文选　马勇 编/译
论月面　[古罗马]普鲁塔克 著
雅典谐剧与逻各斯
　　——《云》中的修辞、谐剧性及语言暴力
[美]奥里根 著
莱园哲人伊壁鸠鲁　罗晓颖 选编
《劳作与时日》笺释　吴雅凌 撰
希腊古风时期的真理大师　[法]德蒂安 著
古罗马的教育　[英]葛怀恩 著
古典学与现代性　刘小枫 编
表演文化与雅典民主政制
[英]戈尔德希尔、奥斯本 编
西方古典文献学发凡　刘小枫 编
古典语文学常谈　[德]克拉夫特 著
古希腊文学常谈　[英]多佛 等著
撒路斯特与政治史学　刘小枫 编
希罗多德的王霸之辨　吴小锋 编/译
第二代智术师
　　——罗马帝国早期的文化现象　[英]安德森 著
英雄诗系笺释　[古希腊]荷马 著
统治的热望
　　——修昔底德笔下的阿尔喀比亚德和帝国政治
[美]福特 著
论埃及神学与哲学
　　——伊希斯与俄赛里斯　[古希腊]普鲁塔克 著
凯撒的剑与笔　李世祥 编/译
伊壁鸠鲁主义的政治哲学
[意]詹姆斯·尼古拉斯 著
修昔底德笔下的人性　[美]欧文 著
修昔底德笔下的演说　[美]斯塔特 著
古希腊政治理论　[美]格雷纳 著
神谱笺释　吴雅凌 撰
赫西俄德：神话之艺
[法]居代·德·拉孔波 等著
赫拉克勒斯之盾笺释　罗逍然 译笺

《埃涅阿斯纪》章义 王承教 选编
维吉尔的帝国 [美]阿德勒 著
塔西佗的政治史学 曾维术 编

古希腊诗歌丛编
古希腊早期诉歌诗人 [英]鲍勒 著
诗歌与城邦 [美]费拉格、纳吉 主编
阿尔戈英雄纪（上、下）
[古希腊]阿波罗尼俄斯 著
俄耳甫斯教祷歌 吴雅凌 编译
俄耳甫斯教辑语 吴雅凌 编译

古希腊肃剧注疏集
希腊肃剧与政治哲学 [美]阿伦斯多夫 著

古希腊礼法
希腊人的正义观 [英]哈夫洛克 著

廊下派集
廊下派的神和宇宙 [墨]里卡多·萨勒斯 编
廊下派的城邦观 [英]斯科菲尔德 著

希伯莱圣经历代注疏
希腊化世界中的犹太人 [英]威廉逊 著
第一亚当和第二亚当 [德]朋霍费尔 著

新约历代经解
属灵的寓意 [古罗马]俄里根 著

基督教与古典传统
加尔文与现代政治的基础 [美]汉考克 著
无执之道
——埃克哈特神学思想研究 [德]文森 著
恐惧与战栗 [丹麦]基尔克果 著
托尔斯泰与陀思妥耶夫斯基
[俄]梅列日科夫斯基 著
论宗教大法官的传说 [俄]罗赞诺夫 著
海德格尔与有限性思想（重订版）
刘小枫 选编
上帝国的信息 [德]拉加茨 著
基督教理论与现代 [德]特洛尔奇 著
亚历山大的克雷芒 [意]塞尔瓦托·利拉 著
中世纪的心灵之旅
——波纳文图拉神学著作选 [意]圣·波纳文图拉 著

德意志古典传统丛编
彭忒西勒亚 [德]克莱斯特 著
穆佐书简 [奥]里尔克 著
纪念苏格拉底——哈曼文选 刘新利 选编
夜颂中的革命和宗教
——诺瓦利斯选集卷一 [德]诺瓦利斯 著
大革命与诗话小说
——诺瓦利斯选集卷二 [德]诺瓦利斯 著
黑格尔的观念论 [美]皮平 著
浪漫派风格——施勒格尔批评文集 [德]施勒格尔 著

美国宪政与古典传统
美国1787年宪法讲疏 [美]阿纳斯塔普罗 著

世界史与古典传统
从普遍历史到历史主义 刘小枫 编

启蒙研究丛编
现实与理性 [法]科维纲 著
论古人的智慧 [英]培根 著
托兰德与激进启蒙 刘小枫 编
图书馆里的古今之战 [英]斯威夫特 著

品达注疏集
幽暗的诱惑
——品达、晦涩与古典传统 [美]汉密尔顿 著

欧里庇得斯集
自由与僭越
——欧里庇得斯《酒神的伴侣》绎读 罗峰 编译

阿里斯托芬集
《阿卡奈人》笺释 [古希腊]阿里斯托芬 著

色诺芬注疏集
居鲁士的教育 [古希腊]色诺芬 著
色诺芬的《会饮》 [古希腊]色诺芬 著

柏拉图注疏集
柏拉图书简 彭磊 译著
哲学的奥德赛——《王制》引论 [美]郝兰 著
爱欲与启蒙的迷醉
——论柏拉图的《会饮》 [美]贝尔格 著
为哲学的写作技艺一辩
——《斐德若》疏证 [美]伯格 著

柏拉图式的迷宫——《斐多》义疏 [美]伯格 著
哲学如何成为苏格拉底式的 [美]朗佩特 著
苏格拉底与希琵阿斯 王江涛 编译
理想国 [古希腊]柏拉图 著
谁来教育老师——《普罗塔戈拉》发微 刘小枫 编
立法者的神学
——柏拉图《法义》卷十绎读 林志猛 编
柏拉图对话中的神 [法]薇依 著
厄庇诺米斯 [古希腊]柏拉图 著
智慧与幸福
——柏拉图的《厄庇诺米斯》 程志敏 选编
论柏拉图对话 [德]施莱尔马赫 著
柏拉图《美诺》疏证 [美]克莱因 著
政治哲学的悖论
——苏格拉底的哲学审判 [美]郝岚 著
神话诗人柏拉图 张文涛 选编
阿尔喀比亚德 [古希腊]柏拉图 著
叙拉古的雅典异乡人
——柏拉图《书简七》探幽 彭磊 选编
阿威罗伊论《王制》 [阿拉伯]阿威罗伊 著
《王制》要义 刘小枫 选编
柏拉图的《会饮》 [古希腊]柏拉图 等著
苏格拉底的申辩（修订版） [古希腊]柏拉图 著
苏格拉底与政治共同体 [美]尼柯尔斯 著
政制与美德——柏拉图《法义》疏解 [美]潘戈 著
《法义》导读 [法]卡斯代尔·布舒奇 著
论真理的本质 [德]海德格尔 著
哲人的无知 [德]费勃 著
米诺斯 [古希腊]柏拉图 著

亚里士多德注疏集
亚里士多德《政治学》中的教诲 [美]潘戈 著
品格的技艺 [美]加佛 著
亚里士多德哲学的基本概念 [德]海德格尔 著
《政治学》疏证 [意]托马斯·阿奎那 著
尼各马可伦理学义疏
——亚里士多德与苏格拉底的对话 [美]伯格 著
哲学之诗
——亚里士多德《诗学》解诂 [美]戴维斯 著

对亚里士多德的现象学解释 [德]海德格尔 著
城邦与自然——亚里士多德与现代性 刘小枫 编
论诗术中篇义疏 [阿拉伯]阿威罗伊 著
哲学的政治
——亚里士多德《政治学》疏证 [美]戴维斯 著

普鲁塔克集
普鲁塔克的《对比列传》 [英]达夫 著
普鲁塔克的实践伦理学 [比利时]胡芙 著

阿尔法拉比集
政治制度与政治箴言 阿尔法拉比 著

莎士比亚绎读
莎士比亚的历史剧 [英]蒂利亚德 著
莎士比亚戏剧与政治哲学 彭磊 选编
莎士比亚的政治盛典 [美]阿鲁里斯/苏利文 编
丹麦王子与马基雅维利 罗峰 选编

洛克集
上帝、洛克与平等 [美]沃尔德伦 著

卢梭集
论哲学生活的幸福 [德]迈尔 著
致博蒙书 [法]卢梭 著
政治制度论 [法]卢梭 著
哲学的自传
——卢梭的《孤独漫步者的遐思》 [美]戴维斯 著
文学与道德杂篇 [法]卢梭 著
设计论证
——卢梭的《社会契约论》 [美]吉尔丁 著
卢梭的自然状态 [美]普拉特纳 等著
卢梭的榜样人生
——作为政治哲学的《忏悔录》 [美]凯利 著

莱辛注疏集
汉堡剧评 [德]莱辛 著
关于悲剧的通信 [德]莱辛 著
《智者纳坦》研究版 [德]莱辛 等著
启蒙运动的内在问题
——莱辛思想再释 [美]维塞尔 著
莱辛剧作七种 [德]莱辛 著
历史与启示——莱辛神学文选 [德]莱辛 著

论人类的教育
——莱辛政治哲学文选 [德]莱辛 著

尼采注疏集
尼采引论 [德]施特格迈尔 著
尼采与基督教
——尼采的《敌基督》论集 刘小枫 编
尼采眼中的苏格拉底 [美]丹豪瑟 著
尼采的使命
——《善恶的彼岸》绎读 [美]朗佩特 著
尼采与现时代
——解读培根、笛卡尔与尼采 [美]朗佩特 著
动物与超人之间的绳索 [德]A.彼珀 著

施特劳斯集
原著
论僭政（重订本）——色诺芬《希耶罗》义疏 [美]施特劳斯 [法]科耶夫 著
苏格拉底问题与现代性（增订本）
——施特劳斯讲演与论文集：卷二
犹太哲人与启蒙
——施特劳斯演讲与论文集：卷一
霍布斯的宗教批判
斯宾诺莎的宗教批判
门德尔松与莱辛
哲学与律法——论迈蒙尼德及其先驱
迫害与写作艺术
柏拉图式政治哲学研究
论柏拉图的《会饮》
柏拉图《法义》的论辩与情节
什么是政治哲学
古典政治理性主义的重生（重订本）
回归古典政治哲学——施特劳斯通信集
苏格拉底与阿里斯托芬

研究作品
论源初遗忘
——海德格尔、施特劳斯与哲学的前提 [美]维克利 著
政治哲学与启示宗教的挑战 [德]迈尔 著
阅读施特劳斯 [美]斯密什 著
施特劳斯与流亡政治学 [美]谢帕德 著

隐匿的对话
——施米特与施特劳斯 [德]迈尔 著
驯服欲望
——施特劳斯笔下的色诺芬撰述 [法]科耶夫 等著

施米特集
宪法专政
——现代民主国家中的危机政府 [美]罗斯托 著
施米特对自由主义的批判 [美]约翰·麦考米克 著

伯纳德特集
古典诗学之路（第二版）
——相遇与反思：与伯纳德特聚谈 [美]伯格 编
弓与琴（重订本）
——从柏拉图解读《奥德赛》 [美]伯纳德特 著
神圣的罪业 [美]伯纳德特 著

布鲁姆集
巨人与侏儒（1960-1990）
人应该如何生活——柏拉图《王制》释义
爱的设计——卢梭与浪漫派
爱的戏剧——莎士比亚与自然
爱的阶梯——柏拉图的《会饮》
伊索克拉底的政治哲学

沃格林集
自传体反思录 [美]沃格林 著

大学素质教育读本
古典诗文绎读 西学卷·古代编（上、下）
古典诗文绎读 西学卷·现代编（上、下）

中国传统：经典与解释
Classici et Commentarii
家亚甫丹
刘小枫 陈少明 ◎ 主编

论语说义 / [清]宋翔凤 撰
周易古经注解考辨 / 李炳海 著
浮山文集 / [明]方以智 著
药地炮庄 / [明]方以智 著
药地炮庄笺释·总论篇 / [明]方以智 著
青原志略 / [明]方以智 编
冬灰录 / [明]方以智 著
冬炼三时传旧火 / 邢益海 编
《毛诗》郑王比义发微 / 史应勇 著
宋人经筵诗讲义四种 / [宋]张纲 等撰
道德真经藏室纂微篇 / [宋]陈景元 撰
道德真经四子古道集解 / [金]寇才质 撰
皇清经解提要 / [清]沈豫 撰
经学通论 / [清]皮锡瑞 著
松阳讲义 / [清]陆陇其 著
起凤书院答问 / [清]姚永朴 撰
周礼疑义辨证 / 陈衍 撰
《铎书》校注 / 孙尚扬 肖清和 等校注
韩愈志 / 钱基博 著
论语辑释 / 陈大齐 著
《庄子·天下篇》注疏四种 / 张丰乾 编
苟了的辩说 / 陈文洁 著
古学经子 / 王锦民 著
经学以自治 / 刘少虎 著
从公羊学论《春秋》的性质 / 阮芝生 撰

刘小枫集

以美为鉴：注意美国立国原则的是非未定之争
海德格尔与中国
古典学与古今之争 [增订本]
这一代人的怕和爱 [第三版]
沉重的肉身 [珍藏版]
圣灵降临的叙事 [增订本]
罪与欠
儒教与民族国家
拣尽寒枝
施特劳斯的路标
重启古典诗学
共和与经纶
设计共和
现代性与现代中国：现代性社会理论绪论
诗化哲学 [重订本]
拯救与逍遥 [修订本]
走向十字架上的真
卢梭与我们
西学断章
现代人及其敌人
好智之罪：普罗米修斯神话通释
民主与爱欲：柏拉图《会饮》绎读
民主与教化：柏拉图《普罗塔戈拉》绎读
巫阳招魂：《诗术》绎读

编修 [博雅读本]

凯若斯：古希腊语文读本 [全二册]
古希腊语文学述要
雅努斯：古典拉丁语文读本
古典拉丁语文学述要
危微精一：政治法学原理九讲
琴瑟友之：钢琴与古典乐色十讲

经典与解释辑刊

1 柏拉图的哲学戏剧
2 经典与解释的张力
3 康德与启蒙
4 荷尔德林的新神话
5 古典传统与自由教育
6 卢梭的苏格拉底主义
7 赫尔墨斯的计谋
8 苏格拉底问题
9 美德可教吗
10 马基雅维利的喜剧
11 回想托克维尔
12 阅读的德性
13 色诺芬的品味
14 政治哲学中的摩西
15 诗学解诂
16 柏拉图的真伪
17 修昔底德的春秋笔法
18 血气与政治
19 索福克勒斯与雅典启蒙
20 犹太教中的柏拉图门徒
21 莎士比亚笔下的王者
22 政治哲学中的莎士比亚
23 政治生活的限度与满足
24 雅典民主的谐剧
25 维柯与古今之争
26 霍布斯的修辞
27 埃斯库罗斯的神义论
28 施莱尔马赫的柏拉图
29 奥林匹亚的荣耀
30 笛卡尔的精灵
31 柏拉图与天人政治
32 海德格尔的政治时刻
33 荷马笔下的伦理
34 格劳秀斯与国际正义
35 西塞罗的苏格拉底

36 基尔克果的苏格拉底
37 《理想国》的内与外
38 诗艺与政治
39 律法与政治哲学
40 古今之间的但丁
41 拉伯雷与赫尔墨斯秘学
42 柏拉图与古典乐教
43 孟德斯鸠论政制衰败
44 博丹论主权
45 道伯与比较古典学
46 伊索寓言中的伦理
47 斯威夫特与启蒙
48 赫西俄德的世界
49 洛克的自然法辩难